COLECȚIE COORDONATĂ DE
Magdalena Mărculescu

SELECȚIA TITLURILOR CRIME / THRILLER / MYSTERY:
Virginia Lupulescu

Elisabeth Norebäck

Nadia

Traducere din limba suedeză de
Ioana-Andreea Mureșan

TREI

Editori:
Silviu Dragomir
Vasile Dem. Zamfirescu

Director editorial:
Magdalena Mărculescu

Redactare:
Mihaela Ionescu

Design copertă: Faber Studio
Foto copertă: unsplash.com/©Caique Silva; unsplash.com/©Markus Spiske

Director producție:
Cristian Claudiu Coban

Dtp:
Răzvan Nasea

Corectură:
Oana Apostolescu
Sabina Lungu

Descrierea CIP a Bibliotecii Naționale a României
NOREBÄCK, ELISABETH
Nadia / Elisabeth Norebäck ; trad. din lb. suedeză de Ioana-Andreea Mureşan. - Bucureşti : Editura Trei, 2022
ISBN 978-606-40-1457-3

821.113.6

Titlul original: Nadia
Autor: Elisabeth Norebäck

O.P. 16, Ghișeul 1, C.P. 0490, București
Tel.: +4 021 300 60 90 ; Fax: +4 0372 25 20 20
e-mail: comenzi@edituratrei.ro
www.edituratrei.ro

ISBN: 978-606-40-1457-3

Surorilor mele care îmi sunt mereu aproape
Pentru Sara și Marie

Un peisaj straniu care se odihnește în întuneric. Cerul nopții este stins și mut. În depărtare se zărește o lumină slabă care tot crește în intensitate.

O voce necunoscută se apropie din ce în ce mai mult, până când este lângă mine. Îmi spune numele, spune că trebuie să mă trezesc. O aud, dar nu pot răspunde.

Primei voci i se alătură o alta. Două femei vorbesc în șoaptă despre mine de cealaltă parte a orizontului. Noua voce o întreabă pe femeia care a încercat să mă trezească dacă nu-i este frică.

— Tocmai a trecut printr-o operație majoră și este legată de pat. Mă îndoiesc că acum reprezintă un pericol prea mare.

— Știi cine este? Știi ce-a făcut?

— Toată lumea știe cine este și ce a făcut.

— N-aș vrea să fiu singură cu ea.

— Hai, termină. Ar putea să te audă.

Așa vorbește toată lumea despre mine, de parcă aș fi un monstru dintr-o poveste de groază. Povestea vieții mele. Nu știu de câte ori am încercat să înțeleg cum s-a ajuns aici.

Se poate schimba viața pentru totdeauna într-o clipită? Sau este rezultatul unui lung șir de evenimente, al unui amestec de alegeri pe care le facem și pure coincidențe? Poate doar soarta e cea care ne determină viitorul, fericirea sau nefericirea.

Femeia mă întreabă din nou dacă sunt trează. Dar rămân tăcută și liniștită, las întunericul să mă tragă mai adânc înspre el. Nu vreau să mă trezesc. Dacă există o soartă ireversibilă care ne așteaptă pe fiecare dintre noi, e mai bine să mă opresc aici și să nu mai văd lumina zilei niciodată.

Niște mâini mă scutură și vocea care îmi repetă numele a revenit. Se poate să fi trecut o oră sau mai multe. Se prea poate să fi zăbovit la granița dintre viață și moarte timp de mai multe zile până să fiu obligată să mă întorc.

Durerea este îngrozitoare. Lumina de la neoanele din tavan mă orbește, și simt aerul din încăpere rece și uscat pe pielea mea, toate sunetele năvălesc peste mine asemenea unor insecte care încearcă să-mi pătrundă în urechi.

Figura amabilă aplecată deasupra mea aparține unei femei de culoare cu părul lung, împletit. Mă lămurește că sunt în spital.

— Ieri ai fost operată. Este o minune că ai scăpat cu viață. Dar starea ta e stabilă acum.

Ceva e în neregulă cu ochii mei, la fel și cu auzul. Buzele femeii se mișcă, însă cuvintele pe care le rostește nu ajung la mine decât mai târziu. Tot ce spune ea rămâne în urmă, de parcă aș percepe ecoul vocii ei. Și are două fețe. Două capete care se contopesc și apoi se desprind. Mă întreb dacă nu cumva am suferit vreo leziune cerebrală.

Femeia mă întreabă dacă mi-e sete și se uită la un punct de lângă mine. Întorc cu greutate capul și văd două pahare de plastic alb pe masa de lângă pat. Se contopesc într-unul singur, se desprind și apoi se îmbină din nou.

Femeia arată către ecusonul cu numele ei și-mi spune că o cheamă Helen. Apoi dispare din câmpul meu vizual și aud apa curgând, după care revine și îmi întinde cana. Dar încheieturile mele sunt legate cu cătușe de cadrul patului, la fel cum este și piciorul meu drept. Îmi duce cana la buze și îmi ridică o idee capul ca să pot bea. Bâigui un *mulțumesc* și mă cufund înapoi în pernă.

Aparatul de pe cealaltă parte a patului clipește și scoate un bip, transformând o linie luminoasă verde într-o sinusoidală cu suișuri și coborâșuri. Pe piept am electrozi conectați la aparat. Lângă mine se află un suport pentru perfuzii și am branule în ambele brațe. Piciorul stâng îmi este acoperit cu un bandaj mare, un altul este înfășurat în jurul taliei și simt că am și unul în jurul capului, acoperindu-mi ochiul stâng.

Helen se uită la cateterul de la brațul meu, apoi la aparat și scrie ceva într-un caiet. Mă privește și mă întreabă cum mă simt, iar eu îi răspund că nu știu. Îmi cere să-i spun numele și codul numeric personal.

— Știi cine sunt, îi răspund eu cu o voce răgușită. Mi-ai spus deja numele, de mai multe ori. Și probabil e scris și pe banda de plastic de la încheietura mâinii mele.

— Este o procedură standard, spune ea. Nume și cod numeric personal.

Îi spun în șoaptă numele meu și cifrele, iar ea îmi zice că m-am descurcat bine.

— Ești la Spitalul Universitar din Örebro. Știi de ce?

Mă uit la ea fără să spun nimic. Ea lasă capul într-o parte și așteaptă un răspuns.

— Îți amintești ceva din ce s-a întâmplat? mă întreabă.

Închid ochii.

Lama ascuțită de fier despică aerul și mă lovește în cap. Îmi brăzdează sprânceana stângă, coboară pe obraz și simt cum sângele cald mi se prelinge pe față. Țip și încerc să mă apăr înainte de următoarea lovitură.

— Da, răspund, uitându-mă la Helen. Îmi amintesc.

Și asta mă duce cu gândul la o altă întâmplare. Dar nu vreau să-mi amintesc, nu suport să mă gândesc dacă a simțit aceeași frică de moarte ca mine. Pentru că eu am supraviețuit, în vreme ce el nu mai e printre noi.

— Respiră, îmi spune asistenta, iar eu îi imit respirația până când aerul nu mi se mai oprește în gât.

Se uită cu atenție la mine și văd că e pe cale să mai întrebe ceva, dar se răzgândește. Un polițist intră în încăpere și arată furios cu degetul că ar fi trebuit să fie informat că m-am trezit. Nu înțeleg ce-i răspunde Helen, dar văd cum se uită bărbatul la mine, văd ce gânduri încearcă să ascundă chipul lui inexpresiv. Ar fi fost mai bine dacă nu mi-aș fi revenit niciodată.

Și sunt de acord cu el. Și eu sunt dezamăgită că sunt nevoită să rămân în viață.

— O să mă iei acum la întrebări? cer eu să aflu.

— Sunt aici ca să te supraveghez, răspunde el.

— Puteți face asta de pe coridor, intervine Helen, întorcându-i spatele bărbatului. Tensiunea arterială este în continuare prea joasă, la fel și nivelul fierului. Dacă ar fi să explici cât de rău te simți, pe o scară de la unu la zece, ce-ai spune?

— Șaptezeci și șase, șoptesc eu, încercând să zâmbesc.

Helen îmi zâmbește și ea și spune că-mi va da mai multe analgezice. Umblă la una dintre branule și în curând o senzație profundă de ușurare se răspândește prin tot corpul meu. Insistând că trebuie să mă mai odihnesc o vreme, îl scoate hotărâtă pe polițist afară din încăpere.

Morfina își face rapid efectul. Corpul meu rănit se destinde când durerile îl lasă în pace, și închid ochii pentru a călători înapoi în timp.

Cu șase ani în urmă, eram un alt om. Credeam că viața mea avea să fie cu totul alta. Dar a trecut mult timp de atunci. Asta s-a întâmplat înainte să ajung în cel mai dur penitenciar pentru femei din Suedia, cu mult înainte ca o altă deținută să încerce să mă omoare cu o bară ascuțită de fier. Atunci eram suficient de proastă încât să cred că a fost doar o teribilă neînțelegere când m-a arestat poliția. Atunci încă mai credeam că totul avea să se rezolve.

*

Nu știu de cât timp stau în mașina de poliție așteptând să-mi explice cineva ce s-a întâmplat. Nu mi s-a permis să iau pe mine alte haine și sunt încă goală sub halatul de baie. Simt mâncărimi pe brațe de la sângele uscat, nu l-am spălat pe tot. Dar acum e prea târziu. Mâinile îmi sunt strâns legate cu cătușe la spate.

Încerc să rămân calmă. Mă străduiesc să nu-mi tremure vocea când întreb în mod repetat de ce mă aflu pe bancheta din spate a unei mașini de poliție. Niciun răspuns.

În depărtare, prietenii mei stau adunați în fața casei de vacanță și aruncă câte o privire în direcția mea. Priviri acuzatoare, dar și speriate, care arată că ei, la fel ca mine, nu înțeleg. Unii plâng și văd cum o polițistă vorbește cu ei și notează ceva într-un blocnotes. Nu aud niciun cuvânt din ceea ce spun.

Mai mulți polițiști sunt la fața locului și două mașini de poliție sunt parcate în curte. Un bărbat impozant stă lângă portiera mașinii, cu picioarele depărtate și cu o mână pe tocul pistolului, gata să-și folosească arma. Lângă casa de oaspeți din capătul grădinii sunt atârnate benzi de delimitare în albastru și alb care flutură în vântul răcoros al dimineții. Încerc să alung gândurile care vor să mă năpădească, dar privirea mea este atrasă încontinuu spre casa de oaspeți și dormitorul din ea.

Polițista pleacă de lângă prietenii mei și se îndreaptă spre mașină ținând în mână geanta mea. I-o întinde colegului ei înainte să deschidă portiera de pe partea mea și eu dau să ies. Ea își pune mâna pe umărul meu și mă oprește.

— Linda Andersson, ești reținută și vei fi escortată la secție.

— Trebuie să-mi spuneți de ce, îi zic. Să-mi explicați ce se întâmplă. De ce-mi faceți asta?

Afișează o mină agasată, se apleacă peste mine, îmi fixează centura de siguranță și spune că vom vorbi despre asta mai târziu.

M-am conformat de fiecare dată; am făcut întocmai cum au spus ei și am fost tot timpul cooperantă. Când au strigat la mine să ies din casa de oaspeți cu mâinile pe cap, am făcut-o. Mi-au ordonat să mă întind pe burtă, pe jos, cu mâinile la ceafă și, fără să protestez, am făcut-o și pe asta. Dar acum e prea mult. Dau cu piciorul și mă arunc într-o încercare disperată de a mă elibera. Urlu după Alex, țip după Mikaela, îi implor să mă ajute.

Dar nici măcar nu răspund. Stau îmbrățișați și se uită la mine de parcă nu mai știu cine sunt. Plângând, îi implor să spună poliției că nu am făcut nimic rău. Mikaela se întoarce și Alex se uită în altă direcție.

Ușa mașinii se închide și motorul pornește. Înaintăm pe drumul de pietriș și lăsăm în urmă casa de vacanță. Îmi lipesc fața de fereastră și privesc cum prietenii mei dispar. Amantul meu și sora mea.

Singură, sunt luată fără să știu de ce sunt acuzată și, cu toate că sunt trează, trăiesc un coșmar în care toată lumea s-a întors împotriva mea.

Pe măsură ce morfina își face efectul, mă învăluie o ceață întunecată de durere ușor pulsatorie și apoi o toropeală pe jumătate inconștientă. Asistenta Helen și un infirmier sunt alături de mine următoarea dată când mă trezesc. Poliția stă la ușă. Electrozii au dispărut de pe pieptul meu, aparatul de lângă pat este silențios și a încetat să mai emită semnale luminoase. Mă întreb dacă este de bine sau de rău. Helen îmi spune că lucrurile merg spre bine, dar că medicul responsabil va discuta cu mine mai târziu. Infirmierul îmi aduce un sandvici împachetat în folie transparentă și o cutie cu suc de mere.

— Ar fi bine să încerci să mănânci, îmi spune.

Scoate sandviciul din ambalaj și mi-l întinde. Pune paiul în cutia de suc. Dar pâinea are gust de lemn, iar sucul este plin de chimicale. Cer în schimb niște apă rece.

— Ar trebui să încerci să te duci la baie, îmi zice Helen în timp ce mă ajută să beau câteva înghițituri. Crezi că poți?

Polițistul îmi desface cătușele. Am nevoie de puteri aproape supraomenești ca să mă dau jos din pat și să parcurg distanța scurtă până la toaletă, chiar dacă Helen și infirmierul mă ajută. Simt o durere puternică în tot corpul, nu pot și nici nu trebuie să mă sprijin pe piciorul stâng. Și polițistul mă supraveghează îndeaproape, urmărind fiecare pas de melc pe care îl fac.

— Nu ai voie să închizi ușa, spune el când ajung în sfârșit la toaletă. Trebuie să te pot vedea, Dumnezeu știe ce poate să-ți dea prin cap să faci!

Helen protestează, dar eu spun că nu are rost. La momentul acesta, m-am obișnuit deja cu felul în care stau lucrurile. Mă las cu greu pe colacul veceului, fac pipi și mă șterg în fața lor, apoi primesc ajutor să mă ridic. Helen mă ține în timp ce mă spăl pe mâini și privesc femeia pe care o văd în oglinda de deasupra lavoarului. O ființă palidă cu un bandaj în jurul capului se uită înapoi la mine cu ochi indiferenți. Pe partea ei stângă, smocuri scurte de păr ies pe lângă bandaj: asta este ce a mai rămas din firele lungi de păr blond pe care le avea cândva. Aproape că nu mă mai recunosc.

— N-au avut de ales, îmi spune Helen, care îmi întâlnește privirea în oglindă. Ca să poată coase rana de la cap.

Femeia străină care am devenit se uită la mine. *Mai bine să te obișnuiești*, pare că-mi spune. *Sunt aici ca să rămân și nu poți face nimic în privința asta.*

Încă dinainte să mă întorc în pat, tot corpul meu este ud de sudoare. Pe ultima porțiune, atârn ca un sac între Helen și infirmier, sunt aproape nevoiți să mă târâie.

Mai târziu, doctorița intră în cameră. Se prezintă, dar îi uit imediat numele. Ea îmi explică cum lama de fier a provocat răni grave. Mi-a lovit capul și fața, dar daunele de-a lungul părții stângi a corpului sunt cele mai grave. Rana începe chiar sub piept și continuă în jos peste talie de-a lungul coapsei, iar operația a fost complexă. Ea vrea să mă pregătească, să știu la ce să mă aștept atunci când bandajul va fi în cele din urmă îndepărtat. Din păcate, voi avea cicatrici permanente, atât pe corp, cât și pe față. Îmi spune că am pierdut mult sânge, că aproape că nu am supraviețuit. Am avut noroc că m-au găsit înainte să mor din cauza hemoragiei.

— Vei sta aici o vreme, dar vei fi în curând pe picioarele tale, îmi zice, bătându-mă pe umăr. Îți vei putea trăi viața exact ca înainte.

Exact ca înainte.

E atât de stupid încât nu mă obosesc să răspund.

Câteva zile mai târziu, primesc vizita unui comisar criminalist din Örebro. Se așază pe un taburet lângă pat și mă roagă să-i spun ce s-a întâmplat la penitenciar.

Îi povestesc că ziua a început ca orice altă zi de joi. Gardienii ne-au deschis celulele și am luat micul dejun înainte de a fi duse la muncă la fabrica din Biskopsberg. După pauza de dimineață, supraveghetorul mi-a spus să iau niște cutii de carton din depozit, iar eu și unul dintre gardieni am coborât acolo cu liftul. Am luat căruciorul de lângă peretele de la intrare și apoi am mers mai departe de una singură. Depozitul este la fel de mare ca încăperea de deasupra celei unde lucrăm, iar cutiile de carton pe care urma să le aduc erau pe rafturile din capătul îndepărtat. Când am terminat de încărcat, am auzit pași pe cealaltă parte. Mai era cineva acolo jos, dar, când am întrebat cine este, pașii s-au oprit. Cu voce tare, am întrebat cine se furișează și m-am gândit să strig după gardian, când Anne, o altă deținută, a apărut de după colț. S-a uitat la mine. Am întrebat-o ce făcea acolo, dar nu mi-a răspuns. Se holba doar, furioasă. Gardianul nu era nicăieri de găsit și, când am încercat să trec pe lângă Anne, mi-am dat seama că ținea în mâini o bară lungă de fier. A ridicat-o și eu n-am apucat să scap înainte să mă lovească în cap. Apoi a ridicat bara ca să lovească din nou. Am strigat la ea, m-am clătinat înspre spate și m-am împiedicat de mânerul căruciorului exact când arma m-a lovit a doua oară. Probabil de aceea am supraviețuit.

— Și care a fost motivul pentru care te-a atacat? întreabă comisarul. De ce era atât de ostilă?

Îi explic că Anne era obsedată de mine și că nu mă lăsa niciodată în pace. Când i-am dat de înțeles că nu vreau să am de-a face cu ea, a început să mă urască.

— Această femeie spune acum că a acționat în legitimă apărare, zice comisarul. Că ai amenințat-o și că ai încercat și altă dată să o strângi de gât. Ce spui despre asta?

— Eu sunt cea care zace aici, nu? îi atrag atenția. Nu ea a fost aproape spintecată în două și va avea cicatrici pe tot corpul.

Comisarul afișează o expresie care îmi arată exact ce gândește și nu ar trebui să fiu mirată. Este mult mai ușor să crezi o femeie care a fost condamnată pentru furt decât una care face închisoare pe viață pentru crimă. Mi s-a mai întâmplat și altă dată să nu fiu crezută și știu că versiunea mea nu valorează mare lucru. Iar când comisarul pleacă, mă năpădesc gândurile că poate am meritat asta.

Este septembrie și au trecut aproape șase ani de când mi-am ucis soțul.

Doar câțiva oameni din personalul spitalului au voie să intre în camera mea. Helen și alți câțiva fac ture pe rând, nonstop, mereu în compania unui polițist în uniformă, dar uneori văd și alți membri ai personalului care aruncă o privire prin geamul ușii. Toată lumea știe deja cine este pacienta de la penitenciarul Biskopsberg. Numele meu apare scris cu siguranță în fiecare ziar din întreaga țară. Datorită mamei, aveam deja un nume cunoscut chiar înainte să fiu condamnată pentru crimă.

Acum zvonurile vor lua din nou avânt. În cantinele de la locurile de muncă, oamenii vor vorbi și vor face speculații. Acasă, în camerele de zi, în fața televizorului, unde reporterii de știri relatează din nou povestea copilului cuminte al unei vedete, care a devenit criminal. Nu se va termina niciodată.

Nu vreau să mă gândesc la asta. Nu vreau să mi se reamintească tot ce s-a pierdut. Aș prefera să zac învăluită într-un nor de morfină și să nu fiu conștientă de priviri, bârfe și șoapte. De încântarea amestecată cu groază față de cât de rău a ajuns Raza soarelui. M-am săturat de durerea rănilor care mi-au străpuns întreg corpul și care mă strânge prin copcile de pe frunte și obraz și de faptul că nu mă pot mișca pentru că sunt tot timpul încătușată. De parcă aș putea scăpa din această situație. Am întrebat polițistul ce crede că aș putea face fără cătușe, dacă îi e teamă că aș putea fi periculoasă. Asta a fost suficient pentru ca infirmierul să dispară rapid din cameră. Ucigașa nebună, condamnată pe viață, inspiră groază doar prin faptul că există.

După aceea, polițistul a pus un lanț între cătușe și grilajul patului, iar acum pot măcar să mănânc singură. Dar toată lumea are grijă să nu lase vreun obiect pe masă și verifică tacâmurile când vine să ia înapoi tava cu mâncare.

Doctorița vine să-mi vadă rănile și, când scoate bandajele, profit de ocazie să arunc și eu o privire. Un cârcel puternic trece ca un fior prin toată coapsa stângă și continuă în sus pe partea laterală a abdomenului. Peste rană sunt copci mari, de parcă ar fi luat un capsator uriaș și m-ar fi capsat. Pielea este umflată grotesc și decolorată.

Îmi este desfăcut bandajul din jurul capului, copcile de pe linia părului și de pe față trebuie îndepărtate. O întreb pe doctoriță cum i se pare că arată și ea dă să răspundă, dar apoi nu mai zice nimic. Îi aruncă lui Helen o privire lungă și ea este cea care îmi aduce o oglindă și mi-o întinde. Îmi examinez rana care începe deasupra liniei părului și continuă în jos prin sprânceana stângă, apoi tot coboară într-un arc în jurul ochiului, spre ureche. Pielea e colorată în nuanțe de roșu închis și albastru. Marginile rănilor sunt una lângă cealaltă, dar sunt încă umflate și urâte. Fața mea este complet desfigurată.

Îmi pipăi ușor ochii cu degetele. O lucrare macabră cu noduri albastre, grosiere. Bombăn că aș putea juca într-un film de groază.

— Partea bună e că nu ți-ai pierdut vederea, îmi spune doctorița.

Helen îmi ia oglinda cu o expresie care exprimă părere de rău. Încerc să-i zâmbesc, dar rânjetul meu o face să privească în jos, spre podea.

După ce desface copcile, doctorița lipește o bandă albă peste cicatrice. Nu mai am nevoie de bandaje. În partea stângă, smocurile de păr tăiate neregulat ies în afară, dar zona de pe cap din jurul benzii este complet cheală.

— Trebuie să mă ajuți, Helen, îi șoptesc după ce pleacă doctorița. Uită-te cum arăt.

— La ce ai nevoie de ajutor? mă întreabă polițistul, de parcă plănuim o încercare de evadare. Nici eu, nici Helen nu-l băgăm în seamă.

— Smocurile astea trebuie să dispară, îi spun eu, trăgând de șuvițele scurte de păr. Nu pot să rămân cu ele așa. Arăt de parcă am fost călcată de o mașină de tuns iarba.

— Asta se poate aranja, spune ea cu o voce voit veselă. Acum încearcă să te odihnești. Arăți ca și cum ai avea nevoie.

După ce pleacă, rămân cu ochii ațintiți în tavan. Helen are dreptate, trebuie să mă odihnesc și să adorm, să uit de toate astea. Dar este imposibil. Gândurile se târăsc prin mine ca niște limacși. Se revarsă asupra mea din toate părțile și nu pot scăpa de ele.

Mă forțez să mă uit direct la neoane, gândindu-mă la fața din oglindă. Arăt ca un mort viu. Mă *simt* ca un mort viu, acest corp nu este al meu. Aparține cuiva care abia mai poate fi numit om, este un cadavru mutilat. Dar o asemenea ființă nu are sentimente, iar lacrimile care îmi curg pe obraji se datorează luminii puternice care îmi face ochii să usture și să lăcrimeze. De asta încerc să mă conving.

La următoarea tură de gardă, Helen are la ea un aparat de tuns. Mă așez pe un scaun în mijlocul salonului, cu mâinile încătușate în față și cu un prosop peste umeri. Ea mă întreabă cât vreau să taie din păr și eu îi răspund: la zero.

Aparatul de tuns bâzâie irascibil și, cu fiecare buclă de păr care cade, simt că preiau controlul asupra femeii urâte și înfricoșătoare care mi s-a arătat în oglindă. Probabil că și-ar dori să mă vadă pierzându-mă cu firea pe măsură ce-mi este ras părul. Părul meu blond pe care l-am iubit mereu și de care am avut atâta grijă. Nu se așteaptă ca eu să-i demonstrez că nu-mi mai pasă. Că-mi duc crucea fără să vărs mai multe lacrimi din cauza a ceea ce am devenit.

Odată treaba terminată, Helen mă lasă să inspectez rezultatul în oglindă.

— Cum ți se pare? mă întreabă. Sper că nu regreți.

Aș putea spune că regretul nu schimbă nimic, că nu poate anula niciodată nimic, dar aleg să tac.

Helen și-a desfăcut codițele împletite și îi admir buclele negre, strălucitoare, care îi cad peste umeri.

— Și părul meu a fost frumos cândva, îi spun și-i povestesc că s-a uscat atât de tare din cauza șamponului ieftin pe care îl avem în penitenciar.

Helen îmi spune că este important să folosești produsele potrivite pentru păr și, în clipa aceea, suntem două femei obișnuite care iau parte la un moment perfect obișnuit din viață. Apoi o întreb ce părere are cu adevărat despre noua mea tunsoare.

— Ești foarte frumoasă, Linda, minte ea. A ieșit chiar bine.

Nu contează pentru mine că nu vorbește serios. Știu că arăt acum ca monstrul care toată lumea mă acuză că sunt.

*

— Linda, uită-te aici!

— Aici, Linda! Hai să vedem un zâmbet!

Părul meu lung stă perfect. Am fost aranjată de stilistul la care apelez pentru ocazii de genul acesta, port o rochie scumpă de designer și sunt gata să iau parte la Gala Grammy împreună cu soțul meu. Mă răsucesc pe covorul roșu și-mi etalez cel mai frumos zâmbet, așa cum a făcut mama toată viața mea. Blițurile camerelor scânteiază și eu tot zâmbesc și zâmbesc. Simon își aranjează sacoul și eu îmi pun brațul în jurul taliei lui ca să pozez pentru încă o fotografie. Mă trage mai aproape de el. Este nominalizat la două premii și nimeni nu este mai mândră decât mine. Strălucim împreună. Radiem de fericire și succes.

— Kathy vine și ea? strigă un jurnalist.

— Unde este? se aude un altul. Este bolnavă, ce s-a întâmplat?

În secunda următoare, ei strigă din toate părțile și, ca răspuns la întrebările despre mama, eu doar continui să zâmbesc și mai tare. Nu mă trădează nicio expresie a feței. În mijlocul unei rafale de blițuri, pe lângă un zid de zumzete și șoapte, înaintez agale pe covorul roșu mână în mână cu Simon.

După aproape două săptămâni în spital, infirmierul vine însoțit de doi bărbați de la Direcția Penitenciarelor. Transportul care mă va duce înapoi la Biskopsberg a sosit.

Știam că această zi avea să vină mai devreme sau mai târziu și mă mir de neputința pe care o simt. Să nu ai nimic de zis și nici măcar să nu ai ocazia să-i mulțumești lui Helen și să-ți iei rămas-bun, pentru că este liberă tocmai azi. Nu contează pentru cei care decid asupra vieții mele că încă mă simt pe jumătate moartă; oricum, am stat aici neobișnuit de mult timp, aflu. Sunt doar un pachet de transportat înapoi la baraca de depozitare a penitenciarului.

Unul dintre gardieni fixează strâns o curea de reținere în jurul meu, iar eu gem de durere când îmi atinge rana. Îmi prinde încheieturile mâinilor, încuie cătușele și îmi spune să stau calmă.

Doctorița intră și îi întreabă dacă este absolut necesar să port o curea, dar nu primește niciun răspuns de la niciunul dintre bărbați. Apoi se asigură că asistenta medicală aduce un cărucior cu rotile și mă ajută să mă așez în el. Îmi pune o pătură galbenă peste genunchi și-mi ascunde cătușele, apoi îmi urează noroc înainte să fiu dusă pe coridor.

Trebuie să așteptăm puțin la intrare ca mașina să parcheze. Unul dintre polițiștii care mă păzeau pe rând în fața ușii de spital stă lângă mine. Pentru a menține ordinea și siguranța, după cum probabil scrie în manualul său.

Prezența unei femei într-un cărucior cu rotile păzită de polițiști înarmați atrage atenția și îi face pe mulți să se oprească și să se uite. Privirile vădit disprețuitoare, ochii curioși și speriați sunt îndreptați spre mine. Un bărbat arată cu degetul și șoptește ceva către cei care-l însoțesc, un altul face un ocol larg în jurul nostru. O doamnă trece în grabă și apoi se întoarce de mai multe ori, de parcă ar fi vrut să verifice dacă nu am dat să fug. Sau poate vede cine sunt.

O femeie de vârsta mea stă pe o bancă lângă mine și încearcă să dea impresia că nu se uită. Îmi vine să-l întreb pe polițist dacă chiar este o idee bună să mă lase să aștept aici, pentru că, evident, sperii oamenii din jur cu simpla mea prezență. Dar comentariile sarcastice duc rareori la ceva bun și las lucrurile așa. În schimb, sfidez durerea, mă aplec și-mi țin pătura în dreptul feței. Când unul dintre bărbați scoate căruciorul cu rotile pe ușă, i se blochează roțile și pătura îmi scapă din mâini. Imediat explodează o rafală de blițuri în stânga mea și îmi ridic brațul peste față.

Fotografii obișnuiau să spună că mama era iubită de camere, dar adevărul este că ea iubea camerele de fotografiat la fel de mult. Îi plăcea să pozeze, îi plăcea să ofere obiectivului camerei ceea ce căuta cel mai mult. Părea să nu obosească niciodată, să nu se simtă epuizată ori sătulă de atenția constantă. Pentru ea, nu se punea problema să suporte așa ceva, nici vorbă, ci trăia pentru asta. Faptul că era în centrul atenției îi dădea energie, lumina blițurilor și reflectoarelor îi dădea viață. Și faptul că oferea înapoi în mod constant din aceeași atenție a făcut-o ceea ce era. Una dintre cele mai mari vedete. O stea.

Andersson este cel mai comun nume de familie din Suedia și există zeci de mii de alte femei care au atât Katarina, cât și Linda ca prenume. Cu toate acestea, a existat o singură Kathy și toată lumea din Scandinavia știe cine este, ba chiar și din Europa. Este una dintre cele mai iubite artiste ale noastre, care a făcut turnee în țară și chiar a câștigat concursul Eurovision pentru Suedia în anii șaptezeci.

Cu doar câteva luni înainte să fiu arestată, mama a murit de SLA[1]. Chiar dacă este moartă, amintirea ei rămâne cu toți cei care au iubit-o. Iar eu am iubit-o mai mult decât oricine altcineva.

Sunt fiica lui Kathy, Linda Andersson. Mi se spunea Raza soarelui și, când eram copil, apăream în spectacole alături de mama. Faptul că am crescut cu ea m-a obișnuit să fiu în centrul atenției. Am călcat pe multe covoare roșii, știu cum să stau ca să arăt bine și pot zâmbi lejer în fața camerelor de fotografiat sau de filmat chiar și atunci când nu am chef.

Cel puțin puteam face asta înainte. Nu acum. Toate acestea țin de alte vremuri. În adolescență, am apărut tot mai rar alături de mama, iar pe la douăzeci de ani am trăit o viață anonimă ca profesor de muzică la o școală primară și profesor privat de pian. Dar, ca fiică a lui Kathy

---

[1] Scleroză laterală amiotrofică, o boală neurodegenerativă progresivă. (*N.t.*)

și, mai târziu, ca soție a muzicianului și artistului Simon Huss, nu am părăsit niciodată cu totul lumina reflectoarelor. Am apărut alături de ei în paginile de divertisment. Dar, de acum înainte, aceste fotografii circulă atunci când se scrie despre mine în mass-media. Fotografiile care înfățișează o femeie palidă într-un cărucior cu rotile, cu o înfățișare dură și capul ras, încătușată, cu o centură de reținere în jurul taliei și cu jumătate de față bandajată.

Călătoria până la Biskopsberg durează aproximativ patruzeci de minute, dar devine lungă cât o zi de post, deoarece calmantele au început să-și piardă efectul. Capul îmi explodează, rănile dor și usturã. Vreau să ajung odată, și totuși parcă nu vreau.

Peisajul este plat, iar gardul se vede de departe. Se ridică din pământ ca un tufiș metalic cu spini, cu trei rânduri duble de sârmă ghimpată în afara zidului. În spate sunt clădirile mohorâte ale penitenciarului Biskopsberg — un mausoleu pentru suflete pierdute fără speranță de izbăvire.

Virăm spre intrare și prima poartă se deschide și se închide în urma noastră ca o falcă uriașă care își înghite victima. După ce se închide complet, în fața noastră se deschide o poartă similară. Șoferul înaintează până la clădirea cu două etaje, de un gri murdar. Soarele de toamnă aruncă umbre dinspre gard de-a lungul corpului clădirii, iar sârma ghimpată ascuțită care este rulată în cercuri în partea de sus formează un model frumos, întortocheat pe fațadă. Mergem mai departe și ne oprim în partea din spate.

Cobor din dubă în căruciorul cu rotile, aud bâzâitul familiar și clicul metalic al încuietorilor care se descuie. Fiecare ușă care se trântește în spatele meu mă duce mai departe în spatele zidurilor, până când pătrund adânc în măruntaiele penitenciarului, iar asta îmi aduce aminte de prima oară când am venit aici.

*

În iunie, după nouă luni de arest, sunt transportată la cel mai faimos penitenciar pentru femei din Suedia, lângă orașul Örebro. Un gardian îmi urează bun venit la Biskopsberg și îmi spune că voi vedea curând că instituția este organizată ca o micro-comunitate. Aici se găsesc de toate, secție de îngrijiri medicale, spălătorie, bucătărie proprie cu bucătari, oameni de serviciu și ateliere. Există săli de vizită cu jucării pentru copiii care vin să-și viziteze mamele încarcerate.

La fel ca în dimineața în care am fost reținută și arestată, trebuie să mă dezbrac de tot pentru o examinare amănunțită. Una dintre gardiencele penitenciarului îmi spune să-mi desfac picioarele și să mă aplec înainte. Mă învârt, îmi ridic brațele și părul și, când în sfârșit termină cu examinarea, trebuie să las o probă de urină în veceul de alături. Femeia pune un lighean pe capacul veceului, îmi ordonă să mă așez și să-mi întind mâinile ca să le vadă. Închid ochii, fac pipi și mă gândesc la faptul că nu mă voi obișnui niciodată să fiu privită atunci când îmi fac nevoile.

Când termin, mă pot îmbrăca în hainele pe care Direcția Penitenciarelor le pune la dispoziția deținutelor. Chiloți cu elastic lejer și un sutien incomod cu sârmă, pantaloni de trening gri pentru picioare prea lungi, un tricou pe corp gri deschis, din material subțire. Mi se verifică actele de identitate și se constată că am treizeci și trei de ani. Din motive care-mi scapă, mi se spune că este o vârstă bună și, după ce mi se face o fotografie, sunt dusă mai departe în penitenciar.

Nenumărate uși și porți trebuie descuiate pe măsură ce înaintez, unele cu chei sau cu cartele, iar prin alte pasaje, oameni pe care nu-i vedem ne urmăresc pe camerele de supraveghere și decid dacă putem înainta. De fiecare dată se aude un bâzâit puternic și mă gândesc că o să înnebunesc din cauza lui.

Zona de cealaltă parte a clădirii este mai mare decât se vede din drum. Mai multe construcții sunt situate pe coasta ce duce către un lac mare și sunt izolate și înconjurate de ziduri înalte și late. Pe ziduri există reflectoare ca într-o arenă sportivă și, la distanțe regulate, camere care văd tot. La câțiva metri în afara zidurilor, în jurul întregii închisori, se ridică un gard înalt cu sârmă ghimpată, imposibil de escaladat. Cu toate acestea, un ultim gard e pavăză pentru câmpurile de dincolo.

Doi bărbați, fiecare însoțit de câte un ciobănesc german, merg de-a lungul gardului și unul dintre ei râde de ceea ce tocmai a spus celălalt. Discută despre ceva cu totul diferit de ceea ce se întâmplă aici. Au propria lor viață în lumea exterioară și părăsesc închisoarea când ziua de muncă se încheie.

La spălătorie îmi iau lenjerie de pat și două prosoape și aflu la ce ore ar trebui să predau și să iau rufele. Ieșim din nou și văd câteva femei stând și fumând într-o cușcă cu gratii în fața a ceea ce se numește „fabrica". Poartă aceleași haine de penitenciar ca mine, păzite de personal cu bocanci și bastoane.

Gardianul care m-a întâmpinat se înșală, Biskopsberg nu este o micro-comunitate. Aceasta este o navetă spațială dintr-o parte îndepărtată a universului în care am fost trimise la muncă forțată, unde se aplică legi și reguli proprii. Ne găsim foarte departe de casă, lepădate de civilizație pentru o perioadă nedeterminată.

Femeile se uită curioase în direcția mea și una dintre ele scutură gratiile și șuieră ascuțit de câteva ori când trecem pe lângă ele.

Celula mea este puțin mai mare decât cea din centrul de detenție. Zece metri pătrați în loc de șapte. Încape în ea un birou în dreapta patului îngust, montat pe perete, iar la capătul patului se află un dulap cu un televizor montat în lateral. O chiuvetă este amplasată după ușă, dar nu există și un WC, căci toaletele sunt mai departe pe coridor. Paznicul îmi explică că pot folosi o oală de noapte după ce se dă stingerea, la opt seara, și până la opt a doua zi dimineața, când trebuie să o golesc la toaletă și să o curăț bine. Deasupra biroului este o fereastră îngustă, cu gratii, cu sticlă armată, care nu poate fi deschisă. Crezusem că voi vedea pădurea și câmpurile de afară, dar zidul de beton se înalță ca un turn și blochează priveliștea.

Aici îmi voi ispăși pedeapsa pe viață.

Dacă doctorița de la Spitalul Universitar Örebro nu ar fi insistat să-mi acorde concediu medical pentru o vreme fiindcă suferisem atât traume fizice, cât și psihice, aș fi fost dusă în celula mea din clădirea D pentru a reintra imediat în rutină. Acum pot rămâne în secția de îngrijiri medicale până când medicul închisorii va considera că m-am însănătoșit.

Tina mă ia în primire, este una dintre supraveghetoarele care au lucrat la Biskopsberg în cei peste cinci ani de când mă aflu aici. Cu o față îngrijorată, îmi studiază scalpul ras și plin de cicatrici. De îndată ce-mi sunt scoase cătușele și cureaua, mă ajută să mă ridic din căruciorul cu rotile și mă percheziționează ca să verifice că nu ascund nimic sub cearșaful alb de la spital. Când termină, mă afund într-unul dintre paturi. Aș da orice pentru o doză de morfină acum, dar medicamentele din clasa narcoticelor nu se distribuie cu ușurință în închisoare.

Salonul are două paturi, fiecare cu câte o masă alături, iar printr-o fereastră înaltă cu gratii strălucește lumina zilei. Miroase vag a detergent și dezinfectant. Tina îmi spune că voi fi bine îngrijită și că ne vom vedea în sector când voi fi mai vioaie. La scurt timp, intră o femeie mai în vârstă, solidă, cu ochelari rotunzi. Îmi dă o ceașcă de plastic cu un capac și un pai.

— Sunt asistentă medicală aici la Biskopsberg, îmi spune. Trebuie să bei cât mai multe lichide. Bea cât poți de mult.

— Am nevoie de calmante, mă plâng eu, deși știu ce o să spună.

— Pot să-ți dau doar paracetamol. Dacă încă te doare foarte tare, poți vorbi cu medicul.

Apoi pleacă, dar în curând se întoarce și-mi întinde un păhărel mic de carton cu două tablete albe în el. Îi mulțumesc și dau pastilele pe gât cu apă.

— La nevoie, apasă butonul de alarmă de acolo, continuă ea. Încearcă să te odihnești acum, este cel mai bun medicament.

După ce pleacă, mă întind în pat, sperând că tabletele mă vor ajuta.

Data următoare când aud lacătul de la ușă zdrăngănind e întuneric afară, am dormit toată după-amiaza. Un gardian intră cu o femeie sprijinită de brațul lui. Femeia se întinde pe celălalt pat de spital, iar gardianul pune pătura peste ea înainte să plece. După un timp, mă sprijin în coate și salut, dar nu primesc niciun răspuns. Mă ridic în șezut, las picioarele jos și simt podeaua rece de linoleum sub tălpi. Ori nu mă aude, ori doarme deja, mă gândesc, și fac un pas înainte. Când văd cine zace acolo, mă dau în spate, dar femeia deschide ochii și se uită drept la mine.

Sunt închisă împreună cu Adriana Hansen, Regina din Biskopsberg. O femeie cu o reputație proastă, foarte periculoasă. Bineînțeles, am văzut-o de multe ori în închisoare, dar nu am avut niciodată de-a face cu ea.

— Am auzit că Anne aproape te-a ucis. Dar că a fost autoapărare, spune ea tărăgănat. Asta te face victimă sau făptaș? Sau ambele?

Nu înțeleg ce vrea să spună și las întrebarea fără răspuns. Izbucnește într-un râs ca nechezatul de cal. Mă întorc în patul meu și mă întind. În tăcere, simt cum mă fixează cu privirea și, după un timp, spune că îi place compania mea.

— Mă bucur că am ocazia să te cunosc.

Se aude un alt râs și mă prefac că dorm până când intru într-o stare de semiconștiență febrilă.

*

Miasmă. Oare asta m-a trezit? Ce miroase atât de îngrozitor? Greața îmi urcă până în gât. Iese ca prin niște ace prin linia părului, și mă întind pe o parte și închid ochii, forțând reflexul de a vomita. Când deschid din nou ochii, văd o pânză de un roșu închis pe cearșaful din fața mea. O ating și văd că degetele mele și mâna sunt de aceeași culoare. Ambele mâini sunt acoperite, la fel și antebrațele. Oricât de mult aș încerca să înțeleg cu ce sunt mânjită și ce anume miroase în halul ăsta, e nevoie de timp până să pricep.

Roșu și lipicios, o miasmă grea, metalică. Bâjbâi cu mâinile pe corp, mă ating și mă întreb de unde sângerez. Îmi pipăi fața, capul. Pe antebrațul stâng am două tăieturi adânci, în rest nu sunt rănită. E atât de mult sânge; inundă tot patul. Mă îndrept și, când mă ridic cu grijă, capul îmi zvâcnește într-un puls ritmic la tâmple.

Sânge pe podea și pe perete, peste tot este roșu în casa de oaspeți.

Mă clatin în baie și văd în oglindă că rimelul mi-a curs în jos pe obraji și că părul îmi este complet năclăit. Și rochia este acoperită cu totul de sânge. Mi-o dau jos și încep să mă curăț.

*

Adriana Hansen mă scutură de umăr și spune cu o voce blândă că nu e niciun pericol.

— Ai un coșmar.

Eu îi spun că e sânge peste tot, atât de mult sânge.

— E doar un vis, zice Adriana, mângâindu-mă pe frunte. Să sun după asistentă?

Mă uit în jos și văd că cearșaful este încă alb. Mâinile și brațele mele sunt curate; la fel, pereții și podeaua. Nu sunt în casa de oaspeți.

— Un coșmar? întreb.

— Un coșmar, repetă Adriana, privind pe fereastră înainte de a se întoarce din nou către mine.

Pare obosită și are cearcăne adânci sub ochi, dar își păstrează atitudinea regală. Își pune mâna pe obrazul meu și, după câteva minute, ușa se deschide. Adriana spune ceva ce nu înțeleg și asistenta vine curând după aceea cu un pahar cu apă și o cană de carton. Îmi dă tabletele din cană și mă ajută să beau apa. Apoi dă la o parte pătura, ridică cearșaful și verifică bandajele din lateral și de pe picior înainte să promită că medicul se va uita și el mâine. Bâigui un mulțumesc și Adriana se așază pe marginea patului meu. Îmi spune că voi dormi bine pentru câtva timp.

O urmăresc cu privirea, deja amețită de tabletele care sunt mult mai puternice decât paracetamolul obișnuit, și înțeleg că Adriana este cea care s-a asigurat că le voi primi.

Ca nou-venită în penitenciar, nu durează mult până când auzi despre Regina din Biskopsberg. Eu însămi am văzut-o pentru prima dată într-o după-amiază în afara sălii de sport, cam la o săptămână după sosirea mea.

După al doilea schimb de zi, aveam timp liber până la cină și unul dintre gardieni mi-a propus să vin și eu la sală, în loc să stau doar în sector. Încăperea arăta ca o sală de sport obișnuită, cu linii vopsite pe podea, coșuri de baschet și porți de fotbal, iar în încăperea alăturată era o sală de fitness cu câteva aparate. Niciodată nu am fost cine știe ce interesată de sport și nici nu am vrut să stau cu celelalte ca să joc ping-pong sau handbal. În schimb, m-am plimbat și m-am uitat prin clădire.

Am auzit o femeie zbierând și țipând în vestiar, după care a ieșit furtunos de acolo în timp ce vreo câțiva gardieni se apropiau. M-am întrebat de ce făcea scandal, dar nu am reușit să mă gândesc prea mult la asta că am și primit o lovitură puternică într-o parte.

— La ce te holbezi? a urlat amenințător una dintre prietenele femeii. Care-i problema ta?

Nimeni nu aștepta vreun răspuns, ci au tot continuat până când gardienii s-au dus să le despartă. M-am așezat pe banca de lângă perete. Doi gardieni s-au uitat la mine, dar și-au întors din nou privirea.

— Ai face bine să termini cu asta, mi-a spus o voce la ureche.

M-am întors și am văzut o femeie scundă, cu părul tuns cu breton drept, care stătea lângă mine pe bancă.

— Te-ai plimbat prin jur și te-ai uitat la toată lumea de sus de când ai venit, îmi zise. Nu e o idee prea bună.

Nu știam cu ce greșisem așa de tare. Credeam că sunt mai mult sau mai puțin invizibilă.

— Ce vrei sa spui?

— Aia de-acolo este Iris. Dacă ea sau oricine altcineva de aici crede că te consideri mai grozavă decât ele, atunci vei avea probleme. Probleme al naibii de mari.

— Nu am pretins niciodată că sunt mai grozavă decât oricine altcineva, i-am răspuns.

— Ai cerut să faci altă muncă din cauza nu știu cărei educații pe care o ai și apoi tratament special în timpul vizitei la fabrică. Cum numești tu asta?

Nu întrebasem decât dacă mai era vreo altă activitate la care aș putea fi de folos. La urma urmei, aveam studii universitare și nicio problemă în a lucra cu ceilalți.

Femeia coborî vocea.

— Dacă ai de gând să continui să afișezi aere de vedetă în timp ce pozezi într-o căprioară speriată, data viitoare va fi mai rău decât un mic ghiont. Nu contează cine ești sau ce ai făcut afară.

— Știi cine sunt?

— Toată lumea știe. Și nu primești puncte în plus pentru că tot trăncănești cum că ai fi nevinovată.

— Și dacă sunt?

A râs și a dat ochii peste cap.

— *Toată lumea* este nevinovată aici.

Apoi a arătat cu degetul spre ieșire și m-a întrebat dacă vreau să ies la o țigară. I-am spus că nu fumez. Ea mi-a răspuns că asta nu mă împiedica să iau puțin aer curat. Apoi a dat din cap spre gardieni și spre ușă, iar unul dintre ei a deschis-o. M-am uitat cum femeia și-a aprins o țigară și a tras un fum adânc în gât. Mi-a întins pachetul și a scuturat o țigară, am luat-o oricum și apoi am fumat amândouă în tăcere.

— Deci, pentru ce ești aici? am întrebat-o după un timp.

— Deținere de droguri, printre altele. Dar nu ar trebui să întrebi oamenii ce au făcut, vei afla oricum.

— Ok, i-am spus, întinzându-i mâna. Numele meu este Linda.

Ea a pufnit și a spus că știe prea bine, și că numele ei este Daria.

O femeie singură a fost lăsată să intre în zona de antrenament, puțin mai departe. Purta un costum de arte marțiale un pic cam mare, cu părul gri-argintiu atârnându-i peste umeri și am văzut-o cum se mișca ușor, dar cu forță, cu pași silențioși, desculță, pe iarbă. Cu bastonul de lemn pe care-l avea în mâini făcea sărituri bruște, de parcă s-ar fi apărat de dușmani invizibili într-un dans atent coregrafiat, efervescent, dar totuși pe deplin controlat.

— Aceea este Regina, mi-a spus Daria. Adriana Hansen. Ea face ce vrea, chiar și aici înăuntru.

— Și pentru ce e închisă? am întrebat, iar Daria mi-a aruncat o privire lungă.

— Înșelăciune și tentativă de asasinat. Pentru asta au închis-o, dar a făcut mult mai mult decât atât. Conduce un imperiu bazat pe comerț cu droguri și arme, și cunoaște oameni periculoși, cu multă putere.

Daria se uită în direcția ei.

— Dacă vrea să scape de cineva, nu sunt probleme, are legături peste tot. Nu vrei să fii dușmanul ei și cel mai sigur este să o eviți cu totul.

Regina se opri în mijlocul unei mișcări. Se uită drept la noi, de parcă ar fi auzit despre ce vorbim. M-am prefăcut că trebuie să-mi leg din nou șireturile și am stat un timp așa. Abia când Daria a chicotit spre mine și m-a întrebat dacă am nevoie de ajutor, m-am ridicat.

— Chiar ar trebui să fie închisă aici dacă este atât de periculoasă? am întrebat, în timp ce Regina își relua antrenamentul și se mișca într-o altă direcție.

— Unde altundeva să fie? mi-a răspuns Daria. Nu sunt chiar atât de multe penitenciare pentru femei în Suedia. Știi ce înseamnă asta? Că acelea care au fost condamnate pentru mărunțișuri ca furturi sau puțină posesie sunt nevoite să-și petreacă timpul în același loc cu infractoarele cu adevărat serioase. Cu oameni ca ea și ca tine, adică.

Și-a stins mucul și mi-a zâmbit scurt, apoi s-a întors în sală. Am stat nemișcată și mi-am terminat țigara. Paznicul mi-a spus să mă grăbesc, dar am urmărit-o cu privirea pe Adriana Hansen până când s-a întors și s-a uitat din nou drept la mine. Mi-am întors privirea, mi-am aruncat mucul de țigară și am întrebat dacă pot să mă întorc în clădirea D.

De atunci, am stat departe de Regina de la Biskopsberg. Nu lucrează deloc perioade îndelungate și, când o face, se ocupă de peisagistică, cea mai atractivă meserie din penitenciar, de care puține deținute au privilegiul să se ocupe. Se spune că are o înțelegere cu anumiți gardieni, că îi ajută cu diverse lucruri și primește beneficii în schimb. Și circulă o puzderie de povești despre cum Adriana se asigură că va scăpa de oamenii cu care nu este de acord în diferite feluri. Cum o femeie a fost lovită de o mașină în timp ce era în permisie și a murit, sau cum altcineva și-a petrecut timpul în penitenciar în izolare voluntară pentru a nu risca să dea peste Regină și cum au fost transferate alte femei în alte închisori, cum a reușit să facă până și pe unii membri ai personalului să demisioneze și să se mute. Unele deținute cred că legăturile ei ajung până la conducerea închisorii, dar nu știu dacă este adevărat.

Tot ce am auzit despre Adriana Hansen, toate aceste zvonuri care o înconjoară, legăturile pe care le are în exterior, faptul că este periculoasă și puternică — totul este adevărat, fără îndoială. Dar nimic din ceea ce văd acum la ea nu indică faptul că trebuie să-mi fie frică. Închid ochii și adorm imediat.

Prima dată când mă duc la toaletă fără niciun sprijin, merg atât de încet încât parcă nu mai ajung vreodată acolo. Aș putea să sun asistenta, dar nu vreau. La întoarcere, mă împiedic de prag și cad, iar durerea mă face să văd stele verzi.

Adriana se grăbește spre mine și mă însoțește înapoi la pat. Mă întind și ea mă face să promit că îi voi spune data viitoare când am nevoie să mă duc la baie.

— Nu mai face prostii din astea, mă ceartă. Pot să te ajut, dacă nu ești prea mândră să accepți.

Mai târziu, în cursul zilei, vine medicul închisorii. Își împinge ochelarii în sus pe nas și plescăie cu reproș când aude că am căzut. Tensiunea arterială este puțin mai bună, dar, în ciuda transfuziilor de sânge pe care le-am primit în timpul operației, valorile sanguine sunt încă la cel mai scăzut nivel și trebuie să iau în continuare suplimente de fier. Apoi îndepărtează bandajul pentru a-mi inspecta cicatricile și constată sec că suprapunerea nu a fost făcută prea bine.

— Dar s-a vindecat totuși frumos, spune el.

Sunt de acord că arată mai bine decât înainte. Copcile au dispărut și marginile pielii sunt mai puțin umflate, dar încă mai am o fisură înțepătoare în lateral și cicatricile strălucesc furioase, roșii. Vor fi mereu vizibile. Cu fața va fi cel mai rău, fiindcă nu o pot ascunde. Pe frunte, pielea s-a scufundat și a format un șanț adânc. Am devenit diformă.

După ce doctorul a plecat, îmi pipăi liniile slabe care se văd pe brațul stâng. Așa-zisele răni de apărare, cele pe care le-am căpătat atunci când Simon a încercat să se apere de cuțitul cu care l-am atacat. Pentru o clipă, mă gândesc la primul lucru pe care mi l-a spus Adriana când a venit în secția de îngrijiri medicale, cum că aș fi fost și victimă, și făptaș. Am meritat să fiu atacată? Am fost eu, printr-un fel de dreptate cosmică, condamnată să port aceste cicatrici pe corp?

În următoarele zile nu schimb multe cuvinte cu Adriana și sunt recunoscătoare că mă lasă în pace. Încă nu am nimic de spus. De câteva ori am văzut-o prăbușindu-se pe pat și apoi zăcând nemișcată ore întregi. După aceea, se comportă de parcă nimic nu s-ar fi întâmplat și nu spune un cuvânt despre cele petrecute. Nu știu de ce este în secția de îngrijiri medicale și nici n-am întrebat-o.

A devenit modul meu de a supraviețui. Am renunțat la întrebări, am renunțat la cerințele de a ști *de ce*, dar de-acum nu mă mai pot apăra.

Nopțile sunt pline de coșmaruri. Îl visez pe Simon și în fiecare noapte încerc să schimb povestea, dar se termină mereu la fel. Nu-i pot salva niciodată viața. O înjunghiere brutală în gât, lumina i se stinge în ochi, iar eu mă înec în sângele lui. Și, când mă trezesc, Adriana stă lângă mine și-mi spune că a fost doar un vis urât. Dar nu este așa, este adevărat. A dispărut pentru totdeauna.

Adriana îmi șoptește cuvinte liniștitoare și mă mângâie pe braț. Gestul ei mă consolează mai mult decât mi-aș fi închipuit.

Atingerile de care am avut parte în ultimii ani au constat în ghionturi, în mâinile insensibile ale gardienilor când m-au percheziționat sau m-au apucat de braț pentru a mă duce undeva. Desigur, au existat oportunități de contact corporal mai intim și sex, am primit mai multe invitații. Dar nu am avut nici nevoie, nici dorință. Acea parte din mine era deja blocată când am venit aici. Până acum nu mi-am dat seama cât de mult mi-a lipsit să simt o mână iubitoare pe pielea mea. Cât de mult pot încălzi câteva cuvinte simple și prietenoase. Iar când Adriana îmi șterge fruntea transpirată, îmi aduc aminte de mângâierile liniștitoare ale mamei când eram bolnavă. Mi-e incredibil de dor de ea.

— Nu ai primit multe vizite de când ai venit aici, îmi spune ea într-o zi. Preferi să-i ții pe ceilalți la distanță?

Ridic din umeri. Dar mi se pare nepoliticos să nu spun nimic, așa că o întreb dacă are pe cineva care să o viziteze.

— Jakob al meu vine uneori, îmi răspunde. Dar prefer să mă întâlnesc cu el acasă în permisie.

— Jakob este soțul tău?

Acum Adriana este cea care ridică din umeri.

— Dacă vrei să-i spui așa, răspunde ea.

— Aveți copii?

— Din păcate, nu. Dar eviți întrebarea. Nu vrei să primești vizite?

— S-ar putea să nu am pe nimeni care să vrea să vină la mine.

— Toată lumea are pe *cineva*.

— Înainte am avut și eu.

— Nu mai ai?

— Nu, spun fără tragere de inimă. Acum, nu.

În arest și în centrul de detenție, și apoi în primele mele luni aici în penitenciar, m-am gândit la Alex Lagerberg în fiecare secundă, cu fiecare respirație. Bărbatul de care mă îndrăgostisem nebunește, deși încă eram căsătorită cu Simon. Singură și ruptă de tot și de toată lumea din viața mea, mi-era atât de dor de Alex încât mă durea.

Tânjeam după perioada în care dansam toată noaptea înainte să luăm un taxi acasă în zori și să facem dragoste. Mi-am amintit cum mergeam la expoziții de artă și ne plimbam prin Gamla stan[2] și cum ne-am petrecut toată vara ca turiști în propriul nostru oraș. Visam să stăm mână în mână undeva pe o terasă, într-o seară blândă de vară, să mă trezesc a doua zi dimineață știind că este al meu. Să știu că mă voia pe mine și pe nimeni altcineva. Sentimentul de a fi dorită și iubită.

M-am lăsat pradă amintirilor iar și iar pentru a păstra speranța și pentru a mă alina. O încercare de a evada din realitate, din situația îngrozitoare în care ajunsesem. De cele mai multe ori a fost doar dureros.

Acum, când mă uit înapoi, amintirea lui Alex încă doare. Nu e acea durere fără sfârșit care mi-a tăiat răsuflarea și m-a făcut apatică săptămâni întregi. E mai degrabă un fel de durere surdă, în adâncul sufletului, unde este îngropată viața mea trecută.

Mă aud povestindu-i Adrianei cum prietenii mei și sora mea Mikaela s-au îndepărtat de mine după ce am

---

[2] Centrul vechi din Stockholm. (*N.t.*)

fost reținută de poliție și că nimeni nu a vrut să mă asculte. Nici măcar Tess, cea mai bună prietenă a mea. Ea a fost una dintre puținele persoane care au depus mărturie în favoarea mea și a confirmat că n-aș fi în stare să tai gâtul nimănui, cu atât mai puțin soțului meu. Ne cunoșteam de la liceul de muzică și petreceam mult timp împreună. Dar, după câteva scrisori politicoase trimise în penitenciar, a încetat să mai dea vreun semn. Am auzit că a avut un rol principal într-un musical și că uneori are concerte cu trupa lui Simon. Bineînțeles, a devenit imposibil să țină legătura cu mine și, de la o listă lungă de prieteni, am ajuns în situația în care nimeni nu mai voia să aibă de-a face cu mine. Dar Alex mă iubea, știam asta. Credința în dragostea noastră a fost ultimul lucru de care să mă mai agăț.

Abia când am venit aici în penitenciar am luat legătura cu el. După mai bine de nouă luni, puteam în sfârșit să ne regăsim. În cele din urmă, îi puteam spune ce s-a întâmplat cu propriile mele cuvinte, iar el ar fi știut că era adevărat. Că de fapt am fost condamnată fiind nevinovată. Și împreună ne-am fi asigurat că sunt disculpată. Eram mai mult decât pregătită să-mi continui viața după o pauză lungă și nedreaptă de izolare, iar Alex urma să mă aștepte în afara porților închisorii și să mă ducă acasă.

Mi-e rușine de acea amintire. Povestesc despre asta ca și cum ar fi vorba despre o femeie mai tânără pe care am cunoscut-o cândva. O femeie naivă și copilăroasă, pentru că, desigur, niciunul din visurile ei nu s-a împlinit, dimpotrivă. I-a mers destul de prost. Dar mă gândesc la ea cu drag, deși i-ar fi fost mult mai ușor dacă și-ar fi dat seama imediat de adevăr.

— Nu trebuie să fii atât de dură cu tine însăți, îmi spune Adriana. Nu te ajută cu nimic. Deci, ce s-a întâmplat, a răspuns?

— Nu din prima, îi zic. Scrisoare după scrisoare, mi-am deschis inima. I-am cerut înțelegere, iertare, dar a durat ceva timp până când am primit un răspuns.

— Și ce ți-a scris?

— Că ar trebui să vină să mă vadă.

Bineînțeles, a durat săptămâni întregi de birocrație până mi s-a acordat permisul de vizită și, când a sosit ziua, mi s-a făcut rău de la atâta așteptare.

Fiind copilul unei vedete, întâlnisem mulți oameni de succes la cine și petreceri, politicieni, actori și artiști, atât suedezi, cât și internaționali. Am fost căsătorită cu un artist celebru, am jucat rolul de gazdă și am ținut discursuri. Nu am avut niciodată emoții, nici măcar când eram pe scenă cu mama în fața a mii de oameni. Dar, în timp ce-l așteptam pe Alex, tremuram ca varga.

Minutele mi se păreau lungi ca orele. Îmi amintesc că m-am uitat la ceasul din camera de vizite. M-am așezat pe scaun, apoi m-am ridicat și am făcut o tură prin cameră. O canapea roșie, un covor pe jos și o masă cu două scaune, o toaletă mică. Postere pe pereți și o lampă ambientală la fereastră. Un morman de foi de hârtie pe un scaun lângă canapea și, peste el, un borcan de plastic cu prezervative.

— Alex a regretat din clipa în care a pășit pe ușă, îi spun Adrianei.

— Ți-a spus el asta?

— Nu, dar a fost șocat să mă vadă. Când a văzut cum arăt, cum am ajuns. Și cine îl poate învinovăți, *nimeni* nu poate arăta bine în hainele de la Direcția Suedeză a Penitenciarelor, continui eu râzând nervos. Nu eram femeia de care s-a îndrăgostit. Dacă m-ar vedea acum, nu ar avea idee cine sunt. Și l-aș înțelege. Și eu simt același lucru.

Alex era arătos, îmbrăcat în blugi mulați și un tricou negru sub cămașa gri. Avea părul mai lung și ondulat dat după urechi, era bronzat, de parcă tocmai s-ar fi întors din străinătate. Ne-am așezat la masă și am vorbit, și mai târziu ne-am mutat pe canapea.

Am plâns înainte să vină? Cred că da. Am plâns și în fața lui? Nu mai țin minte. Dar poate că lacrimile mele l-au speriat în așa hal încât l-au făcut să pună un scut în fața lui și a refuzat să mă lase să mă apropii.

Despre ce am discutat? A întrebat politicos despre viața de zi cu zi în penitenciar? Și ce am spus atunci? Că fiecare zi arată la fel și că munca de la fabrică mă transforma într-un robot fără suflet?

Sortez șuruburi, știi? Scopul este să învăț să lucrez în echipă.

Vizitele și perchezițiile din celulele noastre, încălcările neanunțate ale integrității noastre când veneau cu câinii și răsturnau totul pe dos în căutare de droguri și obiecte ilicite? Ar fi fost interesant pentru el să știe toate astea? Trebuia să fi spus ceva despre probele de urină obligatorii în fața gardienilor? Sau că lenjeria intimă pe care o purtam fusese folosită de o altă femeie săptămâna anterioară, înainte să o iau de la spălătorie?

Nu exista nimic în viața mea la Biskopsberg care să aibă vreo legătură cu realitatea lui Alex, nimic cu care să se poată identifica. Viața noastră împreună avusese loc într-o altă lume, pe o altă planetă.

Vizita, care era singura pe care o avusesem în luni de zile, s-a transformat într-o experiență pe care aș fi preferat să n-o trăiesc. O conversație rigidă despre nimic, între doi oameni care au fost forțați să se despartă și au devenit străini unul pentru celălalt.

— Ar fi fost mai bine dacă nu ne-am fi întâlnit niciodată.

— Deci nu a crezut că ești nevinovată? mă întreabă Adriana.

— Nu am spus nimic despre asta, îi răspund. Nu avea rost. Înainte să plece, s-a asigurat că am înțeles că s-a terminat. De parcă nu aș fi știut asta din momentul în care l-am văzut. Mai bine mi-ar fi scris direct într-o scrisoare, aș fi scăpat de umilință. Chiar nu avea de ce să vină aici.

Nu avusesem de gând să fiu atât de sinceră. Poate că întrebarea directă a Adrianei m-a dat peste cap, amintindu-mi de lucruri la care alesesem să nu mă gândesc de câțiva ani. Sau e din cauza coșmarului. Cel mai probabil, asta îi produce cuiva o experiență aproape de moarte.

Mă gândesc la viața pe care am trăit-o și la alegerile pe care le-am făcut, la tot ce am avut și am pierdut; și la ce ar putea rămâne. La cei pe care i-am iubit și la cei de care mi-e dor. La cei care nu mai sunt printre noi.

Problema atunci când începi să te gândești e că devine imposibil să te oprești. Odată ce gândurile au ajuns la tine, parcă se înmulțesc de o mie de ori. Te invadează și te mănâncă din interior până nu mai rămâne din tine decât o coajă subțire.

În primii ani, nu am făcut altceva decât să analizez nedreptățile pe care le trăisem. Mi-au furat identitatea, m-au transformat în cine nu eram. Am devenit Linda Andersson, Raza soarelui, cea care i-a tăiat gâtul soțului ei. Monstrul care i-a înjunghiat trupul iar și iar, înainte să se culce la loc, îmbibată de sângele lui.

Am fost condamnată, chiar dacă trăiam cu convingerea că sunt nevinovată. Eram sigură că mai era cineva în încăpere în noaptea aceea. Nu am văzut nimic în întuneric, dar am simțit atât de puternic prezența altei persoane. Și, când m-am trezit, nu mi-am amintit nimic din ce s-a întâmplat, cum a ajuns sângele pe mine. Nu aveam nicio explicație, și totuși *știam*. Fiecare părticică a ființei mele *știa*. Dar, după un timp, această cunoaștere devine un inamic. Vocea clară a certitudinii nu mai este o consolare, ci se transformă cu anii într-o ființă rea pe care nimeni nu o poate asculta. Am ales să renunț pentru a scăpa de întunericul care amenința să-mi mănânce sufletul. Eu am ales să fiu cea care au spus ei că sunt.

Da, am făcut-o. Eu l-am ucis pe Simon.

Nu, nu sunt condamnată pe nedrept. Sunt o ucigașă.

Dar gândurile mă macină. Vreau să le opresc, dar este mai ușor de spus decât de făcut. Nu doar înfățișarea mea s-a schimbat de la atacul lui Anne, ci e o schimbare mai profundă decât atât. Nu văd foarte clar încă, dar simt asta.

Când Adriana a adormit în patul de lângă mine, mi-am amintit de săptămâna în care Mikaela și cu mine am avut gripă în același timp. Ne-am culcat în patul părinților și am putut să mâncăm câtă înghețată am vrut. M-am însănătoșit în curând, dar Mikaela încă era caldă ca o sobă și nu dorea altceva decât să doarmă. Oricât am încercat să o conving să se trezească și să vină să se joace, nu a funcționat. Stătea întinsă cu spatele la mine, încovoiată și mică, cu părul ei închis la culoare și ciufulit peste pernă.

Mi-e dor de ea, cu toate că nu vrea să știe de mine. Sângele apă nu se face, dar legăturile de sânge nu înseamnă nimic atunci când cei mai apropiați de noi închid toate ușile. Am fost o parte bolnavă din viața familiei mele, o tumoare malignă care trebuia îndepărtată. Nu este nici corect, nici greșit, e doar un fapt. Iar în privința tatălui meu, noi ne-am pierdut unul pe celălalt cu mult timp în urmă.

Abia după vizita lui Alex am înțeles ce înseamnă amploarea condamnării mele pe viață. Cei pe care i-am iubit m-au condamnat și mai sever. Pentru ei, eram deja moartă.

Procesul a început într-o zi de luni de la sfârșitul lui februarie, la Tribunalul Districtual din Stockholm. Am fost adusă în sală în cătușe, cu paznici de fiecare parte. Nopțile nedormite și timpul petrecut în izolare își lăsaseră amprenta. Eram palidă și cu un aer bolnăvicios și purtam hainele fără formă de la Direcția Penitenciarelor. Arătam ca o ucigașă.

Locurile din sală erau ocupate toate. Interesul publicului larg și al mass-mediei a fost enorm, mai mare decât bănuisem. Nimeni nu mă pregătise pentru faptul că urma să fiu pusă în spatele unui geam armat, să mă privească toți de parcă aș fi fost un animal exotic la grădina zoologică.

Împotriva voinței mele, privirea mea s-a îndreptat într-acolo, către jurnaliști și către cei care erau doar curioși de scandalul din jurul fiicei lui Kathy și al soțului ei celebru, ucis. Erau acolo vechi colegi de clasă pe care nu-i mai văzusem de câțiva ani, foști colaboratori. Mikaela stătea în spate. Ca rudă apropiată, nu era obligată să depună mărturie, îmi explicase avocatul. Și ea alesese să nu facă asta. A ales să nu mă apere. Asta însemna că ea putea fi prezentă în sală pe toată durata procesului.

Mulți dintre prietenii lui Simon erau acolo, iar părinții lui stăteau pe locurile rezervate reclamanților. Pentru o scurtă clipă m-am uitat în ochii mamei lui. Ne-am plăcut mult și obișnuiam să stăm în bucătărie și să bem cafea și să discutăm, chiar și atunci când Simon nu era acolo. Întreba adesea când îi vom face nepoți. Ceea ce am citit pe chipul ei zdrobit mi-a spus totul despre cine devenisem pentru ea acum. Despre ce reprezentam pentru toți cei din sală.

I-am urmat pe paznici la locul meu. Unul a descuiat cătușele, mi le-a scos și s-a așezat chiar în spatele meu. Pentru a menține ordinea și siguranța.

În clipa aceea m-am gândit dintr-odată la mama și la cum s-ar fi comportat ea dacă ar fi fost în locul meu. În timpul interviurilor, înregistrărilor și aparițiilor publice, ea era întotdeauna o vedetă. Dar și în magazin sau la locul de joacă, atunci când eram mici, sau când eram în drum spre școală. Mama era pe scenă oriunde se afla, mereu gata să fie admirată. Se mișca asemenea celor din familia regală, făcea cu mâna și zâmbea și-și făcea timp pentru toți cei care voiau să-i vorbească. Și totuși, era ea însăși. Nu era nicio prefăcătorie la mijloc, nimic artificial. Să fie iubita Kathy a întregii Suedii era la fel de natural pentru ea ca și respirația.

Dacă ar fi fost ea în locul meu, bineînțeles că și-ar fi făcut, ca de obicei, o intrare grandioasă în sala de judecată. Ar fi radiat și ar fi intonat unul dintre hiturile ei, dându-i judecătorului un autograf înainte să se termine totul.

În mijlocul acelei situații groaznice, gândul la mama m-a făcut să zâmbesc, dar zâmbetul s-a șters curând.

*

Am o rană acolo unde cătușele s-au frecat de încheieturile mâinilor și nu mă pot abține să nu-mi zgândăr juliturile. Mă doare când smulg un strat de piele, dar continui și mai smulg câte unul și apoi altul și tot așa. Avocatul care mă apără, Lukas Francke, își pune mâna pe brațul meu și afișează o figură liniștitoare, ceea ce înseamnă că totul va merge bine.

Procuroarea are cuvântul. Ea rămâne pe scaun și citește până când rezumă pe scurt principalele elemente ale rechizitoriului.

— Inculpata, Linda Andersson, se afla în casa ei de vacanță din Färingsö sâmbătă, 17 septembrie, împreună cu soțul ei, Simon Huss, printre alții, începe ea. În dimineața zilei de 18 septembrie, a fost alertată poliția. La locul faptei, l-au găsit pe bărbat decedat. După ce a fost înjunghiat brutal cu un cuțit foarte ascuțit care i-a secționat artera carotidă, Simon Huss a murit imediat din cauza hemoragiei. Polițiștii au descoperit pe corp și numeroase plăgi adânci produse prin înjunghiere, cauzate de aceeași armă. Linda Andersson a fost reținută pe loc, la ora 8:42, și arestată pe 20 septembrie. În prezentarea faptelor, voi prezenta cele relevate în timpul anchetei.

Asistentul acuzării solicită despăgubiri în numele părinților victimei pentru suferințe psihice enorme, apoi judecătorul spune că trebuie să menționez cum răspund acuzațiilor.

Avocatul meu răspunde că neg că aș fi comis crima.

Mai târziu, unul dintre anchetatorii crimei, Tony Bodin, stă aplecat în față, cu coatele pe genunchi și mă urmărește cu atenție. Ochii lui sunt constant ațintiți asupra mea când procuroarea dă clic pe următoarea imagine din prezentarea sa. „Locul crimei de la casa de oaspeți", scrie acolo, dar nu sunt pregătită pentru imaginea care umple ecranul mare.

— Aici este așadar încăperea în care a fost găsită inculpata cu decedatul, duminică dimineața, în data de 18 septembrie pe la ora 8:13. Cercetarea de la locul faptei a fost efectuată de tehnicieni criminaliști și este disponibilă o listă completă a constatărilor care au fost făcute la pagina o sută nouăzeci și șase. Nu le voi menționa pe toate, ci doar pe cele mai interesante.

Apoi ia un indicator laser și îl îndreaptă spre ecran.

— Decedatul era întins pe spate pe podea, aici, unde arăt eu.

Din cauza asta nu l-am văzut deloc când m-am trezit. M-am dus din pat direct în baie, iar Simon era întins pe podea pe cealaltă parte. Apoi a venit poliția. Procuroarea mă privește cu atenție și apoi vorbește în detaliu despre cantitatea considerabilă de sânge care era pe podea și în jurul corpului. Imaginile arată că nu este nicio exagerare în ceea ce spune. Pardoseala și covorul sunt acoperite cu sânge închis la culoare. Apoi arată spre rochia mea, fotografiată atât acolo unde a fost găsită, la duș, cât și întinsă pe podea, udă și însângerată.

„S-a detectat sânge", scrie sub imaginea din prim-plan. Rezultatul arată extrem de clar că este sângele lui Simon Huss sau al unei rude foarte apropiate.

Sub unghiile lui Simon s-au găsit resturi de piele. „Comparația cu ADN-ul furnizat de inculpata Linda Andersson este concludentă", citesc.

Procuroarea mai spune că arma crimei, un cuțit ascuțit, a fost găsită lângă cadavru. Rănile constatate pe corpul și hainele decedatului se potrivesc cu lama cuțitului, explică ea și apoi citește cu voce tare din declarație că rănile pe care le aveam eu însămi la brațul stâng au fost cauzate cel mai probabil de același cuțit.

Ochii publicului sunt ca niște raze laser care ard direct prin mine. Freamătul șoaptelor, foitul de pe scaune, lumina rece de la neoanele din tavan. Hârșâitul creionului pe un carnet se transformă într-un zgomot insuportabil și, când mă întorc, văd un desenator așezat la capătul îndepărtat al încăperii. Din fericire, camerele foto nu sunt permise în sala de judecată.

*

Cântecul se numea *Când soarele apune* și am avut succes când l-am interpretat pe scenă cu mama pentru prima dată la vârsta de patru ani. Înregistrările arată o fetiță dolofană, precoce, care știa textul și mișcările pe de rost, și care-și unduia șoldurile la fel ca mama ei, deși cu câteva secunde mai târziu. Peste aplauze și urale, un cunoscut jurnalist de divertisment a fost auzit strigând: „*Soarele nu apune niciodată atunci când Raza soarelui cântă!*“ Așa mi-a apărut porecla. Mă urmărește de atunci.

Mamei i-a plăcut, publicului i-a plăcut, iar eu eram mândră și mi s-a părut distractiv. Dar, chiar și înainte de acest episod, fusesem tot în culise, iar mama obișnuia să glumească că am plecat de la maternitate direct în turneu.

În fiecare an petreceam cu ea o parte din vacanța de vară pe drum. Nicio amintire nu este la fel de minunată ca timpul petrecut în casa noastră de vacanță din Färingsö înainte și după turneu, când Kathy era doar mama mea și a Mikaelei. După ce se odihnea, ne legăna și ne citea cărți, cocea rulouri cu scorțișoară și curăța peștele pe care-l prindeam pe lac cu tata. Serile în grădina în care mama aprindea felinarele printre copaci, când născoceam povești captivante cu fantome, jucam mimă sau ascultam poveștile mamei de pe vremea când era mică și, la fel ca noi, copil de vedetă. Bunicul din partea mamei a fost marele actor Erik Andersson, iar mama știa o poveste foarte interesantă despre orele pe care le petrecuse în culise la Dramaten, Teatrul Dramatic Regal. Uneori, eu și Mikaela cream numerele noastre proprii, cu cântece pe care le interpretam în fața mamei și a tatei, care erau încântați, iar mama ne ovaționa de parcă ne aflam pe o scenă adevărată.

Apoi, mama și cu mine călătoream prin Suedia într-un autobuz mare și luxos. În zilele ploioase, îmi plăcea să stau întinsă în patul supraetajat și să văd cum ploaia bătea în luminatorul aflat chiar deasupra mea. Picăturile se prelingeau de-a lungul geamului în șiroaie. Le urmăream curgerea cu privirea până când dispăreau din vedere, uneori încercam chiar să le țintuiesc cu degetul arătător. Voci și râsete în fundal, eram legănată acolo sus în timp ce călătoream pe atâtea și atâtea drumuri.

Aveam cu mine jucării și cărți, iar hainele îmi erau puse într-un sertar de sub patul supraetajat. Hainele de scenă ale mamei ocupau aproape tot autobuzul: costume și rochii colorate, pene, pălării și o mulțime de pantofi. Fiecare oraș nou semăna cu cel dinainte, alegeam aceeași înghețată în chioșcurile din centru când asistenta mamei avea puțin timp liber. Igloo, două globuri de înghețată, unul peste celălalt, și aveam impresia că primisem de două ori mai mult. Totuși, întotdeauna se termina prea repede, dar, dacă aveam noroc, mai primeam una.

Uneori, mama era cam obosită după spectacole. Tocurile erau înalte, zilele lungi, și ea, ca de obicei, dăduse totul. Uita adesea să bea suficiente lichide, ceea ce-i cauza dureri de cap. Mă ofeream să o masez și o întrebam dacă o face să se simtă mai bine. Ea închidea ochii și-mi spunea să o iau încet. Îi masam umerii, gâtul și ceafa până aproape că adormea. Îmi plăcea să-i pot da înapoi puțin din toată dragostea pe care mi-o oferea.

În zilele libere ne jucam de-a salonul de înfrumusețare și făceam tratamente de păr, ne înfășuram părul fiecare în turbanul său și ne întindeam apoi pe patul de hotel și mâncam praline și pretindeam că eram ducese pe proprietatea noastră.

Acele momente erau ale mele, Kathy era doar mama mea, la fel ca în casa de vacanță. Apoi devenea din nou Kathy a tuturor. Cânta în teatre și săli de concerte, la petreceri elegante și avea nenumărate apariții la televizor. Discurile ei de aur și platină erau atârnate pe peretele ei cu lauri, de acasă, așa cum îi spunea. Cânta pe scenele din parcurile de distracții[3], a vizitat fiecare parc din Suedia. Ieșeam să cânt melodia noastră, în rest, așteptam în culise cu rucsacul în care aveam jucăriile. Mă jucam singură și așteptam. După ce-am mai crescut, luam parte la mai multe numere.

În aceste perioade, Mikaela era acasă cu tata. La început, era prea mică ca să vină cu noi și, apoi, se pare că nu i-a plăcut niciodată atenția. Și, desigur, era greu uneori. Oamenii din public aplaudau și cântau cu mama melodiile, veneau în față și salutau după aceea, cereau autografe și voiau să facă poze cu Kathy și fiica ei. Zâmbeam spre camere crezând că era o mare aventură. Eram filmată și participam la documentare și toată lumea știa totul despre mine încă de când eram mică.

---

[3] *Folkpark* în suedeză; spații publice de recreere de dimensiuni mari, cu iarbă, copaci, scene, instalații de joacă pentru copii ș.a. (*N.t.*)

De aceea a fost ca și cum ar fi căzut o bombă când s-a răspândit vestea că am fost arestată pentru crimă. În ziare, la televizor și pe internet, pe paginile de știri și cancan, fața mea era peste tot. L-am rugat pe Lukas Francke să păstreze articolele din ziare până când vor fi ridicate restricțiile; voiam să știu ce se spune despre mine.

A fost ciudat să citesc cum au încercat jurnaliștii să răspundă la întrebarea cine era *cu adevărat* Linda Andersson. Cum și de ce fiica iubitei Kathy s-a transformat într-o criminală nebună. *S-a lăsat întunericul peste Raza soarelui*, a scris ingenios un jurnalist. Dar nimic nu s-a schimbat la mine. În adâncul sufletului, Linda Andersson era aceeași dintotdeauna.

Pe lângă descrierile detaliate ale crimei, s-a scris și despre copilăria mea cu Kathy, despre parcursul meu școlar fără probleme și despre viața mea socială bogată. Managerul mamei, Henri Petrini, a spus că a fost la fel de șocat ca restul lumii. Părinții unuia dintre elevii mei de pian s-au blamat că și-au lăsat fiica pe mâna unei femei care s-a dovedit a fi un ucigaș periculos. Prietenii din copilărie și foștii iubiți au fost intervievați și, bineînțeles, au reușit să-i găsească pe unii care susțineau că am fost mereu cu toane și capricioasă.

Relația mea cu Simon a fost disecată în detaliu; totul, de la celebritatea lui până la situația noastră financiară și, nu în ultimul rând, viața noastră sexuală. Eram fiica de vedetă care a trăit o viață retrasă ca profesor de muzică până la căsătoria cu Simon Huss, care a ajuns un artist cunoscut. Eram cuplul fericit, de succes.

Un ziar a pus mâna pe o fotografie cu noi de la un bal mascat de la casa de discuri a lui Simon. Era îmbrăcat în verde și purta un maiou deșirat și pantaloni scurți rupți de blugi, iar eu aveam o perucă stupidă cu o pălărie mare și o rochie scurtă, și eram machiată excesiv cu negru în jurul ochilor și cu sângele curgând în colțul gurii. Afișam cel mai terifiant zâmbet al meu în timp ce m-am pozat lângă el, ținând un cuțit mare de plastic la gâtul lui. Titlul era scris cu majuscule: UCIGAȘA CU CUȚITUL ȘI VICTIMA EI.

Mai era și fotografia de la școală, din clasa a treia, pe care o urăsc, în care aveam părul creponat și aparatul dentar care mi-a îndreptat dinții strâmbi. Poze din turneele de vară, imagini amestecate cu mama și de la petreceri cu Simon; a fost inclusă și fotografia făcută la secția de poliție când am fost reținută. Bănuiesc că toate au fost folosite pentru a ilustra transformarea mea dintr-o fată bine adaptată social, privilegiată, într-o femeie bolnavă cu o privire nebună.

Dar cel mai mult s-a scris despre aventura lui Simon. La scurt timp după ce am aflat chiar eu, presa a început să speculeze, dar abia când am fost arestată s-a confirmat. Reportajele obscene au fost dezgustătoare. Aș fi vrut să fi trecut peste ele, dar nu m-am putut abține să nu citesc totul. Totodată, voiam să urlu.

Nu despre mine vorbiți. Nu suntem noi aici. Nu ați înțeles nimic.

Am vrut să-i strig asta judecătorului care mă condamnase și tuturor celor care s-au bucurat de căderea Razei soarelui. Și eram atât de infinit de tristă că viața mea cu Simon fusese redusă la o poveste despre sex, trădare și ură, la moartea haină și subită ca divertisment abject pentru public.

După anunțarea verdictului, rudele lui Simon au luat cuvântul. Au fost ușurate că ucigașul, adică eu, și-a primit pedeapsa, dar li s-a părut prea blândă. Chiar dacă nu există pedeapsa cu moartea în Suedia, ar fi fost mai corect, pentru că l-am privat pe iubitul lor Simon de întregul său viitor.

„O viață pentru o viață“ a fost titlul interviului acordat în exclusivitate de mama lui Simon, Anita Huss. Faptul că mama mea a putut să moară de complicații ale bolii ei grave înainte să se întâmple toate acestea a fost, până la urmă, o ușurare. Mi-era atât de dor de ea încât simțeam că mi se rupe inima, dar eram recunoscătoare că nu a trebuit să treacă prin toate astea.

În urmă cu două nopți, Adriana a suferit o criză mai gravă decât înainte și a fost transportată la spital. Nu eram sigură că se va întoarce, dar a făcut-o.

— Tumoare pe creier, îmi spune, deși nu am întrebat-o. Medicii vorbesc despre prognosticuri, tratamente cu medicamente și poate radiații, dar vom vedea. N-am cum să fiu eliberată înainte de a se termina totul pentru mine.

— Nu spune așa, protestez. Nu o pot extirpa?

Adriana dă din mâini a lehamite.

— Au operat ce au putut cu mult timp în urmă. Tumoarea e benignă și e acolo de ceva vreme, dar acum crește. De aici durerile de cap și convulsiile. Nu este cine știe ce loc acolo, oricât de inofensivă ar fi. Cortizonul ar trebui să facă mizeria să se dezumfle; dacă am noroc, nu mă va durea atât de tare.

Stă în mijlocul camerei și face niște mișcări ca și cum ar mătura cu brațele în timp ce-și întoarce trunchiul în lateral și coboară genunchii. O văzusem la sala de sport și în zona de recreere; obișnuia să facă seturi de exerciții care ar fi pus în dificultate orice tânără de douăzeci de ani. Flotări, tracțiuni și genuflexiuni în ritm alert, ca să nu mai spun de lovituri înalte cu piciorul și fandări cu bățul la spate. Acum aproape că dă impresia de fragilitate și se mișcă mult mai încet decât înainte.

Probabil că a observat că mă uit la ea, deși era cu spatele la mine.

— Nu pot face atât de multe când îmi explodează capul, spune ea. E foarte enervant.

— Chiar trebuie să faci exercițiile astea? N-ar trebui mai bine să te odihnești?

— Știi ce se spune. Ce nu te ucide te face mai puternic. Se întoarce spre mine și zâmbește. Vrei să te învăț?

Râd în hohote pentru că întrebarea este absurdă în multe feluri.

— Nu m-am antrenat serios în toată viața mea, îi răspund. Mama spunea că am moștenit coordonarea de la tatăl meu; este în mare parte inexistentă.

— Dar ai avut un număr de dans cu Kathy. Nu poți fi complet antitalent, nu-i așa?

Resping ideea și o întreb pe Adriana dacă face sport de mult.

— Jakob a fost cel care m-a învățat, spune ea. Exersăm împreună de mulți ani.

— Pare dificil.

— Este destul de simplu, dacă faci câte un pas pe rând, zice Adriana. Și trebuie să fii în formă. Corpul tău nu-și va reveni dacă stai în pat toată ziua.

— Obișnuiam să mă plimb de-a lungul gardului, îi spun.

— Și acum? Nu te-am mai văzut făcând-o de o eternitate. Mai mult stai singură și-ți plângi de milă.

— Îmi place să fiu singură. Și nu-mi plâng de milă.

Adriana se apropie de mine și-mi întinde mâna.

— Ridică-te, îmi spune.

Mă uit la ea neîncrezătoare, dar chipul ei nerăbdător arată că e serioasă.

— Adriana, nu pot, îi spun. Nu *am voie* să fac sport, chiar dacă aș vrea. Nu încă. Am fost cu un picior în groapă.

Ea rămâne cu mâna întinsă spre mine.

— Și nici nu vreau, spun eu. N-am niciun chef.

— Nu mai comenta atâta, mă tachinează. Cât timp o să-ți mai fie milă de tine? Până te scot afară?

Cuvintele ei ating o coardă sensibilă și aș prefera s-o rog să-și țină gura. Mi-am câștigat dreptul la compătimirea de sine. Am plătit un preț mare pentru a avea dreptul la oricâtă autocompătimire doresc. Și nu vreau să mă întorc. Să mă întorc la ce? O viață de ucigașă condamnată pe viață, cu un corp desfigurat și o față dezgustătoare la care nimeni nu poate suporta să se uite altfel decât cu un amestec de groază și fascinație. Am de gând să stau aici întinsă cât pot de mult.

Adriana se așază pe patul ei. A renunțat la ideea de a mă face să mă apuc de sport. Dar numai pentru moment, îmi dau seama.

— Pari pleoștită, îmi spune.

— Viața în închisoare funcționează cel mai bine dacă nu mai gândești, după cum știi foarte bine, îi zic. Am început să gândesc prea mult. Și, dacă îmi sugerezi să vorbesc cu psihologul, asta nu se va întâmpla.

Adriana se uită la mine în tăcere. Nu știu ce părere are despre asta, dar mă face să vorbesc în continuare, deși nu mai întreabă nimic. Îi spun că m-am săturat ca ceilalți să-și bage nasul în viața mea. În plus, la sfatul medicului mamei mele, am încercat să obțin ajutor de la un psiholog când am aflat de boala ei și nu a mers prea bine. M-a întrebat cum a fost să cresc alături de o mamă atât de faimoasă și, fără să-mi dau seama, i-am povestit despre copilăria mea, despre turnee și viața în lumina reflectoarelor; propriile mele spectacole pe scenă și camerele care ne urmăreau peste tot.

Psihologul și-a făcut o imagine complet greșită despre mama și relația noastră și, în loc să se concentreze asupra modului în care ar trebui să mă raportez la faptul că ea era grav bolnavă, a fost de părere că felul în care am crescut m-a influențat negativ. Că, de fapt, nu mi-a mers prea bine din cauza asta. I-am explicat că o iubesc pe mama mai presus de orice și că îmi place viața pe care am trăit-o, dar nu a contat ce am spus. El își făcuse deja o părere. Invidia și căutarea problemelor chiar și acolo unde nu există sunt printre cele mai rele lucruri pe care le-am văzut la o ființă umană.

— Cum te-ai simțit de fapt să fii tot timpul sub observație? mă întreabă Adriana. Pare a fi destul de obositor.

— Mama a făcut din asta o aventură, îi răspund. Ea a fost ancora mea, a însemnat totul pentru mine. Aș fi făcut orice ca s-o țin în viață.

— Înțeleg, spune Adriana încet. Să-ți iei rămas bun e cel mai dificil lucru.

Dar nimeni nu înțelege, nu în întregime. Gândul de a rămâne singură, când mama s-a îmbolnăvit, m-a îngrozit. Nimeni nu m-a înțeles așa cum m-a înțeles ea.

— Dar ai o soră, nu? Iar tatăl tău, el nu mai este în peisaj? mai întreabă Adriana.

— E o poveste lungă, spun eu.

— Am tot timpul din lume.

Paul Juhlin a fost electricianul care i-a salvat show-ul mamei de la anulare. A rezolvat problemele, a repornit sunetul și lumina și, drept mulțumire, a avut parte de o soție celebră și două fiice.

Îi povestesc că de multe ori mi s-a părut că era un mister faptul că mama și tata au ajuns împreună. Dacă mama era un păun colorat, tata era o vrabie ternă, cu cincisprezece ani mai în vârstă, fără niciun interes față de ceea ce mama adora cel mai mult: să fie în centrul atenției și să se expună publicului. Erau total diferiți și nu înțeleg cum au stat împreună atâta timp.

Când aveam patru ani, am căpătat o surioară, și am iubit-o din prima clipă pe Mikaela. Era micuță și avea părul la fel de des și închis la culoare ca tata, în timp ce eu eram blondă ca mama, și mă prefăceam că e păpușa mea. Legătura dintre noi era puternică; atunci când eram mici, eram de nedespărțit. Dar, când părinții noștri au divorțat, eu și Mikaela ne-am îndepărtat tot mai mult.

Împlinisem opt ani și ea avea să împlinească patru. Tata s-a așezat la masa din bucătărie cu umerii căzuți și mi-a spus că el și mama se vor muta fiecare în casa lui. Ceasul de perete ticăia tare și niciodată nu-l mai văzusem atât de bătrân și epuizat. Ne-a spus că îi pare rău, că nu și-a dorit niciodată ca lucrurile să fie așa. Dar nu a fost o mare surpriză de fapt, ținând cont de cum se certau în ultima vreme.

Mikaela urma să locuiască cu el, a mai spus, iar eu trebuia să aleg ce vreau să fac. Desigur, s-ar fi bucurat mult să mă mut cu ei. Mama încă trebuia să călătorească o vreme și era deseori plecată din cauza meseriei ei.

Dar dacă aș face-o, ea n-ar avea pe nimeni, m-am gândit atunci. Și, din moment ce apăream pe scenă cu ea, era firesc să și stau cu ea. Când am spus asta, am văzut că tata s-a întristat. I-a fost greu să accepte, poate că s-a simțit dat la o parte. Așa cred.

Casa din Danderyd a fost vândută și, în timp ce tata s-a mutat într-o casă în Sollentuna, mama a cumpărat un apartament în oraș, înainte de a se muta la o fermă din Gotland, apoi iarăși într-o casă din Stocksund, după care a experimentat viața la Londra numai pentru a reveni la Stockholm câteva luni mai târziu. M-am mutat cu ea și au fost schimbări constante de școli, noi colegi de clasă și prieteni pe care să învăț să-i cunosc.

Mă întâlneam cu Mikaela în vacanțe și, uneori, la sfârșit de săptămână. În fiecare iarnă, mă duceam cu ea și tata într-o cabană din munți, iar ea ne însoțea pe mine și pe mama la Färingsö vara. Când ne jucam doar noi două, aveam impresia că eram iarăși ca în vremurile de odinioară. Jocul în peștera de zăpadă până când mâinile noastre erau bocnă, zilele liniștite de vară când ne întindeam pe o pătură pe iarbă, una lângă alta, și ne uitam la cupola de un albastru deschis de deasupra noastră. Părul închis al Mikaelei în contrast cu părul meu blond, tenul ei brun în contrast cu tenul meu palid.

O întrebam dacă poate vedea norul care arăta ca un hipopotam și arătam spre un munte alb și pufos sus de tot, în dreapta. Ea se întreba unde era, iar eu îi întorceam capul spre direcția bună. Dar Mikaela nu era deloc de acord că era un hipopotam. Era un elefant cu burta umflată.

Puteam continua așa oricât, iar ea mă făcea mereu să râd. Apoi se ducea acasă la tata.

Când mergeam eu la ei, mă simțeam mai mult ca un oaspete în vizită decât ca un membru al familiei. Era casa lor, rutina lor, viața lor. Nu a mea. Poate pentru că mie și tatei ne era greu să ne înțelegem, câtă vreme între el și Mikaela nu părea să fie nicio problemă. Ea mai izbucnea din când în când și se înfuria, dar el nu făcea mare caz din asta. Eu eram calmă și cuminte, dar eram criticată pentru asta tot timpul; îmi spunea că sunt mult prea îngăduitoare și că nu arăt că am voință proprie. A fost greu să încerc să-mi dau seama cum ar trebui să fiu ca să-l mulțumesc. Indiferent cum mă comportam, părea că nu e suficient de bine și ne certam din ce în ce mai mult. Mereu mă simțeam dezamăgită când eram acolo și era plăcut să mă întorc acasă la mama. Am început să mă duc tot mai rar la el.

Mikaela, la rândul ei, îi făcea mamei zilele tot mai fripte pe măsură ce creștea și, într-o vreme, părea că nu făcea altceva decât să se ia de mine. Se sătura să cântăm și să dansăm tot timpul, era sătulă să zâmbească în fața camerei. O acuza pe Kathy că era egocentrică și că se gândea doar la cariera ei, că nu ar putea fi niciodată o mamă normală. Nici măcar când s-a îmbolnăvit și a avut mai mare nevoie de noi, sora mea nu a venit la ea.

— Eu și Mikaela trăiam vieți diferite și asta ne-a îndepărtat din ce în ce mai mult, continui. Eram surori, dar tot nu simțeam asta. Și nici tata, nici mama nu au întrebat cum ne-a afectat divorțul. Poate că nu au crezut că era necesar.

— Nu mai ții legătura cu tatăl tău?

— Suferă de demență și a trebuit să se mute într-un cămin de bătrâni, îi răspund. Ultimele dăți când l-am vizitat nici măcar nu a știut cine sunt. A fost groaznic.

— Și cum a fost cu Mikaela?

— Au fost câțiva ani în care nu ne-am văzut atât de des, dar, după ce am mai crescut, a fost mai bine. Atâta timp cât părinții noștri nu vorbeau, nu am avut probleme.

— Se pare că ți-e dor de ea.

— Într-o vreme, eram noi două împotriva tuturor, îi spun. Tess, una dintre cele mai apropiate prietene ale mele, m-a găsit în dimineața aceea. Dar Mikaela a fost cea care a sunat la poliție.

Pentru ea, nu a existat niciodată vreo îndoială în privința persoanei care l-a omorât pe Simon. Ea a presupus imediat că trebuia să fi fost eu și de aceea a refuzat să depună mărturie.

*

Groaza se răspândește din difuzoare și se întinde ca o pătură grea peste sala de judecată. Nu pot să mă apăr, nu există absolut niciun loc spre care s-o apuc, iar furtuna sălbatică de emoții e în contrast puternic cu relatarea aridă și monotonă a procuroarei despre noaptea crimei. Isteria din vocea Mikaelei, țipetele și strigătele ne alertează pe toți din casa de vacanță. Suntem acolo cu sora mea, când Tess tocmai a dus-o la casa de oaspeți.

Mikaela: Trebuie să veniți imediat, e sora mea. Oh, Dumnezeule, Doamne!

Suspine.

Operator 112: Ce s-a întâmplat cu sora ta?

Mikaela: E moartă. Și el.

Operator 112: Cine? Cine e mort?

Mikaela: Sora mea mai mare, Linda Andersson. Și soțul ei, Simon Huss. Cineva i-a ucis.

Apoi o auzim pe Mikaela spunând că dimineață nimeni nu știa unde sunt, nu eram în patul meu și nu mă văzuse nimeni. Tess s-a dus să mă caute, a intrat în casa de oaspeți și atunci l-a văzut pe Simon întins pe podea și pe mine în pat. Mikaela s-a uitat și ea și era sigură că suntem morți.

Operatorul 112 întreabă dacă Mikaela poate intra să verifice dacă eu sau Simon avem puls și panica este palpabilă când refuză.

— E atât de mult sânge! strigă ea. Peste tot, pe podea și pe pereți. Sunt înecați în sânge.

Femeia nu poate să-și calmeze suspinele, care se transformă în țipete scurte când Alex și Tess îi spun că m-am trezit și am coborât din pat. La început se bucură că sunt în viață, dar apoi tace. Spune că mă uit la brațele și mâinile mele însângerate, că intru în baie de parcă nimic nu s-ar fi întâmplat.

— Linda, mă strigă Mikaela. Dar dacă…

Tess se aude în fundal și apoi Mikaela, care le spune celorlalți să se dea în spate. Să se ascundă. Închid ochii într-o încercare de a alunga totul, dar asta nu face decât să înrăutățească lucrurile. Sunetul este amplificat, nu se aude nimic altceva decât vocea Mikaelei și cuvintele ei răsunând în capul meu. Sensul lor, faptul că îi este frică de mine trezește o anxietate mai profundă decât orice am trăit până acum. Cum poate să creadă că aș putea vreodată să-mi rănesc surioara?

Prezentarea faptelor durează dureros de mult și, în tăcerea care se lasă după aceea, sunt complet sleită.

*

Adriana se așază lângă mine și mă mângâie pe braț.

— Și n-ai mai vorbit cu ea de atunci?

— Nu, nu de când am stat la discuții până târziu în noaptea de dinainte, spun înghițind lacrimile care stau să mă podidească. Dacă ar fi vrut să mă mai vadă măcar o dată!

— Crezi că s-ar fi schimbat ceva?

— Probabil că nu.

— Uite.

Iau batista și îmi dau seama că am obrajii umezi. Adriana așteaptă un moment până să-mi sugereze să iau legătura cu Mikaela. Îmi spune că merită să-mi calc pe inimă și să fiu cea care întinde mâna prima.

— Când a fost ultima dată când ți-ai călcat tu pe inimă? o întreb. Imaginea pe care o am despre Regina din Biskopsberg nu este chiar aceea că tu ești cea care întinde prima mâna cuiva care te urăște.

Adriana râde cu poftă și nu mai vorbim despre Mikaela. Dar a doua zi mă abordează din nou. Ce am de pierdut dacă-i scriu o scrisoare?

În cele din urmă o scriu și-mi spun că e de dragul Adrianei, ca să o determin să tacă. Dar așteptarea răspunsului este insuportabilă. S-ar putea să am mai multe de pierdut dintr-o respingere decât am putea crede oricare dintre noi.

Corespondența se distribuie în după-amiezile zilelor lucrătoare, cândva după orele de muncă și înainte de cină. Orice abatere de la rutină perturbă ordinea, mai ales dacă îngrădește libertatea de acțiune aproape inexistentă pe care o avem. Activitățile în aer liber scurtate, activitățile de după-amiază anulate sau deschiderea sălii de mese cu câteva minute mai târziu decât de obicei pot genera cu ușurință conflicte între deținute sau între noi și personal.

Dar atunci când gardienii nu reușesc să distribuie corespondența sau pur și simplu uită de ea, atmosfera devine de cele mai multe ori dușmănoasă, iar când e întâmpinată cu explicații precum lipsa de personal, asta nu face decât să alimenteze frustrarea. Iris țipase și o scuipase pe Tina în față cu câteva săptămâni înainte să fiu atacată, și primise două zile în izolare. Nu știu dacă i s-a părut că pedeapsa era proporțională cu fapta.

În același fel, evenimentele pozitive neașteptate au efectul opus. Odată, în primul meu an, Daria a plâns de bucurie când a făcut rost de o pereche de pantofi noi fără să fie nevoită să bată pe cineva la cap, iar în sala de mese, un simplu desert într-o zi normală de marți poate pune pe toată lumea într-o dispoziție ridicol de bună. La început mi s-a părut ciudat, dar nu a durat mult până când am ajuns și eu la fel. Din motive de înțeles, poșta este și mai importantă. Doar câteva deținute au telefon mobil și reușesc cu și mai mare greutate să-l păstreze, în ciuda inspecțiilor. Scrisorile din afară sunt singura legătură pe care o avem cu lumea exterioară.

În ceea ce mă privește, până acum nu am așteptat corespondența cu nerăbdare, am primit în mare parte mesaje pline de ură și relatări lungi ale fanteziilor sexuale din partea unor străini anonimi. În continuare, mai sunt oameni bolnavi care iau legătura cu mine și admiră ceea ce cred că știu că am făcut. În rest, sunt doar lucruri plictisitoare de la avocatul care se ocupă de finanțele mele și de apartamentul din Karlaplan pe care mama a vrut să-l moștenesc când a murit. Mikaela nu a obiectat, poate pentru că a primit jumătate din casa de vacanță din Färingsö și pentru că eu, mai mult sau mai puțin, locuisem cu mama în ultima perioadă a vieții. Îmi luasem concediu pentru a putea avea grijă de ea în ultimele luni de viață, perioadă în care Simon încă locuia acasă. Nu era fericit și-mi spunea că și el are nevoie de mine, ceea ce m-a indignat. Cât de mult putea să ceară de la mine când mama era atât de bolnavă? A fost stresant să simt cum mă împărțeam între ei.

Dar SLA este o boală nemiloasă și știam că nimic nu poate opri călătoria necruțătoare către final. Era dezgustător să mă gândesc la felul în care fiecare organ din corpul mamei avea să cedeze în cele din urmă, unul câte unul, până când ea nu avea să mai poată respira. Mama avea nevoie de mine mai mult decât Simon.

Totul a început când s-a plâns de slăbiciune la mâna stângă. Scăpa lucruri și îi era greu să-și țină echilibrul. Doctorul a spus că, până atunci, între șaizeci și optzeci la sută din celulele nervoase fuseseră deja afectate. Și, pe măsură ce corpul îi ceda, ea se adâncea într-o depresie profundă. Mama, care era atât de carismatică și puternică și care era mereu stăpână pe situație.

În curând, și-a luat un scaun cu rotile și, cu timpul, a fost nevoită să poarte un guler de susținere, deoarece mușchii gâtului au devenit prea slabi pentru a-i susține capul. În cele din urmă, boala i-a afectat și corzile vocale. Vocea frumoasă a lui Kathy s-a transformat într-un nechezat de cal, care uneori era imposibil de descifrat, chiar și pentru mine.

Cu mult înainte de asta, mama se retrăsese deja complet din lumina reflectoarelor. S-a baricadat în apartament, și-a anulat concertele programate și a refuzat să acorde interviuri. Nu voia să fie umilită, spunea. Dorea să fie ținută minte precum cea care fusese odată, Kathy.

Ca de obicei, în mass-media s-au făcut speculații cu privire la motivul absenței ei. Vorbeau de cancer, demență senilă sau boală psihică. Eu eram cea pe care o sunau jurnaliștii, am fost nevoită să-i liniștesc singură pe prietenii și colegii ei. Pe măsură ce zvonurile se răspândeau, au luat legătura cu mine chiar și vechi cunoștințe și muzicieni care cântaseră cu ea cu zeci de ani în urmă. Singurul lucru pe care l-au aflat a fost că mama era răcită și că avea probleme cu corzile vocale. Avea să se întoarcă în curând.

Mirosul de boală, de corp care e pe punctul de a renunța. Izul de anxietate și neputință, senzația sufocantă că timpul se scurge. Propria mea mamă m-a implorat să o ajut să moară. Dacă aș putea să-i dau o supradoză de somnifere ca să poată adormi de tot. Dacă aș putea apăsa o pernă pe fața ei și să o sufoc, ca să nu mai sufere. A fost înfiorător. I-am spus că n-aș putea face niciodată așa ceva, că nu ar trebui să vorbească așa, și am plâns amândouă. Faptul că exuberanta Kathy s-a transformat în cineva care voia doar să moară nu trebuia să se afle. Nimeni nu trebuia să știe, nici măcar Mikaela.

Ca să o determin pe mama să se gândească la altceva, obișnuiam să o duc cu scaunul cu rotile în salon și să-i cânt la pian. Închidea ochii atunci când interpretam piesele clasice care îmi plăceau cel mai mult și, uneori, asta o ajuta să doarmă pentru o vreme. Dar ceea ce reușea s-o facă pe mama să prindă cu adevărat viață, chiar dacă pentru scurtă vreme, era să vadă înregistrările ei preferate. Spectacole care fuseseră difuzate la televizor, concerte întregi și interviuri și documentare despre viața ei, clipuri din copilăria mea și a Mikaelei. Ea alegea de obicei cele mai importante momente ale carierei ei, victoria de la concursul Eurovision, pe care am văzut-o împreună iar și iar.

Uneori glumeam că admiratorul ei cel mai înfocat eram probabil eu, propria ei fiică. Îi cântam *Soarele și luna,* o melodie despre cât de recunoscătoare îi era luna soarelui pentru că și-a dat lumina astfel încât amândoi să poată străluci. Dar, pentru mine, mama a fost cea mai strălucitoare stea din mica noastră galaxie. Și, dintr-odată, ea nu mai este.

După înmormântarea ei, m-am gândit ce să fac, dacă să păstrez sau să vând apartamentul. Era mult prea mare pentru mine, dar mi-a fost greu, pentru că, într-un fel, ea era încă acolo. Am început prin a sorta și a pune înregistrările pe care voiam să le păstrez într-o cutie, am sortat scrisori de la fani și mii de articole decupate din ziare, dar a devenit copleșitor. Coperțile albumelor, hainele de scenă și fotografiile, toate aceste amintiri. Desigur, nu puteam arunca nimic, dar nici nu știam ce să fac cu toate. Am reușit să duc câteva la subsol înainte să fiu arestată în casa de vacanță.

Ce faci cu rămășițele unei vieți care s-a încheiat? Încă nu mi-am dat seama și încă nu pot face nimic de aici. Cel mai ușor este să las apartamentul așa cum e.

În săptămâna de după ce am trimis scrisoarea, gardianul a adus un plic alb de la Mikaela pe tava pentru cină. Poate că nu este de-a dreptul entuziasmată, dar, în orice caz, se arată deschisă la dialog și faptul că se gândește să mă viziteze este mai mult decât am îndrăznit să sper. Când află Adriana, mă îmbrățișează și mă întreabă ce simt. Îi răspund că nu îndrăznesc să cred, până la urmă nu mi s-a acordat încă permis de vizită.

Cea mai mare parte a vieții în închisoare constă în așteptare. Ca nou-venită, nu m-am gândit niciodată că mă voi obișnui cu această existență limitată. Uram blocarea și deblocarea ușilor, și alinierea, și toate deciziile care se iau constant în numele tău. Dar mă conformam pentru că nu exista altă opțiune. Și, până la urmă, e stilul de viață pe care-l cunoști.

Vrei un radio în cameră? Scrie o cerere.

Vrei să suni o rudă? Solicită un permis pentru a telefona.

Vrei să primești o vizită? Desigur, acest lucru necesită o investigație cuprinzătoare pentru a se asigura că persoanele în cauză *doresc* să te viziteze. Li se trimit formulare acasă pentru a le completa și se face o verificare a antecedentelor pentru a stabili dacă o vizită este într-adevăr adecvată. Morile birocrației macină adesea atât de teribil de încet, încât poate părea îndoielnic că funcționează, la urma urmei. Și, dacă întrebi doi gardieni diferiți despre cum decurge solicitarea ta, vei primi garantat răspunsuri diferite.

De data aceasta, totul merge neobișnuit de repede. Dar, odată cu aprobarea vizitei Mikaelei, mi se reamintește că, bineînțeles, aceasta poate fi retrasă oricând dacă nu mă comport bine. Amenințarea sub spectrul căreia trăim constant: să ne comportăm așa cum trebuie.

În timpul în care aștept să mă viziteze sora mea, vine momentul ca Adriana să se mute înapoi în sectorul ei. Știu că-mi va veni rândul în curând și nu pot spune că aștept cu nerăbdare să se întâmple asta.

De afară aud semnalul că poarta se deschide pentru intrare sau ieșire și mă uit pe fereastră la porțile de intrare și la rolele de sârmă ghimpată. Singurul lucru important acum este să o văd pe Mikaela; fără asta, simt că aș putea la fel de bine să sângerez până la moarte pe acea podea de celulă.

— Urăsc să fiu aici, îi spun Adrianei. În același timp, parcă nu-mi mai pasă.

— Există un termen pentru asta, îmi spune Adriana.

— Să-l auzim.

— Se cheamă dependență instituțională.

— Mulțumesc pentru informație, îi spun. A fost cu adevărat de mare ajutor.

— Nicio închisoare nu este complet infailibilă, spune ea zâmbind ușor.

— Sugerezi că ar trebui să evadez? râd și mă văd legând o grămadă de cearșafuri ca să mă las în jos pe fereastră.

Cum s-ar putea? Există un zid înalt și mai multe garduri și un milion de uși încuiate între noi și libertate. Ca să nu mai vorbim de câinii feroce de pe margine.

Adriana zâmbește din nou și-mi urează succes cu sora mea. Gardienii vin și o iau, iar eu rămân apoi singură în secția de îngrijiri medicale.

Mai târziu, când mi se aduce prânzul, o întreb pe gardiancă dacă e ceva adevărat în zvonurile despre Adriana, dar nici ea, nici vreunul dintre ceilalți gardieni nu-mi dau decât răspunsuri evazive. Să nu cred chiar tot ce aud, mi se spune. Dar felul în care mi-o spun indică faptul că asta este exact ceea ce trebuie să fac. Și că nu știu pe de-a-ntregul cine este Adriana Hansen.

În dimineața vizitei Mikaelei, nu pot să înghit micul dejun. Pun tava deoparte și urmăresc cu privirea acele ceasului de pe perete. Aștept.

Secția de îngrijiri medicale este adiacentă clădirii A și se poate ajunge la vorbitor prin culoarele subterane. Încă îmi este greu să-mi susțin piciorul și mi-a fost dată o pereche de cârje. Rănile s-au vindecat bine; totuși, îmi imaginez cum s-ar deschide dacă aș cădea, cum cicatricile s-ar desface ca un fermoar. Gardianul mă întreabă dacă am nevoie ajutor și îi mulțumesc, dar îi spun că mă descurc. Îmi descuie camera numărul patru și-mi ia cârjele pentru a menține ordinea și siguranța. Sunt potențiale instrumente cu care pot provoca răni.

Pe Mikaela am mai întâlnit-o o singură dată după înmormântarea mamei, înainte să se întâmple grozăvia. Atâta timp cât eram doar noi două, ne simțeam bine una cu alta, ne distram și născoceam lucruri. Dar, când unul dintre părinții noștri era acolo, totul se termina întotdeauna cu un conflict. Era suficient să vorbim despre unul dintre ei ca să ajungem să ne certăm. Și, din cauza bolii mamei, a fost o perioadă în care abia ne-am auzit. Motivul a fost că Mikaela credea că mama ar trebui să se mute într-un cămin de bătrâni unde exista personal care s-o îngrijească nonstop, în loc să mă ocup eu de ea. Ea nu înțelegea, nu a putut accepta niciodată că îmi doream cu adevărat să fiu alături de mama. Iar eu nu înțelegeam cum Mikaela și-ar putea imagina măcar că ar trebui să stea printre străini când mă avea pe mine. Voiam într-un fel să încerc să dau înapoi o parte din ceea ce-mi dăduse mama, . Mikaela nu simțea deloc același lucru. Mi-a fost greu să înțeleg de ce. Se ferea mereu de mama. Prefera chiar să-i spună pe nume. Când ne certam pe această temă, ea îi spunea mereu Kathy, de parcă nu reușea să arate că, în adâncul sufletului, și ea o iubea pe mama.

După înmormântare, ne-am auzit de mai multe ori, dar n-am reușit să o întâlnesc. Abia în august ne-am văzut la Himlen în Södermalm, un bar situat la etajul douăzeci și șase al unui zgârie-nori din Stockholm.

Muzică ambientală, tacâmuri care zăngăneau și murmurul celorlalți oaspeți în fundal. Afară, soarele atârna greu peste linia orizontului și, în curând, lăsă silueta Stockholmului pradă unei ceți roz. Podurile și turnurile bisericii, arena și arhipelagul interior cu golful intrării în Stockholm. De la înălțimea barului, totul părea miniatural, iar după apus, farurile mașinilor atârnau ca un șirag de perle de-a lungul străzilor. Dintr-un motiv sau altul, mi-a venit în minte cum tata decora casa cu metri nesfârșiți de luminițe de Crăciun și cum strălucea cel mai frumos dintre casele de pe stradă. Atunci locuiam în Danderyd. Aveam poate cinci–șase ani și eram o familie desăvârșită. Eram cu toții încă fericiți împreună și nu existau rupturi între mama și tata sau vreunul dintre noi.

Mikaela și cu mine am depănat vechi amintiri și am discutat despre ceea ce se întâmpla atunci în viața noastră. I-am povestit că încerc să-mi creez o nouă viață, acum că nu o mai aveam pe mama de care să am grijă, că mi-era greu, dar că lucrurile mergeau înspre bine cu fiecare zi ce trecea. I-am spus că așteptam cu nerăbdare să încep să lucrez din nou ca profesoară de muzică, dar că mă gândeam să fac și altceva. Mikaela mi-a povestit că luase avânt cariera ei de designer de interior și că îi plăcea mult. Apoi am întrebat-o despre viața ei sentimentală, dar mi-a răspuns că este o femeie singură, fericită, care nu-și căuta alesul, ceea ce m-a făcut să dezvălui marele meu secret: că întâlnisem un bărbat.

Mikaela a fost surprinsă că era ceva adevărat în zvonurile că eu și Simon trăiam despărțiți și mi-a reproșat că nu i-am spus nimic. Era sceptică și nu s-a putut abține să nu se întrebe când am avut timp să întâlnesc pe altcineva, dar, după un timp, mi-a spus că se bucură pentru mine. Nu cred că vorbea serios, dat fiind că s-a simțit obligată să-mi amintească faptul că, până la urmă, eram căsătorită încă. Credea că ar fi trebuit să mă concentrez pe Simon și pe relația mea cu el în loc să mă aventurez într-una nouă.

— Este atât de greșit să mă simt fericită? am întrebat-o.

— Fă ce vrei, draga mea, mi-a spus ea atunci. Dacă tu ești fericită, sunt și eu fericită.

— Ok, crezi că greșesc, i-am spus, simțind cum îmi scădea elanul.

Mikaela s-a lăsat pe coate aproape de mine, arătând ca un câine trist, și mi-a lătrat ușor în ureche, ca atunci când eram mici. Am râs și am lătrat și eu, după care a fost iarăși totul bine.

Și atunci mi-am dat seama că vreau să sărbătoresc. Voiam să-mi sărbătoresc noua viață, să întâmpin toamna. Ce-ar fi fost mai potrivit decât o petrecere în casa de vacanță din Färingsö, poate la sfârșit de săptămână la mijlocul lunii septembrie?

Mikaela a clătinat din cap spre mine și a luat o înghițitură de vin.

— Ești exact precum Kathy, mi-a spus.

— Ce vrei să spui cu asta?

— Ea găsea întotdeauna motive să sărbătorească și să se bucure de viață, chiar și atunci când momentul era cu totul nepotrivit.

— Poate că atunci e cel mai necesar, i-am răspuns, iar ea a râs, spunând că exact la asta se referise.

A fost cea mai frumoasă seară pe care am petrecut-o împreună de foarte mult timp.

Ușa se deschide și Mikaela intră. Mă ridic și ne uităm una la alta, iar când gardianul închide ușa și o blochează, rămânem doar eu și sora mea în încăpere. Niciuna dintre noi nu știe ce să spună.

Cu o voce slabă, încep să cânt una dintre melodiile mamei pe care am auzit-o amândouă de nenumărate ori. *Prieteni*, un cântec despre doi oameni care se revăd după mulți ani. La început, Mikaela pare surprinsă, de parcă ar crede că mi-am pierdut complet mințile, apoi zâmbește. Dar, când îmi atinge ușor capul ras și fața distrusă, izbucnește în lacrimi.

Ne îmbrățișăm strâns, iar Mikaela îmi șoptește ceea ce obișnuia mama să spună: „Spune printr-un cântec".

— Întotdeauna te aștepta cu brațele deschise și cânta când veneai în vizită, îi spun.

Mikaela se uită la mine și-și șterge lacrimile.

— Show-ul perpetuu numit Kathy, scris în culori fosforescente peste viețile noastre.

Mă mângâie din nou pe obraz și ne așezăm pe canapea.

— Aproape că ai murit, îmi spune. Asta am auzit, în orice caz. A fost chiar așa de rău?

— Da, îi răspund eu. Dar n-am murit.

Sora mea e mai frumoasă ca niciodată. Pielea ei este mai închisă la culoare decât a mea și, după ce stă la soare, devine maro-aurie și strălucește. Părul ei este lucios și unghiile bine îngrijite sunt proaspăt date cu ojă. Nu este la fel de slabă ca atunci când era mai tânără, arată mai împlinită și mai moale, și îi stă bine. Înainte nu mi-era niciodată rușine de înfățișarea mea, dar acum îmi este. Nici nu e nevoie ca Mikaela să spună vreun cuvânt despre cum m-am schimbat, amândouă știm asta. Se uită prin încăpere și privirea ei se oprește asupra foilor de hârtie și a prezervativelor, dar nu-și trădează gândurile.

— Îți mulțumesc că ai venit, îi spun, luând-o de mână.

— Îți mulțumesc că m-ai chemat, îmi răspunde. După tot acest timp, nu am crezut că ai vrea să mă mai vezi.

— Ești sora mea, zic eu.

— Da, răspunde Mikaela. Și tu ești a mea.

Mikaela și cu mine. Uneori ne-am îndepărtat, dar întotdeauna ne-am găsit drumul înapoi una către alta.

— Sunt atât de multe lucruri despre care nu am vorbit niciodată, îi spun. De ce nu am făcut-o?

— La ce te referi? mă întreabă Mikaela, privindu-mă nesigură.

— La mama, îi răspund. M-am gândit la copilăria noastră, la faptul că am trăit vieți complet distincte.

Mikaela ia carafa de pe măsuța de cafea și toarnă apă într-o ceașcă de plastic. Ia o înghițitură și se uită din nou la mine.

— Mi-aș dori atât de mult să putem fi ceea ce am fost cândva, continui. Noi două împreună împotriva lumii. Așa cum era înainte ca totul să fie distrus.

— Nu putem schimba nimic din toate acestea acum, spune ea. Sau? De aceea m-am bucurat așa de tare că vrei să ne întâlnim după toată perioada asta în care nu ai vrut să ai de-a face cu mine.

— Ce vrei să spui? o întreb surprinsă. Este a doua oară când îmi zici asta.

— Ți-am scris, îmi spune Mikaela încruntându-se. Dar scrisorile s-au întors nedeschise.

Nu primisem nicio scrisoare de la ea. Dar asta nu este prima dată când gardienii sunt neglijenți cu distribuirea corespondenței, am auzit multe povești similare de la alte deținute care au pățit-o. Este o modalitate ușoară de a pedepsi o deținută pentru comportament nepotrivit sau pe cineva pe care pur și simplu nu o plac.

Dacă aș fi murit, ar fi fost prea târziu pentru mine și sora mea. Vocea mea aproape că se frânge când îi spun că nu am vrut niciodată să pierd legătura cu ea, niciodată. Și ar fi trebuit să știu că și ea simțea același lucru.

Nu mai vorbim despre mama, iar Mikaela îmi povestește că tata are zile bune uneori, dar de cele mai multe ori, nu. Apoi vorbim despre mărunțișuri care nu contează cu adevărat.

Înainte să plece, Mikaela promite că se va întoarce. Rămân singură în camera de vizite, obosită după navigarea precaută pe valurile ascuțite care pândeau sub suprafața calmă a întrevederii noastre. Aerul este greu și saturat de întrebările nerostite și fără răspuns pe care le avea sora mea. Am evitat amândouă să discutăm despre motivul pentru care ne-am întâlnit în penitenciarul pentru femei cu cel mai înalt grad de securitate din țară, la fel de temătoare să nu fim aruncate într-o conversație dureroasă despre Simon, sau despre faptul că sunt sau nu vinovată de uciderea soțului meu. Despre tot ce s-a întâmplat în acea noapte și ceea ce am făcut după moartea lui, lucru care m-a făcut să par vinovată.

Văd clar în fața mea. Dâre roșii dansând în apă ca niște voaluri de un roșu închis.

Am frecat materialul rochiei sub apa rece ca gheața care curgea în lavoarul din casa de oaspeți, am șters cu putere, l-am frecat și l-am clătit, dar nu s-a dus. Ieșea din ce în ce mai mult și mai mult și, în cele din urmă, mâinile mi-au amorțit.

Mirosul de sânge era copleșitor; m-am aplecat peste toaletă și am vărsat. Am aruncat rochia la duș și mi-am clătit gura cu apă și puțină pastă de dinți. Mi-am dat jos lenjeria intimă înainte de a continua să-mi curăț mâinile de petele uscate, mi-am spălat degetele și antebrațele și atunci am auzit o voce care striga puternic de afară. O voce străină pe care nu am recunoscut-o.

— Ieși afară cu mâinile deasupra capului.

Inima îmi bătea nebunește și capul îmi vâjâia ca o cascadă asurzitoare. Nu am avut timp să spăl totul. Nu am avut timp să-mi curăț rochia, iar pe mâini și brațe încă aveam urme de sânge. Îmi căutam lenjeria intimă când s-a auzit din nou vocea.

— Ieși încet și ține mâinile deasupra capului.

Am luat pe mine halatul de baie atârnat într-un cuier și am ieșit din baie. Apoi am deschis ușa din față, mi-am ținut mâinile deasupra capului și am ieșit încet în soarele orbitor.

*

— De multe ori răspunzi că nu știi, că nu-ți amintești, a spus procuroarea când a venit rândul meu să fiu audiată, în a doua zi a procesului. De ce a fost atât de important pentru tine să te speli, să-ți speli rochia? Știi de ce?

Toți cei din sala de judecată au văzut fotografia cu rochia mea însângerată, așa cum a fost găsită, mototolită și înmuiată la duș, iar eu răspund că am făcut-o fără să mă gândesc. Altfel ar fi fost complet distrusă.

— Nu te-ai gândit cum ar putea fi perceput lucrul acesta? Procuroarea zâmbește neîncrezătoare. Dacă s-a întâmplat ceva și vrei să încerci să ascunzi lucrul acela, atunci asta poate fi o modalitate. Nu ai înțeles? Sau nu ți-a păsat?

— Nu am făcut-o pentru că încercam să ascund ceva, spun eu. Am vrut doar să scap de pete.

— Dar într-un interogatoriu al poliției din 4 octombrie, la pagina 487, spui așa: „Am spălat rochia pentru că am intrat în panică, nu eram eu însămi".

Femeia lasă cuvintele să zăbovească în tăcerea care se așterne atunci când nu pot răspunde. Sunt complet sleită, nu pot scoate un cuvânt. La unul dintre interogatorii, îmi amintesc exact expresia feței inspectorului criminalist, dar nimic din ceea ce a spus el sau eu. Proiectorul bâzâie sau poate că sunt lămpile cu neon. Un ascultător își foșnește jacheta, altul tușește și o femeie șoptește cu o voce șuierătoare. Lukas Francke se apleacă spre mine și mormăie că ar trebui să răspund.

Procuroarea continuă:

— Dar azi spui că ai vrut s-o cureți doar pentru că era murdară? Care este motivul, atunci? Ai vrut să salvezi rochia sau ai intrat în panică și ai vrut să elimini dovezile?

Nu răspund.

— Și, în privința sângelui, nu ți se pare ciudat că nu te-ai trezit? Procuroarea înclină capul. Spui că a intrat cineva și i-a tăiat gâtul soțului tău, și rochia ta, tu în întregime, ești acoperită de sângele lui, dar dormi?

— Băusem.

— Nu îndeajuns pentru a-ți pierde cunoștința, am văzut rezultatele analizelor de sânge. Procuroarea face o pauză teatrală. Trebuie să existe o explicație pentru faptul că ai fost găsită în casa de oaspeți, lângă soțul tău decedat.

— Nu am niciuna, îi răspund.

— Totuși, sângele lui era pe rochia ta, pe brațele și mâinile tale. Sunt amprentele tale pe cuțit, ale nimănui altcuiva.

În ciuda sfatului pe care mi le-a dat Lukas Francke, îmi arăt frustrarea ridicând vocea.

— Nu am fost eu cea care l-a omorât!

— Erai doar tu acolo, Linda, spune procuroarea cu tonul ei calm și fără inflexiuni, care mi se strecoară sub piele. Dar, cu toate acestea, pretinzi că ești nevinovată. Cum explici asta?

— Nu știu, spun eu cu o voce stinsă.

— Linda Andersson nu știe, afirmă procuroarea cu o voce neutră.

Imediat se aude din public un murmur în creștere.

*

Versiunea ei despre motivul pentru care mi-am spălat rochia și pe mine suna îngrozitor. Ea a spus-o ca pe o constatare clară, de parcă ar fi fost o încercare evidentă de a ascunde că eu eram cea care folosise cuțitul.

Explicația mea, că Simon a fost surprins din spate, astfel încât sângele s-a revărsat peste mine în timp ce dormeam în pat a sunat aparent mai puțin credibil decât faptul că am comis eu crima. Dar ei nu știau cine sunt. Nu au vrut să audă că nu aș fi putut să fac un asemenea gest niciodată.

Apoi a continuat, mărturie după mărturie. Cunoștințe nu atât de apropiate și chiar și prieteni au interpretat și analizat, au întors pe toate părțile lucruri pe care le-aș fi spus sau le-aș fi făcut pentru a arăta că nu era atât de ușor să ai de-a face cu mine pe cât pretindeam. Și-au amintit întâmplări și conversații cu totul diferite față de ce îmi aminteam eu și m-au făcut să par rece și dură. Era ca și cum ai privi într-un caleidoscop în care aceleași fragmente creează imagini noi pe măsură ce sunt răsucite. Fărâmele, luate individual, puteau fi adevărate, dar întregul a fost complet distorsionat. Și nu i-am putut opri. Nu puteam întreba ce au vrut să spună, de ce au născocit aceste lucruri, de ce au mințit. Poate că era invidie față de tot ce aveam? Poate voiau să mă umilească? Sau au vrut să aibă momentele lor de glorie în lumina reflectoarelor și să încerce să fie cei care au deslușit misterul Lindei Andersson?

Dacă aș fi știut că propriile mele cuvinte nu fac decât să înrăutățească lucrurile, nici nu aș fi încercat să explic ceva.

O senzație paralizantă mă cuprinde când mă gândesc la asta, la faptul că toate încercările mele de a mă ține pe linia de plutire nu au făcut decât să mă facă să mă scufund irevocabil. Nimeni nu mă credea, era evident. Nici publicul și nici acuzarea, poate nici măcar propriul meu apărător. Cu siguranță nu părinții lui Simon.

Mai întâi mi-am pierdut soțul, apoi am petrecut mai bine de cinci luni singură în detenție înainte să fiu judecată și au trecut în total nouă luni până să fiu condamnată definitiv.

Credeam că știu cum decurge procedura în cazul comiterii unei infracțiuni grave. Dar când poliția m-a reținut și mi-a explicat ce avea să se întâmple, a fost ca și cum aș asculta pe cineva vorbind prea repede într-o limbă pe care nu o stăpânesc cu adevărat. M-au informat despre drepturile mele, dar tot am fost închisă, deși nu eram sigură de ce. M-am trezit într-o baie de sânge și nu mi-am amintit nimic din ceea ce au susținut că s-a întâmplat.

În timpul primului interogatoriu, am fost anunțată că eram *suspectă de crimă în baza unei suspiciuni mai mult decât rezonabile.* Acuzația nu era ucidere din culpă, nici lovituri cauzatoare de moarte a unei alte persoane.

Crimă.

Inspectorul criminalist Tony Bodin a spus că voi primi un avocat al apărării din oficiu, asta în cazul în care nu doream să contactez pe cineva anume, poate pe avocatul meu. Nu aveam așa ceva.

Trebuia să mă asigur în privința persoanei care a fost ucisă. Privirile pe care le-au schimbat între ei m-au făcut să mă simt prost, dar trebuia să știu. Nu-mi venea să cred că Simon era mort, că nu se va mai uita niciodată la mine sau că nu avea să râdă și să zâmbească din nou. Că murise. Nu putea fi adevărat și tot ce se întâmplase era o glumă proastă sau o conspirație răuvoitoare. Că mi-au menționat cu toată seriozitatea numele, dar și *suspectă* și *crimă* în același context era imposibil de asimilat. A fost un vis urât din care nu m-am mai trezit niciodată.

Și toate aceste întrebări care se revărsau peste mine. Am făcut tot ce am putut ca să răspund, dar poliția nu a fost mulțumită și cele auzite au fost suficiente pentru a mă reține în continuare. Nu a contat de câte ori i-am asigurat că era o greșeală, că eram nevinovată. Nu a contat deloc că am insistat că n-aș fi putut să rănesc pe nimeni niciodată, că eu nu eram așa. Cu cât mă străduiam mai mult să-i conving, cu atât aveau mai puțină încredere în mine. Pentru ei, eram deja condamnată.

Primele zile ale arestării sunt neclare. Valuri de ceață pline de anxietate, gresia de un galben murdar din celulă și halatul meu de baie transpirat.

Îmi amintesc cum am fost dusă în cătușe în duba albă a Direcției Penitenciarelor și cum m-am uitat afară pe geamurile fumurii în timpul drumului de la secția de poliție la tribunalul districtual din Kungsholmen, unde urma să aibă loc audierea de detenție. Credeam că mă voi duce acasă după aceea. Ce idioată am fost!

Lukas Francke, avocatul-vedetă pe care Mikaela l-a contactat în numele meu, a cerut să fiu eliberată, dar, în schimb, instanța districtuală a dat ascultare opiniei procuroarei. Am fost reținută în arest provizoriu, în baza unei supoziții rezonabile cum că eram suspectă de crima comisă împotriva lui Simon Huss. Faptul că Lukas a contestat arestarea nu a avut niciun efect asupra deciziei.

Nu am fost niciodată violentă și nici măcar nu am amenințat pe cineva. Nici n-am dat vreodată semne de tulburare. Totuși, instanța a cerut să fiu supusă unei examinări psihiatrice pentru a afla dacă sunt în deplinătatea facultăților mintale sau nu. Am plâns, am țipat și am ripostat când m-au dus în subteran, prin coridorul de la tribunalul districtual din Stockholm la arestul din secția de poliție care se află la mică distanță. Am fost târâtă departe sub pământ, printr-un tunel lung și alb, în care fiecare pas avea ecou. Dacă cineva m-ar fi întrebat atunci dacă sunt nebună, aș fi răspuns că eram pe punctul de a deveni.

După aceea, Lukas a spus că nu ar fi trebuit să fiu de acord să răspund la întrebări fără ca el să fie de față. M-am întrebat ce am spus greșit în timpul interogatoriilor. Și mi-aș fi dorit să mă fi putut arăta drept persoana rațională și docilă care am fost întotdeauna, dar e posibil ca ea să fi dispărut la momentul acela.

Am crescut cu privilegii pe care nu mulți alții le-au avut sau de care nici măcar nu s-au apropiat. Sunt o femeie albă cu o mamă bogată și faimoasă. Am fost o fată cuminte, cu note bune și am avut un viitor strălucitor, după cum era de așteptat. Nimeni din cei cu care am avut de-a face nu a trecut prin greutăți în viață. Habar n-aveam cum e să fii în afara plasei de siguranță.

La fel ca majoritatea oamenilor cu o existență ordonată, am considerat întotdeauna de la sine înțeles că societatea noastră funcționează așa cum este gândită să funcționeze. Cel puțin în cea mai mare parte. Desigur, din când în când se fac greșeli minore, dar, în ansamblu, merge bine. Autoritățile și instituțiile respectă legile și regulile, la fel ca toate aceste organisme diferite care influențează direct viața oamenilor. Roțile mecanismului se învârt așa cum trebuie, fiecare își face treaba și o face corect, polițiști, procurori și avocați. Nimeni nu încalcă regulile sau comite neglijențe. Fiecare persoană, indiferent de originea etnică sau socială, are o șansă onestă și un proces echitabil. Adevărul iese întotdeauna la lumină, în cele din urmă.

Ce oarbă eram!

Justiția nu este o mașinărie și nu există roți ale mecanismului care se rotesc de la sine. Autoritățile și instituțiile sunt alcătuite din oameni, iar oamenii sunt departe de a fi perfecți. Facem greșeli, suntem neglijenți, nu mai putem și, uneori, nu ne pasă, nu avem timp, interpretăm pe baza unor idei preconcepute, credem și sperăm fără nicio bază reală, și fiecare decizie pe care o luăm are consecințe pentru altcineva. Uneori consecințe incredibile. Justiția nu face excepție de la asta, oricât de mult am vrea să credem contrariul.

Pentru cel care a comis greșeala, viața merge de cele mai multe ori înainte. Pentru cel afectat de greșeală, totul s-a făcut țăndări.

Când ucigașul este bărbat, suntem șocați că un om a fost ucis, dar dacă făptuitorul este o femeie, suntem îngroziți de gestul ei. Fascinația pentru femeile care comit crime este enormă; femei aparent obișnuite comit dintr-odată acte de nebunie care nu pot fi explicate. La acea vreme, eu eram obiectul curiozității oamenilor și eram descrisă ca fiind complet dusă cu capul din cauza numeroaselor lovituri de cuțit aplicate victimei; eram considerată un monstru cu inima de gheață. Dar a durat ceva timp până când presa a reușit să afle *cine* a fost arestat pentru crima din Färingsö și *cine* a fost victima.

La început am fost *femeia de treizeci și doi de ani*. Nu mai eram Linda Andersson. Nici măcar fiica lui Kathy sau Raza soarelui. Nu încă. Eram doar *femeia de treizeci și doi de ani*. Toată viața mea, gândurile și sentimentele mele, tot ceea ce visasem sau trăisem vreodată s-a redus la vârstă. Simon era *bărbatul de treizeci și patru de ani* sau *victima*. Eram anonimi. Fără identitate.

În detenție eram numărul 8512. Cifrele erau pictate mari pe ușă, atât în dreapta sus, cât și în josul ușii. Numărul 8512, cu restricții complete.

— Dar în curând mass-media va afla cine este și apoi vor năvăli peste noi, am auzit într-o zi o voce în fața toaletei și abia atunci mi-am dat seama. Eu eram responsabilă de show acum. Fie că voiam sau nu, toate reflectoarele aveau să fie îndreptate spre mine. Dacă mama era cea mai iubită stea a Suediei, soarta mea a fost să devin una dintre cele mai detestate.

Dar chiar atunci nu am înțeles amploarea lucrurilor. Restricțiile însemnau că nu aveam acces la televizor sau ziare, nu aveam voie să dau nici măcar un telefon, nici Mikaelei și nici lui Alex. Nu aveam voie să scriu scrisori și, categoric, nu puteam să primesc vizite. Nici măcar nu aveam voie să stau pe coridor în același timp cu alte persoane arestate și eram escortată la toaletă numai când paznicii se asigurau că nimeni altcineva nu era acolo.

Așa au trecut o sută șaizeci și patru de zile. Atât am fost reținută până să înceapă procesul. A venit toamna și zilele au devenit tot mai întunecate și mai scurte. Aerul s-a răcit și într-o zi a nins în curte. În cea mai mare parte a iernii, zăpada a acoperit betonul, dar, în cele din urmă, s-a topit și zilele au crescut din nou. De la mijlocul lunii septembrie până la sfârșitul lunii februarie am urmărit schimbarea anotimpurilor din zona de recreere de pe acoperiș. Timp de douăzeci și trei de săptămâni și trei zile. Închisă mai bine de cinci luni în șapte metri pătrați, fără contact cu alte persoane, în afară de paznicii mei și avocatul meu.

Mâncam singură. Dormeam singură. Mă trezeam singură. Cel puțin douăzeci și trei de ore pe zi eram ținută închisă în celulă de una singură. Eu, care uram să fiu singură și căutam mereu companie, n-am ales singurătatea de bunăvoie. L-am jelit pe Simon și resentimentele față de cele spuse între noi m-au rupt în două. Cuvintele dure — mi-am dorit atât de mult să nu le fi spus. Mi-era dor de mama, mă gândeam la tata și nu-mi doream nimic mai mult decât să o întâlnesc măcar pe sora mea. Îmi petreceam timpul prefăcându-mă că interpretez piese de pian clasice pe tăblia mesei și le auzeam în interiorul meu. Dar credeau că devenisem nebună. Poate chiar eram.

Suedia este una dintre puținele țări din lume care nu are limită pentru cât timp poți fi reținut fără a fi condamnat sau chiar judecat. Înainte ca eu însămi să fiu reținută, citisem despre faptul că închisoarea suedeză a primit critici din partea Amnesty International și că are loc o tentativă de sinucidere pe săptămână. Nu am înțeles atunci cum stăteau lucrurile de fapt. În mare parte, mi s-a părut incredibil că se întâmpla acolo.

Acum știu ce le face izolarea pe termen lung oamenilor. Să fii închis într-un spațiu minuscul cu promisiunea surdă că vei ieși numai după ce spui „adevărul" este atât de distructiv, încât te urmărește pentru tot restul vieții. Absența contactului uman și a căldurii te schimbă.

La început, când îi auzeam pe alții țipând sau plângând și bătând în ușile celulelor de alături, mă simțeam inconfortabil și tristă. Când am făcut-o eu pentru prima dată și nu m-am putut opri, m-a cuprins o frică grozavă. Dar cele mai înfricoșătoare au fost clipele în care mi-era greu să fac distincția dintre realitate și ceea ce vedeam în fața mea.

Sute de steluțe s-au aprins în jurul meu în celulă. Străluceau și sclipeau și se mișcau peste tot, aproape de tavan și pe podea. Erau atât de frumoase încât am plâns când mi s-au arătat. Siluetele ca niște umbre care se mișcau încet pe pereți s-au dizolvat și au dispărut când le-am atins.

Sinele meu era din ce în ce mai distrus și nu mi-a fost mai ușor să descriu cele întâmplate în noaptea de 17 septembrie la audierile poliției. De ce m-am dus la casa de oaspeți și ce s-a întâmplat mai departe. Cu oricâtă atenție am încercat să redau cursul evenimentelor, anchetatorii au crezut că eu le inventasem. Că am mințit. Sau că eram complet confuză.

Tony Bodin mi-a cerut să repet ce declarasem și să le ofer informații mai concrete. Dacă puteam să spun ce am văzut în cameră. *Dacă* mai era cineva acolo, ar trebui să pot da un indiciu despre înălțime, fizic sau vârstă. M-a întrebat dacă știam măcar cât era ceasul.

Nu am putut da astfel de răspunsuri.

Așa că am trecut prin asta iar și iar, și iar. Apoi, de la capăt. De fiecare dată ajungea la concluzia că ar fi fost mai bine pentru mine dacă aș recunoaște.

Dar am refuzat. Nu m-am putut convinge să fac asta. Știam că nu l-am ucis pe Simon. A fost altcineva.

Decolorarea și umflăturile rănilor dispar. Sunt mai puternică și încerc să fac în fiecare zi câteva dintre exercițiile pe care le-am văzut la Adriana. Părea atât de ușor când le făcea ea, dar e mai greu decât credeam. Mă simt pur și simplu incapabilă. Dezamăgită de stângăciile mele, mă întorc în pat și rămân acolo până când decid că trebuie să mai încerc o dată.

Într-o vineri după-amiază de noiembrie, după o lună de răgaz în secția de îngrijiri medicale, vine timpul să mă mut înapoi în celula mea din clădirea D. Un gardian vine să mă escorteze și nu-și ascunde dezgustul.

— Rahat, e mai rău decât mi-au spus, zice când mă vede, făcând o grimasă și, demonstrativ, un pas în spate.

Fără să scot un cuvânt, trec pe lângă el pe coridor. Ușile de la intrarea în sector scârțâie și, după ce se deschid, continuăm prin iarbă și pe poartă spre zid. Trecem pe lângă fabrică, unde este pauză acum, și atât gardienii, cât și deținutele se uită la mine din cabinele de fumat. Iris îmi strigă *bine ai revenit*, cu toate că arăt ca un monstru nenorocit. O altă femeie strigă că nimănui nu-i pare rău pentru mine și că am meritat-o. Le ignor și merg mai departe.

Dar, în loc să se îndrepte spre clădirea D, gardianul îmi spune că ne ducem la C. Când întreb de ce, primesc răspunsul că el doar îndeplinește ordinele. Ajungem, el descuie și face semn cu mâna să merg eu prima. Interiorul clădirii C arată la fel ca al clădirii D, dar în oglindă. Trecem pe lângă corpul de gardă și camera de zi, intrăm pe coridor și ne oprim în fața ușii uneia dintre celule.

— Uite-așa, spune el și deschide. Am ajuns.

— Nu este celula mea, îi spun.

— Acum este. Ai grijă să te odihnești în weekend, luni începe munca.

Mă lasă acolo și, când se întoarce spre corpul de gardă, fluieră în bătaie de joc refrenul din *Când apune soarele*. Mă uit lung la spatele lui și sper că simte câtă aversiune nutresc față de el, dar nu spun nimic.

Există mai multe tipuri de gardieni și nu durează mult până se poate vedea din ce categorie face parte fiecare. Cel mai des întâlniți sunt cei care cred că sarcina cea mai importantă este menținerea siguranței înainte de toate. Ei nu sunt aici ca să ne facă nouă, deținutelor, hatârurile și se deosebesc de cei care au solicitat această slujbă ca să susțină și să îngrijească prizonierele. Care vor să se facă utili. Speranța lor este să ne influențeze pozitiv și să ne ajute să ieșim oameni mai buni după ispășirea pedepselor. Asta nu se face cu pumnul, ci cu înțelegere și discuții, prin programe în unsprezece puncte sau în patru etape și prin implementarea a diverse proiecte.

Oricare dintre noi care a stat o vreme în penitenciar le-ar putea spune că aspirațiile lor terapeutice sunt aproape întotdeauna sortite eșecului. Condițiile din închisoare ne fac pe noi, deținutele, să ne schimbăm în rău, asta nu se poate evita. Trebuie să ne călim, trebuie să ne purtăm de grijă în fața oricui. Să exploatăm sau să fim exploatate.

Și gardienii sunt afectați de mediul închis, fie că își dau seama sau nu. De aceea, mulți dintre idealiști pleacă și își caută loc de muncă în altă parte. Sau ajung într-un punct în care renunță și își dau seama că securitatea trebuie menținută fie ce-o fi. Tina este un exemplu grăitor în acest sens. Dacă există un lucru pe care îl înveți imediat, acela este că vom fi mereu unii împotriva altora, oricât de agreabil ar fi un gardian.

Desigur, există și cei cu care este imposibil să te înțelegi. Cei care încalcă mereu regulile și fac schimb de servicii sexuale pentru favoruri. Se bucură de puterea lor asupra noastră și profită de orice ocazie pentru a arăta cine este cel care decide. Dar, dacă stai liniștită, faci ce ți se spune și nici nu te lingușești sau te cerți, te descurci.

Intru în celula care arată exact precum cea anterioară, cu diferența că are vedere spre lac. În afara ferestrei cu gratii, covorul de iarbă coboară în jos spre lacul sclipitor, iar pădurea de molizi se întinde pe cealaltă parte și se reflectă în apă. Nici măcar gardul înalt nu reușește să-i știrbească din frumusețe.

Un sac negru de gunoi e pus pe pat, lângă cearșafurile împăturite, o pilotă și o pernă. Deschid sacul și văd puținele lucruri pe care le aveam în cealaltă celulă.

— Bun venit în clădirea C, spune o voce din spatele meu.

Mă întorc și o văd pe Adriana în prag. Își afișează zâmbetul ei misterios când o întreb cum a reușit să mă mute aici și susține că i-a rugat frumos. Dar ea cu greu s-ar ruga de cineva. Adriana a rezolvat asta probabil grație legăturilor ei din conducerea închisorii.

— E puțin mai bine decât înainte? mă întreabă, arătând pe fereastră.

— Mult mai bine, îi răspund. Mulțumesc.

În timp ce fac patul, o întreb dacă a auzit de planta agățătoare pe care au tăiat-o de cealaltă parte a clădirii D.

— Da, răspunde ea. Am auzit și că ai început o mică revoltă din pricina ei.

Planta agățătoare din fața ferestrei mele a crescut deja din primul an. La început a fost o plăntuță care s-a agățat strâns de beton, dar, la momentul la care a fost tăiată, reușise să treacă peste creasta zidului înalt de câțiva metri. Îmi plăcea să mă uit la ea și să mă gândesc că toate ființele vii au instinctul de a-și căuta libertatea.

Într-o după-amiază, când ne întorceam din sala de mese, s-a auzit un huruit. În fața ferestrei sălii comune erau un bărbat care tăia tulpina cu o drujbă și un altul care smulgea vița de pe perete. Am bătut cu palma în fereastră, am strigat la ei și i-am întrebat ce fac. Bineînțeles că nu m-au auzit, dar, când celelalte deținute s-au adunat în jurul meu și au început să bată în ferestre, s-au oprit și s-au uitat la noi. Atunci a scăpat situația de sub control. Câteva dintre femei au strigat la bărbați și le-au făcut invitații sexuale clare. Una din ele chiar și-a ridicat puloverul și și-a lipit sânii de fereastră, o alta a sărit pe un scaun și și-a unduit șoldurile. Iris a fost împinsă și apoi a izbucnit o ceartă. La scurt timp după aceea a sunat alarma și au venit în fugă trei gardieni.

Kristoffer, gardianul care m-a însoțit ulterior până la depozitul în care m-a atacat Anne, ne-a strigat să ne oprim, dar abia se auzea din cauza zgomotului și au venit și mai mulți gardieni în ajutor. Erau mai mult de două ore până la ora la care se dădea stingerea, dar am fost duse una câte una din sala comună în celulele noastre. Înainte ca Tina să-mi închidă ușa și să încuie, m-a întrebat la ce mi-a folosit, era doar o plantă amărâtă.

Poate că așa era, dar a încolțit și a înverzit primăvara și s-a colorat în roșu strălucitor toamna. A ajuns să vadă câmpurile și pădurea în locul meu și a adăugat un strop de frumusețe la tot cenușiul de acolo, la monotonie. Îmi aducea aminte de planta de pe veranda casei de vacanță. Cel mai rău a fost că am văzut tăierea ei ca pe un act simbolic. Cel mai mic licăr de viață și dorință de libertate trebuiau să fie imediat stinse și omorâte. Toată seara m-am holbat la zidul de piatră de afară, la cât era de rece și amenințător. Mai jos erau rămășițele plantei impunătoare.

— Habar n-am de ce au luat-o razna celelalte, îi spun Adrianei. Voiam doar să știu de ce trebuia neapărat tăiată.

— Și ce răspuns ai primit? mă întreabă. Din motive de siguranță, desigur?

Dau aprobator din cap. O întreb cum îi mai merge și ea îmi răspunde că se simte mai bine. Durerea nu este la fel de intensă grație tabletelor pe care le primește.

— Mă bucur că ești aici, îmi spune Adriana. Mă binedispui.

Mai târziu, în cursul serii, mă așez la birou și privesc cum soarele dispare în spatele vârfurilor copacilor de pe partea cealaltă a lacului. Dintre toate femeile de aici, nu m-am gândit niciodată că de Adriana mă voi apropia. Dacă o întâlneam sau doar auzeam vorbindu-se despre ea și despre ce mai făcuse, eram șocată. Linda Andersson, corectitudinea întruchipată, a preferat să nu se apropie de astfel de oameni. Infractori serioși. Dar acum că Raza soarelui însăși s-a transformat într-un monstru, poate că îi era locul într-o astfel de companie. Nu știu ce se spune despre cine am devenit, dar știu ce se spune despre cine am fost odată.

Odată întoarsă din secția de îngrijiri medicale, observ imediat că atmosfera e diferită. Gardienii m-au ținut sub supraveghere atentă tot weekendul, iar celelalte femei păstrează distanța oriunde mă întâlnesc. Pe coridor, în sala comună și în sala de mese. Și nu este vorba doar despre aspectul meu, cu cicatrici și capul ras. La fel ca Adriana, auziseră că eu am fost cea agresivă și că Anne mă atacase ca să se apere, iar acum fac totul pentru a nu-mi sta în cale. Nu mă deranjează prea mult și totul merge bine până la ieșirea în aer liber, în zona de recreere, unde ne întâlnim cele aproximativ optzeci de femei din clădirea C. Băncile de picnic sunt așezate ici și colo, unele cu acoperiș deasupra lor, o plasă de volei într-o parte, porți de fotbal înspre capăt și o cărare prin iarba bătătorită lângă gard.

Stau pe o bancă, nu departe de trei femei care flecăresc, râd și șușotesc până când una dintre ele se dezechilibrează și mă înghiontește.

— Hei, ia-o mai ușor, spun eu, ridicându-mă.

Figura femeii se schimbă imediat când vede cine sunt. Își ține mâinile întinse și își cere scuze în mod repetat. Pentru că e încă prea aproape și face totul ca să pretindă că nu se holbează la mine, dar nu reușește, mă enervez și o împing la rândul meu. Deși nu sunt deloc puternică, femeia își pierde echilibrul și cade pe spate. A făcut-o intenționat, desigur, și oftez la încercările ei de a face pe victima. Pași repezi prin iarbă și, o secundă mai târziu, Tina mă apucă și mă împinge de gard.

— N-am făcut nimic, îi spun.

— Și eu care credeam că ai învățat ceva din cele întâmplate la subsol, îmi spune.

Tina și un alt gardian mă scoteau din zona de recreere când Adriana o ia deoparte. Tina ascultă tot ce-i spune și apoi îmi dă dispoziții să stau în celălalt capăt al curții până când este timpul să revin înăuntru. Încă o figură ca asta, fie și dacă e vorba doar de un ton mai ridicat, mă avertizează ea, și urmează izolarea. Dau din cap și fac un gest conciliant.

Toată lumea știe cum e izolarea, chiar și noi, cele care nu am stat acolo. Formal, se numește *plasare în spațiu separat*. Sunt câteva celule mai jos, în capătul culoarului, cu saltea de plastic pe podea și o deschizătură în loc de fereastră lângă tavan, nimic altceva. Acolo se aplică aceleași reguli ca în detenție, închiderea timp de douăzeci și trei de ore pe zi cu dreptul la o oră de plimbare, una singură, pe zi. Cea care ajunge acolo probabil s-a împotrivit sau a fost violentă sau amenințată de o altă deținută și trebuie protejată. Izolarea este, ca orice altceva, pentru siguranța noastră și a celorlalți. Dar este suficient să fii obraznică sau să contești un ordin pentru a obține un bilet acolo. Gardienii ne amenință adesea cu izolarea pentru a ne face să fim docile.

Mă așez pe pământ și mă sprijin de gard gândindu-mă la cât de mult m-am schimbat. Toată lumea este schimbată de viața din Biskopsberg. Acea Linda Andersson care a venit aici în urmă cu cinci ani s-ar fi îndepărtat. Și-ar fi cerut scuze și ar făcut totul pentru a evita un conflict. Dar să te călești este inevitabil, ești obligat să nu te lași călcat în picioare și aici, înăuntru, le spui oamenilor lucruri pe care nu le-ai fi spus niciodată afară. Am învățat asta foarte repede.

Dar, de când m-am trezit plină de cicatrici, lucrurile stau altfel. Schimbarea merge și mai profund și abia înțeleg cine sunt. Eul meu s-a tocit de-a lungul anilor, din cine am fost a rămas doar o coajă subțire. Gândul la ce va mai rămâne din mine după alți câțiva ani, un deceniu sau mai mult aici, mă face să vreau să nu-mi mai imaginez deloc.

Izolarea poate că *este* o alternativă. Să stai închisă în singurătate totală, fără să fie nevoie să interacționezi cu alte deținute. Închisă într-o cutie goală în care abia pătrunde lumina zilei e poate calea spre libertate, când libertatea adevărată mi se refuză.

Ridic din umeri și, când întorc capul, văd o femeie micuță și grațioasă care mă privește de sub bretonul drept. E Daria, s-a întors. Nu ne-am văzut de la începutul perioadei mele în închisoare. Mă salută ezitant.

— Salut, Linda. Arăți diferit.

— Crezi? îi răspund, întorcându-mi în mod demonstrativ jumătatea stângă a feței spre ea.

— Am auzit că ai fost atacată, spune ea. Și că acum ești prietenă cu Regina. Te-ai schimbat cu adevărat.

— Iar tu nu, evident, fiindcă ești din nou aici, încerc să glumesc.

Daria se înroșește și văd că i-a picat prost ce i-am spus.

— Și tu încă ai impresia că ești mai grozavă decât noi toate? zice ea.

Nu răspund.

— Așadar, Adriana ți-a ascultat poveștile lacrimogene? continuă Daria.

— Ce povești? răspund simțându-mă extrem de obosită.

— Îmi amintesc cât de convingătoare erai când mi-ai spus că sora ta nu vrea să aibă nimic de-a face cu tine. M-ai făcut să-mi pară rău de tine. Încă mai pretinzi că ești nevinovată?

Daria tace când Adriana se apropie. Privirea ei alunecă între mine și Adriana, apoi se întoarce și pleacă.

— Ai vreo problemă cu ea? mă întreabă Adriana.

— Las-o în pace, îi răspund.

Adriana e de multă vreme cu ochii pe Daria.

— Serios, spun eu. Ea nu înseamnă nimic. E un nimeni.

Dar cuvintele Dariei m-au întristat. În primele luni am petrecut multe ore împreună în zona de recreere, deși ea mă tachina uneori. Îmi spunea că nu știu nimic despre ce înseamnă să treci prin greutăți, eu, care crescusem în puf, am avut o viață luxoasă și am primit tot ce mi-am dorit. Ea se mutase dintr-o casă de plasament în alta în copilărie. Când voia să rămână într-o familie nu se putea, când era nefericită, era obligată să rămână oricum. Iar Biskopsberg era plin de astfel de destine, îmi spunea. Cele care se luptaseră cu greutățile încă de la începutul vieții, fără ajutor din partea școlii sau a societății, și care se luptau în continuare fără să se plângă nici măcar pe jumătate cât mine. Totuși, ea a avut grijă de mine și a fost singura în care aveam încredere. Apoi a fost mutată. Poate că nu eram prietene, dar ne-am înțeles bine. Și acum s-a întors și pretinde că sunt o ipocrită.

Exact așa era și în arest. Cu puțin timp înainte de executarea pedepsei, mi s-a spus că mai mulți membri ai personalului au considerat că m-am comportat ciudat. Au spus că am părut total neafectată când am fost supusă examinării psihiatrice, la fel și după ce poliția m-a dus la casa de vacanță pentru reconstituirea de la locul crimei. Au spus că am zâmbit des, dar că în timpul acela eram total impersonală și rece ca gheața.

Recunosc că nu m-am deranjat să-i cunosc pe cei care-mi serveau mâncarea și pe cei care încuiau sau descuiau ușa celulei pentru a mă escorta la toaletă, în zona de recreere sau la interogatoriu. Erau atât de multe fețe și nu credeam că voi rămâne acolo atât de mult. Nu voiam să cred. Și dacă aș fi cedat durerii pentru pierderea lui Simon și a mamei mele și fricii de a fi complet singură, m-aș fi scufundat într-un întuneric din care nu aș mai fi ieșit. De aceea, m-am comportat politicos și prietenos în zilele și săptămânile care treceau. Am crezut că era un lucru bun și în avantajul meu că am făcut așa și uneori chiar am reușit să smulg câte un zâmbet.

Dar nu a fost așa.

Dacă ar fi disponibil un manual despre cum să afișezi comportamentul corect atunci când viața ta e complet distrusă, m-ar interesa foarte mult. Dar adevărul este că fiecare vede ceea ce vrea să vadă.

Comportamentul meu în timpul procesului a fost, de asemenea, subiect de analiză, la fel și fiecare schimbare de ton în timpul declarației mele.

Se nota dacă păream indignată sau indiferentă. Un jurnalist m-a descris ca fiind nonșalantă în timpul analizei autopsiei lui Simon, nu am reacționat nici când cele mai oribile detalii au fost exagerate în instanță. Și am avut tăria să închid ochii cu calm și să par de parcă dormeam când am ascultat apelul surorii mele la 112.

Dar acesta era singurul mod în care puteam rezista. M-am luptat să rămân trează, nu pentru că mă plictiseam, ci pentru că eram epuizată. Nimeni nu mă avertizase că ar putea apărea o astfel de reacție. De la a fi izolată luni de zile la a fi brusc în centrul atenției tuturor. De la pasivitate totală la nevoia de a mă concentra ore în șir. Iar descrierile detaliate ale violenței de neînchipuit au fost atât de copleșitoare încât conștiința mea nu a putut suporta mai mult. Nu voiam să aud despre cum i-a fost secționată artera carotidă lui Simon, cum a țâșnit sângele din el și să știu că eu eram acuzată că aș fi făcut asta.

După cină mă duc la Adriana să împrumut o carte despre care mi-a vorbit; ea mi-o întinde și-mi spune că a uitat să mă întrebe cum a decurs vizita Mikaelei. Îi spun că a mers bine, dar că am avut senzația că ea nu prea voia să fie aici. La fel ca Alex, și-a dorit să nu fi venit.

— Apropiaților rareori le fac plăcere vizitele aici, îmi spune Adriana. Nu le este de mare folos să vină. Suntem îmbrăcate altfel și ne comportăm altfel decât sunt ei obișnuiți. Sunt privați de bunurile personale și sunt închiși, chiar dacă temporar. Pe mulți îi sperie asta. Nu este chiar atât de ciudat.

— De ce să vii atunci? întreb eu. Când fiecare subiect de conversație este un teren minat, chiar și propria noastră copilărie. Este extenuant.

— Nu e nimic ușor în relații, îmi răspunde Adriana. Dacă ar fi, lumea ar arăta cu totul altfel. Vino, stai aici, spune, apoi lovește ușor podeaua.

— De ce?

Mă uit la ea până când mă apucă de mână și mă trage de pe scaun. Apoi îmi arată câteva mișcări pe care am văzut-o făcându-le în secția de îngrijiri medicale.

Corpul meu este rigid și, de când am fost rănită, m-am mișcat mai puțin decât am făcut-o vreodată. Dar Adriana este răbdătoare și calmă, și insistă să fac un exercițiu tip plank, însă se pare că postura mea este incorectă și nu durează mult până când mușchii mă dor îngrozitor. Adriana râde când mă prăbușesc pe podea.

Mă întorc pe spate și mă uit la ea în timp ce-și ridică bățul de lemn.

— Mâine voi începe să lucrez din nou, îi spun.

Orele din fabrică nu sunt doar monotone, ci zdrobesc sufletul. Dar dacă Anne nu ar fi venit la Biskopsberg și dacă nu m-ar fi atacat, probabil că aș fi continuat să petrec o zi insipidă după alta, până în momentul ispășirii pedepsei. *Dacă nu.*

Viața mea este plină de asemenea situații, pot înșirui oricâte. Dacă mama nu s-ar fi îmbolnăvit și n-ar fi murit. Dacă Simon nu m-ar fi dezamăgit sau dacă nici măcar nu ne-am fi întâlnit, unde aș fi fost? Cum ar fi arătat viața mea? Dacă nu l-aș fi invitat la petrecere, dacă nu aș fi încercat să spăl sângele în acea dimineață. Dacă nu aș fi făcut greșeală după greșeală. Dar să gândești așa nu schimbă nimic.

— Atunci nu te duce la muncă.

Adriana își îndoaie genunchii și face un salt cu bățul de lemn în mâini.

— Tu faci ca lucrurile să pară atât de simple, îi spun Adrianei. Să nu ții seama de nimic și să faci ce vrei.

— Poate că nu trebuie să fie mai greu de-atât, îmi răspunde.

— Poate că nu, dacă ești Regina din Biskopsberg.

Toată copilăria mea mi s-a spus cât de bună sunt. La școală și în turnee, cu mama la repetițiile generale și la interviuri. Mama era adesea lăudată pentru că eram cu adevărat micuța ei Rază a soarelui. Eram atât de amabilă, iar asta părea să fie trăsătura cea mai apreciată de adulți.

Dacă „amabil" înseamnă același lucru cu a fi politicos și demn de încredere, asta mi-a venit întotdeauna firesc. Și profesorii de la școală se bucurau de felul în care eleva-model le ușura munca. Dar la una dintre întâlnirile trimestriale de la școală, o profesoară suplinitoare mi-a spus că s-ar putea să fiu prea ascultătoare.

— E foarte bine că e ușor de lucrat cu tine, Linda, a spus ea uitându-se la mine. Dar poți să ai mai multă încredere în tine. Nu trebuie să te conformezi mereu. E în regulă să susții ceea ce îți dorești.

Tata spunea adesea același lucru. Îmi spunea că mă adaptam mult prea ușor la ceea ce credeam că se așteptau alții de la mine; la ce se aștepta mama. Aveam propria mea voință, nu-i așa? Puteam să mi-o exprim, nu?

— A fost o problemă pentru mine, îi spun Adrianei.

Mă ridic și mă uit la mișcările ei ample.

— Oamenii cred că sunt atât de indulgentă și că fac tot timpul lucruri pentru alții. Nu se gândesc niciodată că mi-aș dori și eu asta. Nu pot face pe nimeni să înțeleagă cum *sunt* de fapt. Sau poate că nu mă cunosc pe mine însămi.

— Cum ești, atunci? mă întreabă Adriana lăsând jos bățul de lemn. Dacă ești atât de bună și ascultătoare, s-ar putea să te întrebi cum ai ajuns în situația asta.

Ea știe foarte bine, dar până acum nu m-a întrebat despre asta. Și, pentru prima dată, îi povestesc.

Organizasem o petrecere pe 17 septembrie la casa de vacanță din Färingsö, pe care Mikaela și cu mine am moștenit-o de la mama. Eu și Alex ne-am dus acolo de dimineață pentru că am vrut să-i arăt împrejurimile.

Clădirea principală are două etaje cu balcon deasupra verandei. De-a lungul unei laturi crește viță-de-vie sălbatică ce începuse să se coloreze în roșu. Frunzele stejarului aveau să explodeze în curând într-un galben strălucitor, iar bucata de frânghie cu leagănul în care Mikaela și cu mine ne dădeam pe rând era încă atârnată de ramura lui. Casa era în familia noastră de generații, iar bunicul susținea că tatăl său se născuse în casa mare cândva în secolul al XIX-lea.

Anexele sunt în pantă, în dreapta casei. I-am arătat lui Alex atelierul care încă mirosea a ulei de in, vopsea și lipici uscat. Un banc de lucru cu rindele, ferăstraie și tot felul de unelte.

Deasupra atelierului este o mansardă în care stau îngrămădite niște scaune nefolosite și ferestre vechi cu pânze de păianjen se sprijină de acoperișul spart. Ne-am cățărat până sus și Alex a găsit ziare din anii '40, ascunse în rumeguș, cu știri din al Doilea Război Mondial. Paginile se îngălbeniseră și se destrămau ușor, dar se puteau totuși răsfoi dacă erai atent.

Apoi am trecut pe lângă casa de oaspeți, până la ponton, mi-am băgat degetele în apă și l-am întrebat dacă vrea să sară. A râs când a spus că nu avea chef să înghețe.

Ceilalți au ajuns abia pe seară. Mikaela, Tess și câțiva colegi cu care am studiat și am lucrat, câteva figuri celebre din industria muzicală și apoi Simon, pe care l-am invitat în ultimul moment. Eram vreo douăzeci și câțiva urmau să rămână peste noapte.

Felinarele colorate care atârnau în copaci și în jurul verandei luminau seara de septembrie cu aura lor difuză și caldă. Muzica tare răsuna din casă și se amesteca cu voci vesele și râsete. Pe verandă se afla o masă mare cu gustări și lumânări, iar eu mă simțeam frumoasă în rochia mea de un albastru deschis.

— Ce mai faci? Ești bine?

Am simțit o mână pe brațul meu, m-am întors și am văzut-o pe Mikaela.

— Da, sunt bine, i-am răspuns, simțind că era de fapt adevărat.

Trecuseră patru luni de când o îngropasem pe mama și i-ar fi plăcut ideea ca noi să dăm o petrecere pentru a sărbători viața. Voiam s-o iau de la capăt, voiam să fiu fericită. Și, după tot ce se întâmplase în ultima vreme, seara aceea avea să fie începutul a ceva nou.

— Mă bucur că ai venit, i-am spus, îmbrățișând-o pe sora mea mai mică. L-ai cunoscut pe Alex?

— Încă nu.

— Trebuie să ți-l prezint mai târziu. Abia aștept să-l cunoști.

Am fost prinsă toată seara. Am mâncat și am băut, volumul sunetului creștea pe măsură ce se înnopta. Simon se plimba prin jur și era același Simon pe care îl știam, fermecător ca de obicei, râzând în hohote încât răsuna toată grădina. A făcut totul pentru a rămâne aproape de mine, amintindu-mi de momentele frumoase pe care le-am trăit împreună, de nopțile în care stăteam întinși pe ponton și ne uitam la stele. Mi-a spus că regretă ce făcuse și și-a cerut iertare. A spus-o de mai multe ori: *Te rog, putem vorbi*. Și-a luat chitara și a cântat melodiile despre care știa că îmi plac. Vocea lui răgușită, degetele lungi și sensibile care mângâiau corzile și mesajul că nu m-ar fi rănit niciodată, că a greșit.

Dar n-aveam nevoie de scuzele lui. Nu voiam să aud cântece patetice despre iubire veșnică, promisiuni că pe mine mă iubea și că am putea s-o luăm de la capăt. Totuși, nu m-am putut opri să ascult și nici să împiedic ca fanteziile cu noi să revină. Mai ales când m-a tras într-unul dintre dormitoare și m-a sărutat. Simon m-a zăpăcit.

L-am împins de lângă mine și am intrat în bucătărie cu niște sticle goale. Am scăpat o sticlă care a lovit blatul de marmură din bucătărie și s-a spart în o mie de bucăți. M-am târât în patru labe pe podea ca să le strâng, așa încât nimeni să nu fie rănit și atunci m-am tăiat cu niște cioburi ascuțite. Rănile erau lungi de câțiva centimetri, dar nu atât de adânci și nu dureau. Am înjurat de ciudă când m-am șters de sânge.

Am ieșit din nou, m-am hotărât să-l evit pe Simon și mi-am aprins o țigară când a venit Alex șoptindu-mi că nu crede că fac așa ceva. I-am răspuns că s-ar putea să nu mă cunoască atât de bine pe cât credea.

— Sunt plină de surprize, i-am zâmbit și l-am mângâiat pe obraz.

Noaptea a fost blândă ca de catifea și tensiunea din corpul meu s-a risipit. Alex m-a făcut să-mi amintesc că de el eram îndrăgostită, că eram deja fericită. Am dansat pe iarba de mai jos de verandă și i-am spus că sunt bine. Am spus-o de mai multe ori. *Mă simt bine. Mă faci să mă simt bine.*

Am râs, iar ochii lui Alex străluceau și sărutările lui aveau gust de șampanie. I-am propus să mergem la culcare. Se apropia ora două și cei mai mulți dintre musafiri fie plecaseră, fie se culcaseră. L-am luat de mână și cei care au rămas au văzut când am plecat împreună; la fel și Simon.

Alex adormise când m-am trezit din nou. Nu puteam pune frână gândurilor. Am simțit că trebuie să vorbesc cu soțul meu, merita să ascult măcar ce avea de spus.

Câțiva musafiri stăteau încă pe verandă, dar nu și Simon. Am ieșit pe ușa din spate pentru a evita să mă ciocnesc de cineva și am mers mai departe desculță prin iarbă. Lumânările pâlpâiau acolo și vocile pluteau deasupra grădinii împreună cu muzica înăbușită. Nu l-am găsit nicăieri. Geanta lui era în casa de oaspeți, așa că m-am întins pe pat și m-am gândit la el și la tot ce spusese în timpul serii. Mirosul lui familiar, gustul lui, felul în care mă mângâia după ureche când mă săruta, așa cum făcea întotdeauna. M-am gândit la Alex care era în casă dormind. M-am întrebat ce îmi doream *eu* de fapt.

După o vreme am ațipit, iar după aceea sunt convinsă că fusesem drogată. Nu am nicio altă explicație pentru faptul că am putut să mă trezesc și să simt o prezență, să aud o respirație adâncă lângă mine, dar să fiu incapabilă să mă mișc. Și nu era Simon, pe el îl cunoșteam și pe dinăuntru, și pe dinafară. Era altcineva.

Era neplăcut și mi s-a făcut frică. Cred că am întrebat cine era acolo, dar nu am primit niciun răspuns. Se poate, bineînțeles, să-mi amintesc greșit, băusem destul de mult. Dar nu era ca în singurătatea celulei închisorii, unde aveam halucinații. Acolo n-am văzut absolut nimic. Draperiile erau trase, în cameră era beznă totală. Era doar acea respirație. Dar trebuie să fi adormit din nou, pentru că următoarea amintire este de când mă trezesc, simțind greață și plină de sânge, fără să am habar de unde provenea.

Era ceva foarte ciudat, așa i s-a părut inspectorului criminalist Tony Bodin. Când era binevoitor, vedea experiența mea din cameră ca pe o închipuire, poate ca pe o fantezie de om beat. Dar cel mai adesea m-a făcut să înțeleg că o considera o minciună, la fel ca mare parte din tot ceea ce am spus. Și, cu toate că senzația era atât de puternică încât nu aș fi putut fabula despre ea, el m-a făcut să nu mai vorbesc despre asta. Uneori chiar m-a făcut să mă îndoiesc de mine.

Dar știu ce este adevărat. Am simțit prezența cuiva în noaptea aceea.

— Cât timp ați fost împreună, tu și Simon? mă întreabă Adriana.

— Ne-am cunoscut când eu aveam douăzeci și patru de ani, iar el avea douăzeci și șase, îi spun. Am fost împreună opt ani, căsătoriți timp de patru.

— Era muzician?

— Chitarist și cântăreț. Mai întâi a cântat cu alți artiști mari și a plecat cu ei în turnee; între timp se întreținea fiind barman. La scurt timp după ce ne-am întâlnit, s-a lansat ca artist solo.

Simon Huss era tipul fermecător cu părul rebel și creț, care zâmbea și râdea des. A făcut la fel și în barul de pe Söder în care lucra în noaptea aceea, în care am fost cu prietenii mei. I-am spus direct că-mi place și atenția mea părea să-l flateze, dar și să-l intimideze. Mi s-a părut drăguț. Am zăbovit în timp ce ceilalți au plecat, așteptând ca el să-și termine tura. Ca un gentleman ce era, s-a oferit să mă însoțească o bucată de drum și, undeva pe lângă zona Slussen, m-a luat de mână. M-a dus până acasă și m-a ținut trează tot restul nopții.

Toată lumea mi-a spus că lucrurile avansează mult prea repede. Simon umbla fie după banii mei, fie după legăturile mele din industria muzicală pentru a-l ajuta în carieră. Avea să mă folosească pentru ca apoi să mă lase baltă după ce obținea ce-și dorea. Nu se puteau înșela mai tare. M-a iubit pentru ceea ce eram și a sărutat pământul pe care am călcat. Se uita la mine de parcă eram singura ființă care exista în lumea lui. Și, după ce l-am cunoscut mai bine, a devenit clar că avea nevoie de cineva care să fie alături de el și care să creadă în el, o existență stabilă în tumultul adus de celebritate. Avea nevoie de mine. Exact așa cum aveam și eu nevoie de el.

Simon s-a mutat în curând în apartamentul pe care mama mi-l cumpărase lângă apartamentul ei. Când a avut primul lui mare succes, ne-am mutat într-unul mai mare în districtul Vasastan și am comandat un pat dublu luxos care, potrivit vânzătorului, era echipat cu un sistem de suspensie care să ne facă să ne *odihnim în imponderabilitate.*

— Simți, draga mea? mi-a spus în timp ce se arunca pe saltea pentru prima dată în noul nostru dormitor. Nu cântărești nimic.

M-a tras deasupra lui și a gemut exagerat.

— M-am înșelat. Oricum, ești destul de grea.

L-am gâdilat pe piept și ne-am luptat o vreme, înainte să mă sărute și să smulgă hainele de pe mine. Apoi am stat transpirați unul lângă altul și câtiva ani ne-am iubit și am dormit în acel pat, în imponderabilitate sau nu.

— Ai fost fericită cu el? mă întreabă Adriana.

Simon m-a cerut în căsătorie într-un sfârșit de săptămână petrecut la Paris și ne-am căsătorit pe o stâncă, pe o insulă din arhipelag. Peste trei sute de invitați au fost prezenți și un tabloid a fost la fața locului pentru a documenta nunta în exclusivitate. Mama a cântat, desigur, iar Simon m-a surprins interpretând o melodie pe care a scris-o pentru mine. Toată lumea avea lacrimi în ochi.

Ne-am spus unul altuia da, ne-am spus jurămintele.

Până când moartea ne va despărți.

Chiar atunci, trena mea de tul, lungă de câțiva metri, a fost ridicată de o rafală puternică de vânt. Simon mi-a șoptit că ar fi frumos dacă m-ar fi luat vântul și m-aș fi înecat, să-l fi făcut văduv chiar în ziua nunții. Am râs mult de asta, m-a ținut bine pe pământ și fotografiile au fost fantastice, cu zâmbetul lui larg, bucuria mea și tulul prins într-un vârtej în jurul nostru.

— Da, am fost fericiți, îi răspund eu. Până când a dat cu piciorul la tot ce aveam.

*

Mă întâlnesc pentru prima dată cu avocatul meu Lukas Francke într-una dintre camerele de interogatoriu din închisoare. Părul lui grizonant este strălucitor și îngrijit și nici măcar atunci când își trece mâna prin el nu-și deranjează frizura.

— Deci decedatul, Simon Huss, a fost soțul tău? mă întreabă după frazele introductive.

— Da, îi răspund. De fapt, urma să divorțăm.

Oxigenul din cameră s-a epuizat deja și vorbesc prea repede, vreau doar să termin cu asta. Revenim la casa de vacanță din Färingsö. Cum m-am trezit plină de sânge în pat în casa de oaspeți, cum m-am dus la toaletă și tot ce s-a întâmplat în acea dimineață înainte de sosirea poliției. După un timp, Lukas Francke își drege glasul și mă roagă să-i povestesc despre Simon.

— Urma să divorțați, spuneai, ați avut o relație tensionată?

— Se schimbase, îi răspund. Devenise un cu totul alt om.

— Ce s-a întâmplat?

— A început primăvara trecută, încep eu. Sau mai devreme. Simon m-a înșelat în perioada în care s-a îmbolnăvit mama. Și apoi ea a murit, și atunci l-am prins. După aceea, l-am cunoscut pe Alex și am fost împreună toată vara până la petrecerea din septembrie.

Vreau să-i explic ce simțeam pentru Simon în acea perioadă. Că-l uram și abia așteptam să divorțăm. Că încă îl iubeam și că-mi părea rău de noi. N-are niciun rost și până la urmă nu mai spun nimic. Cum să-l fac să înțeleagă pe un străin când abia reușesc eu însămi?

Lukas Francke schimbă tactica. Vrea să știe dacă m-am simțit amenințată de Simon. Aș fi putut acționa din frică pentru viața mea? În acest caz, există posibilitatea să invocăm autoapărarea.

Nu trebuie să mă gândesc înainte să spun nu. Nu am acționat în legitimă apărare. Înțeleg la fel de bine ca oricine altcineva că ar fi dat mai bine dacă m-aș simți amenințată, dar nu pot să mint. Eram supărată și furioasă pe Simon, dar nu mi-era frică de el. Nu fusese niciodată violent și nici măcar nu mă amenințase. Mă rănise, da, dar a vrut să îndrepte lucrurile între noi.

Avocatul notează ceva și oftează.

*

Lukas a spus că lucrurile vor merge bine dacă luăm doar câte o chestiune pe rând. Apoi mi-a cerut să explic în cuvintele mele ce s-a întâmplat între mine și Simon. Nu ce s-a scris în ziare. Voia să nu mă grăbesc și să nu las nimic deoparte.

— Poți s-o faci? m-a întrebat.

— În ziare? am spus. Cum adică?

Atunci mi-am dat seama că infidelitatea lui Simon devenise cunoscută pe scară largă și că toate detaliile murdare erau în presă. Nu puteam înțelege cum ar putea schimba situația cuvintele mele.

— Trebuie să-ți pun aceste întrebări, mi-a spus Lukas Francke. Va trebui să răspunzi la ele de nenumărate ori în timpul interogatoriilor poliției. Din păcate.

Avea dreptate.

Tony Bodin conducea interogatoriile, în timp ce adjunctul Johan Forsell mă fixa cu ochii lui de un albastru-deschis. Se vedea că nu era prima dată când lucrau împreună la un interogatoriu. Au subliniat că eram doar eu și Simon în casa de oaspeți, mi-au adus aminte de cuțitul pe care l-au găsit, de ADN și amprente și urme de sânge în cameră. Că toate dovezile concrete au condus doar spre două persoane: Simon Huss și Linda Andersson. Și nu a fost oare convenabil faptul că mi-au fost șterse câteva ore din memorie?

Nu era deloc adevărat că aș fi fost drogată. Nu aveam în sânge substanțe care să indice acest lucru. Și au fost de părere că ar fi mai bine să recunosc că tăieturile de pe brațul meu stâng nu proveneau deloc de la o sticlă spartă, ci că le aveam de când Simon a încercat să-mi ia cuțitul. Nu existau martori la spargerea vreunei sticle în bucătărie, așa cum susținusem eu.

Am auzit ce au spus. Și mi-am dat seama că nu credeau deloc în versiunea mea. Am fost singura de la petrecere care ar fi putut avea un motiv. Și apoi au abordat viața mea sexuală alături de Simon și divorțul nostru iminent. Nimic nu era sacru, nimic nu avea voie să fie privat.

Însă nu doar relația noastră a fost disecată și tot ce a dus la ultima zi și noapte în care a trăit, ci toată viața mea. Cel mai mic detaliu era interesant, oricât de neînsemnat părea. Au observat când am obosit și, în treacăt, m-au mai întrebat de câte un lucru mărunt, aproape ca și cum stăteam și discutam amical. Păreau cu adevărat curioși, de parcă le-ar fi păsat de mine și ar fi vrut să știe cine sunt cu adevărat. Dar dacă ceva din răspunsurile mele era contradictoriu sau ambiguu, ripostau imediat.

De aceea, am devenit din ce în ce mai atentă la ceea ce spuneam. Am refuzat să spun ceea ce voiau să audă, nu am vrut să-i las să se bucure de felul în care Raza soarelui, în ciuda educației sale privilegiate, s-a văicărit că fusese abandonată și dezamăgită. Nu am vrut să-i las să-și bage nasul în relația mea cu Alex sau să le spun cum a fost în ultimele zile de viață ale mamei. Am refuzat să fiu analizată și judecată pe baza a ceea ce am fost presată să spun într-o cameră de interogatoriu din centrul de detenție din Kronoberg.

Întrucât nu au ajuns nicăieri cu mine, am fost dusă la casa de vacanță pentru a revedea locul crimei timp de câteva ore.

*

În timp ce ne îndreptăm spre casa de oaspeți, îmi simt picioarele atât de grele încât abia mai pot merge. Sunt nevoită să mă concentrez ca să fac câte un pas, punând un picior în fața celuilalt, până când un polițist trage de centura cu care sunt legată la brâu și mă îndeamnă să continui.

Lukas Francke își pune mâna pe umărul meu și-mi spune ceva, dar nu aud ce. Inima îmi bate atât de tare încât mă doare. Urc scările și intru în hol, mă îndrept apoi spre ușa de la dormitor. Acolo, mă opresc și mă uit în jur. Nu știu la ce mă așteptam, dar nu se vede nicio urmă de violență sau sânge. Mocheta de pe podea este nouă, iar cuvertura este așa cum trebuie, cea țesută manual, a bunicii, albastră cu dungi albe. A fost dusă la curățătorie? Sau nu a fost pătată cu sânge? Nu-mi vine nimic în minte, nu-mi amintesc nimic altceva decât că m-am trezit aici. Dormitorul arată ca întotdeauna și mă pot baza doar pe cuvintele lor că Simon ar fi murit aici, pe nimic altceva. Eu însămi nu l-am mai văzut niciodată. Este oare o glumă grosolană, bolnavă? Simt că vreau să râd în hohote până când polițistul de lângă mine îmi aruncă o privire ciudată, iar eu închid ochii.

În secunda următoare, văd încăperea ca atunci când m-am trezit. Balta de sânge de pe podea și stropii de pe pereți, brațele mele și rochia murdară. Mirosul puternic care-mi pătrunde în nas și în gât.

Deschid din nou ochii.

Tony Bodin îmi cere să intru și să-i spun ce s-a întâmplat când am venit aici în acea noapte. Mă întind pe pat, arătând cum mă întinsesem pe o parte ca să-l aștept.

— De ce ai luat cuțitul cu tine? mă întreabă.

— Nu l-am luat.

— Atunci, cum a ajuns aici? Vrei să spui că era în bucătărie, în casă?

— Nu-mi amintesc. Așa cred.

— Voiai doar să-l ameninți pe Simon?

— Nu.

— Te-ai gândit vreodată să-l ucizi?

— Niciodată.

— Simon Huss te-a rănit, nu-i așa? continuă Johan Forsell. S-a scris despre asta în toate revistele de scandal. Probabil că

te-a întristat și te-a înfuriat când au apărut zvonurile. Trebuie să-ți fi urât foarte mult soțul care te-a expus la așa ceva.

— Nu suficient de mult pentru a face ceea ce susțineți.

— Eu aș fi fost foarte înfuriat, aprobă Tony Bodin, făcând-o să sune ca o mărturisire. Aș fi înnebunit cu totul.

— Nu l-am ucis pe Simon, spun eu ridicându-mă. Nu am făcut-o, n-aș fi putut niciodată să fac așa ceva pentru că încă îl iubeam. Mai era cineva aici înăuntru.

O spun iar, și iar, și iar. O repet până când Lukas Francke întrerupe audierea. El și ceilalți părăsesc dormitorul, rămâne doar Tony Bodin. Se uită la mine atât de intens încât devine neplăcut. Îi zâmbesc instinctiv, ca pentru a arăta că nu sunt periculoasă.

*

— N-ai recunoscut niciodată, spune Adriana cu un ton al vocii și o privire greu de citit.

E mândră? Sceptică? Nu știu.

— N-ar fi schimbat cu nimic situația, îi spun. Aș fi putut la fel de bine să o fac, lucrurile ar fi stat la fel.

Un gardian își bagă capul în celulă.

— Andersson, spune el. Se dă stingerea.

Iau cartea cu mine și mă duc înaintea lui în celula mea. Mă întind pe pat, aud zdrăngănitul cheii în broască și felul în care gardianul verifică ușa după aceea.

În loc să citesc, mă gândesc la ceea ce tocmai i-am spus Adrianei. La fel ca la interogatoriile de la poliție, am reușit să-i reproduc cele mai irelevante detalii. În tăcere, m-a lăsat să vorbesc despre brânzeturile din Portugalia și despre șunca crud uscată, despre pierogi, gustări vegetariene și despre niște trufe fabuloase cu miere; șampania și vinurile scumpe. Prietenii mei minunați, Tess, care a ținut un discurs și care a făcut pe toată lumea să râdă. Căldura lui Alex. Privirea geloasă a lui Simon și dorul lui.

Este ciudat cum unele amintiri sunt limpezi precum cristalul, ca și cum s-ar fi întâmplat ieri, în timp ce altele par atât de îndepărtate. Aproape ca și cum i s-ar fi întâmplat altcuiva.

Ceea ce mi-am amintit sau nu a reprezentat un factor decisiv și la proces. Credibilitatea lacunelor mele de memorie a fost puternic pusă la îndoială de o cercetătoare în domeniul memoriei care a fost chemată acolo ca expert. Așa-zisele amintiri pe care le *aveam* de fapt erau prea ordonate, considera ea. Repetam aceleași lucruri, selectând anumite detalii pe care le reproduceam mereu în același mod. Melodia care se cânta atunci când dansam, mâncarea pe care am mâncat-o, felul în care m-am întins pe patul din casa de oaspeți, în care am adormit, și cum m-am trezit apoi plină de sânge. Cu toate acestea, nu mi-am amintit de restul orelor pe care le petrecusem înăuntru.

Cercetătoarea a vorbit mult timp despre modul în care diferite părți ale creierului stochează diferite tipuri de informații, despre faptul că memoria este asociativă. S-a întors spre judecător și către jurați și le-a spus că multe amintiri sunt de fapt construite post-factum. Este o modalitate prin care creierul poate ghici ceva ce nu am înțeles cu adevărat, pentru a completa golurile. Asocierile nici nu trebuie să fie conștiente, se fac automat. Cercetarea și dovezile au trebuit să vorbească, de vreme eu nu am făcut-o, a spus ea.

Lukas Francke a apelat, la rândul său, la un expert care a susținut că nu era deloc ciudat sau neobișnuit să-mi lipsească o parte dintre amintiri. În traumatisme severe sau în stări de șoc, este modul creierului de a ne proteja, iar *blackouturile* cauzate de consumul mare de alcool apar relativ des. La final, a arătat o curbă care ilustra cât de mult ne amintim în raport cu timpul. La douăzeci de minute după un eveniment uităm deja patruzeci și doi la sută din el. După o oră, mai mult de șaizeci la sută. După o lună, abia ne mai amintim douăzeci la sută.

Acest lucru era neesențial în cazul meu, a replicat procuroarea. Am ales să omit anumite ore de fiecare dată, cu excepția unui moment anume despre care nu puteam spune cu adevărat ceva semnificativ. Nu era vorba de faptul că mi-am amintit mai puțin în martie decât în septembrie. Nu mi-am schimbat deloc povestea din prima zi, așa că trebuie să fi fost fabricată.

Chiar înainte de proces, avocatul meu mi-a spus că, din moment ce nu am nicio explicație pentru moartea lui Simon și nici nu existau date care ar putea susține versiunea mea despre alt făptuitor, probele materiale aveau să cântărească foarte mult. Avea dreptate și în privința asta. Au fost decisive.

Felul în care s-a încheiat noaptea de 18 septembrie a ajuns să fie relatat ca două povești complet diferite în pledoariile finale. Una a fost relatată de către procuroare, cealaltă de avocatul meu.

În prima, am fost portretizată ca o femeie furioasă și răzbunătoare, lipsită de conștiință. Procuroarea a trecut în revistă gesturile de violență fără precedent pe care le-aș fi săvârșit. Era sigură că eram conștientă de ce făcusem, dar că refuzam să recunosc. Nu am cooperat cu poliția, ci am insinuat că eram de compătimit fiindcă Simon mă dezamăgise și mama era moartă.

— Dar Linda Andersson nu este o victimă, a spus ea. Ar trebui ca femeilor să le fie iertate infracțiuni grave fiindcă sunt *de compătimit*? Eu susțin că nu ar trebui. Simon Huss a murit, iar Linda Andersson este cea care l-a ucis. Pentru asta, va fi condamnată la închisoare pentru o perioadă la fel de lungă cum ar fi condamnat un bărbat.

În relatarea lui Lukas Francke eram o femeie zdrobită care a făcut totul pentru a-și reclădi viața făcută țăndări și, în plus, în plină expunere publică. A mai spus că nu există absolut nimic în trecutul meu care să indice că aș face un act de acest gen. Eram o persoană grijulie, cu bune abilități sociale și cu un cerc mare de cunoștințe, aveam un loc de muncă stabil și o locuință. Tocmai cunoscusem pe cineva, eram îndrăgostită. Într-o astfel de situație, nu aveam niciun motiv să-mi ucid viitorul fost soț.

Concluzia avocatului a fost că acuzarea a fost departe de a dovedi *dincolo de orice îndoială rezonabilă* că eu comisesem fapta. Erau prea multe semne de întrebare și, de fapt, adevăratul ucigaș era încă în libertate, a conchis el.

Întrucât nu avusesem o versiune care să conțină fapte sau detalii concrete, cu excepția celor care vorbeau în detrimentul meu, a rămas la latitudinea judecătorului și a juraților să decidă ce poveste au considerat că era cea mai plauzibilă. Și de aceea mă aflu la Biskopsberg.

Primele ore ale dimineții sunt momentele cele mai liniștite și calme din sectorul nostru. De obicei mă trezesc devreme, mă ridic din pat și fac pipi în țucal, apoi îl golesc în lavoarul de lângă ușă. Procedez la fel și luni dimineața, apoi mă spăl pe mâini și pe față, arunc o privire rapidă în oglinda de metal lustruit și îmi trec mâinile peste creștet, din obișnuință, până să-mi dau seama că părul meu lung nu mai este acolo. Femeia desfigurată cu ochi duri mă bântuie și parcă îi place să mă tachineze. Dacă ar putea vorbi, sigur și-ar bate joc de mine pentru cât de dezgustătoare o găsesc. Dacă m-ar întreba dacă mi-e frică de ea, i-aș spune că nu. Dar asta ar fi o minciună. Privesc în altă parte și mă îmbrac. Fac patul și aștept ca gardienii să deschidă celula și s-o inspecteze, așa cum au făcut în ultimii cinci ani.

În zilele de marți predau rufele murdare și-mi iau haine noi, miercuri după-amiază stau în bibliotecă și citesc. Articolele de la chioșc le comand joia și le iau vinerea. Sâmbăta și duminica stau în sector, de obicei în celulă, și mă uit la televizor sau citesc.

Pentru multe dintre noi, sfârșitul de săptămână e mai greu decât zilele lucrătoare, deoarece timpul trece și mai încet, iar cele care așteaptă vizite sunt neliniștite și nerăbdătoare. Apoi, starea de spirit este și mai proastă în încăperea goală după despărțiri și așteptări neîndeplinite.

Când se face din nou luni, aștept cu nerăbdare să merg la muncă după micul dejun. Nu pentru că mi se pare distractiv sau stimulant, dimpotrivă. Dar face timpul să treacă. Este un mod de a pretinde că ceea ce faci are un scop, că ai o viață. Stau la coadă, sunt închisă și mi se dă drumul, mă las examinată și fac așa cum mi se spune. În fiecare oră, în fiecare zi. Mereu. Astăzi, pregătită pentru prima mea zi la fabrică de când am fost atacată, totul mi s-a părut mai inutil ca niciodată.

La Biskopsberg, există o obligație de angajare integrală de luni până vineri. Toate deținutele trebuie să aibă o anumită formă de activitate programată, fie că este vorba de muncă, studii sau programe de tratament pentru a scăpa de dependența de droguri. Mie mi s-a repartizat un loc de muncă la fabrică, la asamblare și ambalare.

— Rutinele zilnice contribuie la o viață normală pentru voi în perioada petrecută la închisoare, a spus Tina când eu și alte două deținute noi am fost repartizate în prima săptămână. Puteți să vă obișnuiți să primiți instrucțiuni, aveți ocazia să învățați să cooperați și scopul este să vă pregătiți pentru o viață normală după ispășirea pedepsei.

După introducere, am întrebat-o dacă într-adevăr nu există altă muncă pentru mine. A fost prima și ultima dată când am întrebat ceva de felul acesta și de atunci lucrez la fabrică.

După micul dejun, la opt și jumătate, ușile se deschid. Așteptându-mi rândul pentru a trece prin detectorul de metale, îmi desfac sutienul, trag în jos o bretea, apoi pe cealaltă și îl scot de sub tricou. Prima dată când mi s-a spus să-l scot, nu am crezut că vorbesc serios. Încă este cea mai stupidă chestie de la Biskopsberg.

— Armătura metalică din sutien declanșează alarma detectorului, mi-a explicat Kristoffer. Trebuie să-l scoți, mai ales după tura de muncă, ca să știm că nu ai luat de aici lucruri metalice.

Nu mai simt umilința la fel de puternic, dar țesătura subțire a tricoului încă mă face să mă simt goală și mă grăbesc să-mi pun sutienul odată ajunsă pe cealaltă parte. Acum un an, o deținută care obosise să mai facă asta a refuzat. Mira a trecut rapid prin detector și a ignorat alarma care suna. Bineînțeles, povestea s-a terminat cu gardienii târând-o de acolo ca să-i facă o examinare corporală la pielea goală. Ei câștigă mereu astfel de meciuri.

În aceeași seară, Mira a stat mult timp la toaletă și a făcut să se întârzie cu momentul stingerii, iar a doua zi dimineață a făcut același lucru. Când, în sfârșit, a ieșit, l-a împins pe Kristoffer când el i-a spus că toată lumea avea să întârzie la micul dejun. După prima pauză aici, la fabrică, a fost ridicată de doi gardieni și apoi nu am mai văzut-o.

Mai târziu am auzit că Mira a fost bătută, lucru pe care Direcția Penitenciarelor îl face pentru a muta cu ușurință și fără avertisment persoanele care provoacă neplăceri. Sunt transportate imediat de acolo, nu au voie să știe unde anume și nu au timp să ia ceva cu ele. Gardienii le golesc celula de bunurile personale și, dacă au noroc, le vor găsi în noul penitenciar. Cele care rămân s-ar putea să nu știe unde a fost dusă deținuta.

Intru în incinta fabricii. Pardoseala din beton este la fel de murdară, ferestrele sunt tot prăfuite în spatele grilajelor și în mijlocul încăperii sunt mese lungi înșirate. Stațiile de lucru pentru asamblare și ambalare.

Mă așez la locul meu și îmi dau seama că activitatea de asamblare pe care am avut-o când am fost ultima dată aici a fost finalizată. În perioadele în care nu am primit comenzi de la firme din afară trebuia să împachetăm șireturi sau să sortăm șuruburi și uneori să le ambalăm împreună cu piulițe în pungi mici. După ce terminăm, supervizorul nostru, Tor, le golește pe toate în cutia mare de plastic și trebuie să ne apucăm din nou de treabă. Este important să fim ținute ocupate când suntem în fabrică.

Cele noi de obicei protestează zgomotos din cauza lipsei de sens din munca asta, dar, desigur, nu ajută. În cel mai rău caz, protestul duce la o vizită la izolare.

Încep să împachetez patru șuruburi și patru piulițe, strâng punga cu fermoar și o pun în cutia de lângă mine înainte de a continua.

Patru șuruburi, patru piulițe, strângeți punga cu fermoar și puneți-o în cutie.

Patru șuruburi, patru piulițe, strângeți punga cu fermoar și puneți-o în cutie.

Nu știu dacă Daria a continuat să răspândească zvonuri în închisoare sau dacă dezvăluirea mea stârnește curiozitatea, dar observ că celelalte șușotesc între ele. Despre mine și despre motivul pentru care sunt condamnată.

Patru șuruburi. Patru piulițe. Strângeți punga cu fermoar. Puneți-o în cutie.

Zi de zi voi continua așa.

Oră de oră.
Săptămână de săptămână.
Lunile trec.
Îmi ispășesc pedeapsa.
An după an.

La ora zece este pauza de dimineață și ies pe ușa laterală către cușca împrejmuită destinată fumatului. De fiecare dată când trece o nou-venită, se uită la noi îngrozită, așa cum am făcut eu cândva, și de obicei dau din cap și îi urez în tăcere bun-venit la stația noastră spațială.

Prefer să stau cât mai aproape de ușă, cu spatele la perete și să le ascult pe celelalte deținute vorbind despre vizitele și permisiile viitoare. Una dintre fete va pleca în curând și numără orele până când își va putea îmbrățișa din nou copiii. E răcoare în aer, dar soarele de toamnă strălucește și nu vreau încă să intru.

— Vrei?

Deschid ochii și îl văd pe Tor rezemat de peretele de lângă mine. Chelia lui strălucește în soare și miroase ușor a transpirație; în mână ține o țigară pe care o întinde spre mine.

— Îmi pare bine că te-ai întors, îmi spune.

Nu răspund și nu accept țigara.

— Nicio permisie pentru tine?

El dă din cap în direcția celorlalte deținute.

— Nu, oftez.

— Te-ai deranjat măcar să depui din nou cerere?

— De ce aș face-o?

— De ce nu?

— De ce să mă deranjez, când știu că va fi respinsă?

— Asta a fost acum ceva vreme, spune Tor trăgând un fum. Cum a fost justificat refuzul?

— Lipsa remușcărilor, îi răspund, sigură fiind că știe deja.

Mă uit în ochii lui și el este cel care se întoarce primul.

— Oricum, continui eu, nu am unde să mă duc și pe nimeni cu care să mă întâlnesc.

Nici înainte nu aveam, dar voiam să plec de aici măcar pentru câteva ore și să simt cum e să fii din nou un om obișnuit. Nu mi-a picat prea bine să aud că eram în continuare considerată prea periculoasă și imprevizibilă pentru a mă afla printre oameni. De atunci, nu am mai solicitat permisie. Dar poate aș putea s-o vizitez pe Mikaela în Stockholm în cele din urmă. Mă întreb dacă i-ar plăcea asta.

Tor se încruntă, de parcă îi vine greu să creadă că nu am avut contact cu persoanele din viața mea anterioară. Cei care își spuneau prietenii mei au considerat că este distractiv să petrecem timp împreună atâta vreme cât am avut o viață minunată despre care să vorbesc. Nici nu am fost bine arestată că s-au și făcut nevăzuți, și fiecare dintre ei a dispărut cu mult înainte ca eu să fiu condamnată oficial. I-aș fi putut spune lui Tor asta cu mult timp în urmă dacă aș fi vrut. Are momente în care este drăguț și prietenos, dar nu înțeleg rostul încercării lui de a mă cunoaște mai bine. Face conversație ca să afle ce-mi place și ce-mi doresc în viață, iar la început m-a întrebat multe despre Kathy, a spus că mamei lui îi plăcea muzica ei. Ca și cum asta ne-ar face prieteni sau confidenți.

În orice caz, a încetat să-mi mai spună Raza soarelui, ca în primii doi ani. Din moment ce nu l-am băgat în seamă, s-a săturat de gluma lui amuzantă. Poate îi este milă de mine. Nu e cazul, nici măcar mie nu-mi mai este.

Intru din nou în hală și continui să sortez până la prânz.

Sala de mese se umple de voci feminine, de sunete de scaune scârțâind și tacâmuri trântindu-se. Mă aliniez pentru a-mi primi porția și ajung la cutiile mari, albastre, suspendate de rafturile lor metalice. Farfuriile și paharele sunt din plastic, astfel încât să nu ne putem răni, pe noi înșine sau pe altcineva. Primesc mâncarea și mă duc la locul meu. M-am mutat de curând la masa Adrianei, cea mai apropiată de fereastra din încăpere, dar înainte trebuia să stau lângă Iris și Olga, celelalte deținute condamnate pe viață.

Iris este pedepsită pentru că și-a ucis unchiul și mătușa într-un sat, undeva în centrul Suediei. I-a otrăvit, le-a lipit gura cu bandă adezivă și i-a lăsat să moară în timp ce le fura banii. Se spune că a luat de la ei mai puțin de două sute de coroane. Vorbește tare și neîntrerupt și are un temperament aprins.

Olga și-a împușcat soțul cu propria lui pușcă înainte să-i ciopârțească cadavrul și să-i îngroape membrele în grădină. Celelalte părți au ajuns la coșul de gunoi și, dacă gunoierii nu le-ar fi descoperit, ar fi putut scăpa. Iris și Olga s-au căsătorit anul trecut și au solicitat de mai multe ori să împartă o celulă, lucru care până acum le-a fost refuzat.

Pe lângă noi trei, condamnate pe viață, Biciușca stă și ea în clădirea C, condamnată pentru agresiune gravă împotriva fiicei sale adoptive. În diverse moduri bine documentate, a chinuit-o pe fată multă vreme pentru a „scoate răul din ea". Singura care interacționează cu ea este Scânteia, condamnată pentru incendiere. Ea a dat foc casei în care tocmai se mutase fostul ei soț cu noua lui familie, iar unul dintre copiii lui a murit în incendiu. Cele două stau singure în capătul îndepărtat al sălii de mese pentru că toată lumea se ferește de ele ca de ciumă. Preferă să se izoleze pentru a evita atacurile care sunt cel mai adesea verbale, dar și fizice.

Meg era vecina mea din clădirea D și obișnuiam să stăm față în față în sala de mese. Ispășește o pedeapsă de opt ani pentru contrabandă cu cocaină. De fiecare dată când iubitul ei spune că o va vizita, ea se face frumoasă și se dă cu mult prea mult din parfumul pe care i s-a permis să-l aibă. Din câte știu eu, el nu a apărut nici măcar o dată și povestea se termină mereu cu Meg plângând, cu rimelul scurgându-i-se pe obraji. Ea jură că nu-l va mai aștepta niciodată. După o vreme, el promite din nou că va veni și ea caută motive pentru care el nu a apărut data trecută, iar mirosul de parfum se răspândește din nou în sector. Cred că asta nu s-a schimbat de când m-am mutat în clădirea C.

Apoi mai sunt cele care sunt închise pentru o perioadă mai scurtă de timp pe motive de fraudă sau furt, genul acesta de lucruri, dar vorbesc rar cu ele. În sala de mese, cele aflate pe termen scurt și nou-venitele stau mereu în capăt, așa cum am făcut și eu la început.

La scurt timp după ce m-am așezat să mănânc, o femeie tânără cu părul vopsit negru s-a apropiat de masa mea. E tatuată pe mâini și un cap de dragon îi iese la iveală de pe conturul gâtului. Își pune tava lângă mine, zâmbește precaut și trage scaunul ca să se așeze.

— Nu poți sta aici, îi spun.

Ea tresare și lasă scaunul.

— OK, îmi pare rău. E ocupat?

E evident că este nouă în penitenciar, plină de nesiguranță și frică, un iepure îngrozit care adulmecă în aer după pericol. Este așa cum eram eu cu mai bine de cinci ani în urmă. Toate am fost ca ea. Dar nu mai spun nimic, ci continui să-mi mănânc mâncarea, fără să o bag în seamă.

— Tu ești Linda, fiica lui Kathy, îmi zice ea atunci. Arăți cu totul altfel decât în poze.

Îmi studiază fața și se apleacă mult prea aproape. Nu pot suporta când oamenii se bagă în sufletul meu și, din reflex, ridic brațul, după care tava îi zboară din mâini și se prăbușește pe podea. Mâncarea și apa se varsă peste tot. Toată lumea din sala de mese se uită la noi. Nu se aude niciun sunet. Femeia ridică tava, bâjbâie după ce i-a căzut și încearcă să curețe. Se dă înapoi de la masă și se îndreaptă către o alta, mai spre capătul sălii, către nou-venite. Gardienii mă privesc cu ochi vigilenți, dar nu intervin.

Bun venit la Biskopsberg, mă gândesc eu în timp ce șoaptele se întețesc în jurul meu.

*

Aplauzele nu se opresc niciodată. De pe scaunul meu de lângă scenă, văd publicul ridicându-se în ovații și în mijlocul luminii reflectoarelor e mama. Se înclină iar și iar, cu o mână în dreptul inimii într-un gest care arată profundă recunoștință. Pare mică pe scenă, cu mulțimea fără chip în față. Și totuși, este un gigant. Uralele urcă în crescendo când ea le trimite sărutări și începe din nou să cânte cel mai mare hit al ei.

— Soarele strălucește peste mine și tine, spune-mi că mă iubești, dragă, spune.

Vocile entuziaste care strigă că vor mai mult devin dominante înainte de a se cânta ultima strofă; fluierături și ovații, aplauze sălbatice care cresc în intensitate, iar la final nu mai deslușesc niciun sunet. Par a fi un singur ton strident în spatele luminii cețoase.

Mă ascund în culise. Acolo, în spate, sunt invizibilă. Mă întreb dacă voi rămâne invizibilă chiar dacă mă duc la mama și mă arăt în lumină.

*

Din când în când am fost întrebată de gardieni de ce nu fac eforturi ca să le cunosc pe celelalte deținute. E simplu, majoritatea dintre ele sunt condamnate la sentințe scurte și dispar de aici cu mult înaintea mea și n-ai cum să suporți atât de multe despărțiri oricât ai vrea.

Oricum, cele închise pentru perioade scurte sunt de obicei mai puțin simpatice. Nu arată deloc respect și se ceartă pentru prostii, ceea ce strică atmosfera și pentru noi, celelalte. Dacă rămâi aici mult timp, efectele sunt mult mai devastatoare, privilegiile retrase și rutina mai dură. Pentru ca viețile sutelor de femei închise într-un spațiu mic să funcționeze, nu este posibil să te comporți în orice fel. Ajungi să înveți asta în primele zile, după care, la rândul tău, transmiți ce ai învățat celor care vin după tine. Nu te împingi la coadă, nu iei din gustări direct cu mâna și nu stai oriunde în sala de mese. Așa funcționează, ierarhia este mai clară aici și în zona de recreere.

Dar eu spun ceva doar când este absolut necesar, în rest stau pe margine și-mi văd de ale mele. Nu mă deranjează să fiu invizibilă și să mă pierd în mulțime. Și dintr-odată, apare o nou-venită care mă recunoaște și care este suficient de îndrăzneață încât să-mi spună și mie lucrul acesta.

Potrivit articolelor care apar la intervale regulate în presă, fac parte dintr-una din cele mai rele categorii de femei care pot fi întâlnite în Biskopsberg. Subiectul este de obicei *Cum trăiesc în închisoare cele mai periculoase femei din Suedia* și se scrie că suntem câteva deținute condamnate pe viață, eu fiind multă vreme una dintre cele mai tinere. Poza care a fost folosită în articol a fost făcută în cușca pentru fumat din afara fabricii. O jurnalistă a fost aici în primul meu an pentru a o intervieva pe Olga și a reușit să mă fotografieze pe ascuns, deși teoretic așa ceva nu ar trebui să fie posibil. Îmi este greu să mă recunosc în femeia din fotografie. Judecând după aspectul feței mele, nu este doar rezonabil, ci absolut obligatoriu să fiu ținută închisă într-un penitenciar. Fotografia făcută când am fost scoasă din spital este cu siguranță și mai proastă.

Cu o tăietură urâtă peste jumătate de față este imposibil să rămân anonimă, dar măcar cicatricea peste talie și în jos peste coapsă o pot ascunde. Doar nu am trăit cu Kathy degeaba. Îmi țin capul sus în lumina reflectoarelor și îi las pe toți să se holbeze, pot să creadă și să gândească ce vor despre mine. *The show must go on.*[4] Și,

[4] În limba engleză. Spectacolul trebuie să continue. (*N.t.*)

fără îndoială, nou-venitei i s-a spus deja că, dacă e cineva care trebuie evitat, acelea sunt Regina și Monstrul. Nu va îndrăzni să ne mai abordeze.

Ies din sala de mese și, după ce stau în aer liber în zona de recreere, mă întorc la fabrică, îmi dau jos sutienul, trec prin detectorul de metale și mi-l pun din nou înainte de a mă așeza la stația mea de lucru.

Patru șuruburi, patru piulițe, strângeți punga cu fermoar și puneți-o în cutie.

După tura de muncă sunt dusă la directoarea închisorii din Biskopsberg, Beatrice Viktorsson. Am mai fost în biroul ei o singură dată, eram în al doilea an în penitenciar. O intelectuală provenind din zona culturală din Stockholm avusese ideea genială de a pune în scenă un musical la închisoare, scris și jucat de către deținute. Munca de creație ar fi fost bună pentru participante și le-ar fi oferit posibilitatea de a se exprima artistic, iar cele care nu erau implicate în producție s-ar fi putut bucura de puțin divertisment în perioada Crăciunului. Și cine era mai potrivită să se ocupe de partea muzicală decât fiica lui Kathy?

— Mulțumesc, dar nu mă interesează, i-am spus.

— De ce nu?

Beatrice Viktorsson se întoarse către intelectuală.

— La început, Linda obișnuia să cânte la pian în fața bibliotecii când a venit aici. E foarte talentată.

— Nu mai cânt, am zis.

— Dar probabil că încă mai ai vocea ta frumoasă, a zâmbit intelectuala.

Cu amabilitate, dar hotărâtă, i-am mulțumit și am refuzat, spunându-i încă o dată că nu mă interesează o astfel de sarcină. Niciuna din ele nu a putut înțelege că nu am văzut-o ca pe o oportunitate de neratat. De parcă să pun în scenă un musical cu niște condamnate ar fi fost visul vieții mele. O nouă șansă în carieră. Dacă ar fi întrebat-o pe mama, ea ar fi înghițit imediat momeala și ar fi încercat să vadă dacă proiectul ar fi putut fi transformat într-un turneu național. I-ar fi plăcut ideea și publicitatea. Mie nu.

Mi s-a cerut să cânt la pian și din voce de mai multe ori înainte de către alte deținute și gardieni, dar nu vreau, căci asta mi-ar face captivitatea și mai evidentă. Dar nimeni nu înțelege așa ceva.

Directoarea închisorii mă salută fără să ridice privirea, arată spre scaunul din fața biroului ei și mă roagă să mă așez. A împlinit șaizeci de ani, dar lasă impresia de vigoare, precum cineva care joacă golf și navighează vara, care călătorește în Val d'Isère în lunile de iarnă și se întoarce bronzată și plină de viață.

Beatrice Viktorsson răsfoiește un dosar aflat pe birou, înainte să-și împreuneze mâinile și să se uite la mine.

— Ancheta incidentului de la subsol este finalizată, începe ea. Anne va fi acuzată de tentativă de omor și, după cum știi, a fost mutată de aici.

Dau aprobator din cap.

— De vreme ce ea nu a depus o plângere împotriva ta, ai scăpat de punere sub acuzare, iar noi ne-am mulțumit să scriem un raport despre incident. Sper că ești recunoscătoare pentru asta.

Beatrice mă privește cu sprâncenele ridicate și mă întreb dacă așteaptă un răspuns. Ce-ar trebui să-i spun?

— Ești aici de mai bine de cinci ani, Linda, oftează ea.

— Da, îi răspund.

— Știi că purtarea ta contează în caz că vei solicita din nou permisie, spune Beatrice Viktorsson și zâmbește. Sau când vei putea beneficia de o reducere a pedepsei.

Dau din nou aprobator din cap.

— Cu toate astea, ești implicată într-o serie de... dispute și cred că devine puțin deranjant. Fronda manifestată în sector, incidentul cu Anne, acum întâmplarea din sala de mese. Îți dai seama că toate acestea se vor întoarce împotriva ta pe termen lung.

Privirea ei cade peste cicatricea de pe fața mea.

— Ce s-a întâmplat nu a fost vina *mea*, îi spun. Nu am amenințat-o pe Anne.

— Tot spui asta. Că ești nevinovată de cele afirmate de ceilalți despre tine. Dar astăzi ai lovit o deținută în sala de mese. Și s-a întâmplat și în acest sfârșit de săptămână.

— Nu am lovit-o, îi răspund. I-am dat peste tavă, așa că a căzut pe podea. Este diferit. Și deținuta din zona de recreere a căzut intenționat.

— Am mai observat și că petreci mult timp cu o anumită persoană în ultima perioadă, spune directoarea închisorii.

— La cine vă referiți? întreb eu făcând pe proasta.

— Aș dori să te rog să te gândești dacă este atât de înțelept.

Beatrice Viktorsson dă ochii peste cap văzându-mă că tac. Apoi îmi dă un avertisment. Datorită comportamentului meu, altfel bun înainte de incidentul din subsol, ea este dispusă să-mi mai dea o șansă.

— Dar, spune ea cu emfază, la cel mai mic semn că ai uitat această conversație, voi fi forțată să iau măsuri. Ne-am înțeles?

— Absolut, spun eu. Înțeleg.

Începând cu a doua zi, refuz să lucrez.

După micul dejun stau în cameră în loc să mă duc la fabrică, n-au decât să facă ce vor cu mine. Un gardian mă amenință cu retragerea permisului de vizită dacă nu cooperez și mai mulți paznici vin și mă încercuiesc. Îmi spun că s-ar putea să-mi revin în izolare. Apoi Adriana se ridică și le spune că ar trebui să rămân cu ea și, spre surprinderea mea, gardienii se retrag. Înainte ca gardianul să ne lase să intrăm în clădire, ne reamintește că toată lumea ar trebui să fie ocupată în timpul zilei, dar se mulțumește să mai scrie un raport despre incident. Și nimeni nu mai pomenește despre datoria de a lucra, nici măcar șefa închisorii.

Sunt curioasă ce autoritate are Adriana asupra ei, dar ea râde la întrebările mele, așa cum face întotdeauna.

— E destul să le oferi ceva ce-și doresc cu adevărat, spune ea pe un ton secretos.

Înțeleg de ce Beatrice Viktorsson nu vrea să am de-a face cu Adriana.

Bradul de plastic cu ghirlande ieftine se află într-un colț al sălii de mese, iar Bing Crosby visează la un Crăciun alb în difuzoare. Anxietatea plutește densă în aer asupra celor care ar fi preferat să fie acasă cu familiile lor decât să-și petreacă Ajunul Crăciunului la Biskopsberg.

Câțiva gardieni cu barbă de Moș Crăciun se învârt și chicotesc *ho-ho-ho*, iar unul dintre ei face glume și întreabă dacă sunt deținute drăguțe aici. Oferă glögg[5] fără alcool și turtă dulce și așteaptă cu nerăbdare să vadă cât va apărea în plus pe fluturașul de salariu după toate zilele de sărbătoare.

Kristoffer vine cu o tavă și mă uit în ochii lui sub căciula de Moș Crăciun. M-a evitat de când m-am întors din secția de îngrijiri medicale, iar eu am făcut tot posibilul să mă feresc din calea lui. La fel ca multor altora, și lui îi este greu să ascundă ceea ce simte când vede fața mea desfigurată.

— Crăciun fericit, Andersson, îmi spune schițând un zâmbet și mă întreabă dacă mai vreau niște turtă dulce și încă o porție de glögg.

---

[5] O specialitate scandinavă de vin roșu fiert cu condimente. (*N.t.*)

Mă uit lung la el fără să-i răspund.

— Îmi pare bine să văd că ți-ai revenit, continuă el. Dar ceva este diferit, să vedem, ce anume? Ah, coafura. Frumos, aproape ca a mea. Kristoffer își scoate căciula, își pune mâna peste scalpul ras și rânjește către colegul său, care evită să se amestece.

— Îți place și fața mea? spun eu. În acest caz, sper că te uiți cu mare atenție. E vina ta că arăt așa.

— Ce vrei să spui cu asta?

— Ne-ai lăsat pe mine și pe Anne singure la subsol. A fost o abatere gravă, atât tu, cât și eu o știm. De fapt, ar fi trebuit să te reclam, dar poate că nu e prea târziu?

Mă îndepărtez, așteptând să aud zgomotul bocancilor lui în spatele meu, dar el mă lasă în pace.

Antrenamentul cu Adriana mă ține ocupată. Sărbătorile se scurg mai repede și timpul trece, deși nu lucrez în timpul zilei. Mai nou se știe la Biskopsberg că Regina și Monstrul sunt mereu împreună. Uneori, primim permisiunea să stăm într-o încăpere de lângă sala de sport, acoperită cu saltele subțiri. Adriana încă nu are puterea să se antreneze ca înainte, dar mă instruiește. Uneori de pe bancă, alteori stând întinsă pe podea, iar în zilele în care se simte mai bine participă și ea la antrenamente timp de câteva minute.

— Douăzeci și opt, douăzeci și nouă, numără ea. Poți mai mult, continuă.

Rezist. Îmi îndoi genunchii și mă las în jos în timp ce îmi întind brațele în față. Apoi îmi îndrept iar picioarele și îmi cobor brațele. După aceea repet mișcarea. Iar, și iar, și iar. Mușchii îmi sunt amorțiți de la acidul lactic și simt cum îmi ard atât picioarele, cât și brațele. Mă enervez din ce în ce mai mult pe Adriana, care e tot timpul cu gura pe mine.

— Urăsc chestia asta, izbucnesc.

— Bine, spune ea. Ești nervoasă. Folosește-te de asta.

— E prea greu.

— Nu te comporta ca un plod răzgâiat. Luptă puțin.

— Ține-ți gura.

— Și nu uita să respiri.

Mai fac douăzeci de genuflexiuni. Apoi flotări. Apoi abdomene. Iar flotări, apoi genuflexiuni, după care mă întind pe podea și gâfâi cu gust de sânge în gură.

— Când mai vine Mikaela? mă întreabă Adriana.

— Ar fi putut veni după sărbători, dar ni s-a aprobat o vizită abia la începutul lunii februarie.

— Și ești mulțumită cu asta?

— Da.

— Spune-mi dacă vrei să dai de ea până atunci.

Știu că Adriana are telefon mobil, dar habar n-am unde îl ține. Îi mulțumesc pentru ofertă, dar îi spun că sora mea se asigură că totul se desfășoară corect. S-ar agita dacă aș suna-o de pe un număr necunoscut din interiorul penitenciarului.

Adriana mă atinge ușor cu piciorul și spune că am lucrat bine astăzi. La început, abia dacă puteam face două flotări.

— Alex făcea mereu flotări seara, îi spun eu închizând ochii.

Odată l-am tachinat pentru cât era de vanitos și mi-a răspuns că păream destul de mulțumită de fizicul lui. Apoi m-a tras lângă el și ne-am sărutat îndelung.

— Cum v-ați cunoscut? mă întreabă Adriana. Se pare că lucrurile au avansat repede.

— S-a întâmplat imediat după înmormântarea mamei, îi răspund. La începutul lunii iunie. Am fost împreună o singură vară scurtă și frumoasă, înainte să fiu arestată.

Dacă aș fi știut cât de scurtă avea să fie fericirea mea, m-aș fi bucurat oare și mai mult de ea? Dorul de Alex a fost multă vreme o durere constantă, care m-a tot măcinat. Obișnuiam să am fantezii despre ce am face dacă nimic din toate acestea nu s-ar fi întâmplat și aș fi liberă. Ne-am fi mutat împreună și am fi cumpărat o casă, am fi făcut dragoste noaptea și ne-am fi trezit îmbrățișați. Așa cum o făceam odată.

De când am fost atacată, am petrecut mult prea mult timp gândindu-mă la greutățile prin care am trecut. Legat de Alex vreau doar să-mi amintesc ce a fost bine și, măcar de data asta, îmi permit să mă bucur de fiecare amintire pe care o am cu el.

Îi povestesc Adrianei cum ne-am cunoscut într-un supermarket. Fusesem în cartierul Vasastan să-mi iau câteva lucruri din apartamentul meu și al lui Simon și aveam de gând să-mi cumpăr ceva de prânz în drum spre casă. Alex și-a luat o salată Caesar înainte să se răsucească și, pentru că eram în spatele lui, a dat peste mine. M-a luat de braț, a zâmbit și și-a cerut scuze.

— Era ultima? l-am întrebat.

S-a oprit.

— Poate că da. O vrei?

— Nu, am spus puțin stânjenită. Am vorbit fără să mă gândesc, nu asta era ideea.

I-am spus că pot să-mi iau altceva, dar el a insistat că nu poate pleca știind că nu am găsit nimic de mâncare. Mi-a întins salata și a ținut-o între noi, dar eu am refuzat s-o accept. Apoi, fără să știu prea bine ce m-a apucat, l-am întrebat dacă vrea să ia prânzul cu mine.

Nu aveam absolut nicio intenție să cunosc un alt bărbat, dar Alex era atât de drăguț, atât de înalt și frumos, bine îmbrăcat și părea atât de fermecător. A ezitat o clipă și pe mine aproape că m-a părăsit curajul până să spună da.

Ne-am dus la *Ritorno* și ne-am așezat la o masă din capătul îndepărtat al încăperii cu mochetă roșie, picturi ciudate și candelabre pe tavan. L-am întrebat cu ce se ocupa și mi-a spus că era business controller la o companie media, dar nu a vrut să mă plictisească cu detalii. În schimb, a întrebat despre mine și i-am spus că sunt liberă de la postul meu de profesor de muzică până la sfârșitul verii. Când s-a uitat la ceas, l-am întrebat dacă se grăbea să se întoarcă la serviciu. A zâmbit și a mai rămas o oră.

Curând, a devenit clar cât de sigur pe el era Alex. Nu avea nevoie de fani care țipă sau de o soție atentă care să-i confirme constant valoarea. Nu trăia pentru următorul concert sau pentru petreceri pline de farmec, ci avea un loc de muncă stabil, cu un venit stabil și câteva săptămâni de vacanță plătită. Era un bărbat matur, în timp ce Simon era încă în multe privințe un băiat necopt.

După primul nostru prânz, am reușit să-l conving pe Alex să ne întâlnim din nou. Nu-mi mai petreceam singură serile, în curând a ajuns să-mi țină companie. Venea și jucam scrabble și mă tachina pentru că eram atât de strictă cu regulile, ne uitam la filme și uneori stătea întins lângă mine pe canapea cu o carte. Ne plimbam pe insula Djurgården și beam câte o cafea în tihnă în localuri primitoare. Ne duceam la expoziții de artă și uneori la teatru. Îmi amintesc prima dată când am făcut dragoste.

*

Marea este o oglindă nemișcată de aur, iar soarele face ca norii de pe cer să strălucească în portocaliu și roz. Câțiva pescăruși se învârt în jurul catargelor bărcilor cu pânze de lângă noi.

Mă sprijin de balustradă și spun că această zi este ireală, nu vreau să se termine niciodată. Alex mă ciupește de braț și râd când mă întreabă dacă mi s-a părut destul de real.

Toată ziua ne-am plimbat într-o barcă cu motor pe care am închiriat-o, cu vântul în păr și valurile care se umflau în urma noastră. M-a invitat la cină la un restaurant din arhipelag și am făcut un picnic la bord în acea seară. Nu putea fi mai bine de atât.

El nu putea fi mai bun de atât. Mă simt din nou în pielea mea, Linda cea fericită, optimistă și adesea îl fac să râdă în hohote de ceea ce spun. E nerăbdător să știe ce cred eu despre tot felul de lucruri și putem discuta așa cum nu am reușit niciodată să discut cu Simon. Și, când sunt cu Alex, nici nu mă gândesc la soțul meu. Probabil pentru că simt că îl interesează, chiar dacă nu vrea s-o arate. Nu este prea îndrăzneț, dar mă atinge puțin prea des pentru a fi o coincidență. Îmi place asta.

Căldura brațului bronzat al lui Alex radiază spre mine. Începe să spună ceva când mă ridic în picioare și îl apuc de gulerul tricoului polo pe care îl poartă. Își pune mâinile în jurul taliei mele de parcă ar fi vrut să mă sprijine și așteaptă.

Mă uit în ochii lui și îmi apăs ușor buzele pe ale lui. La început stă complet nemișcat și spune că sunt o femeie căsătorită. Îi răspund că nu voi mai fi așa pentru mult timp și mă trage mai aproape de el. Zâmbesc când îmi șoptește că probabil exercit un fel de forță magnetică asupra lui și ne sărutăm din nou.

Mă ia de mână și mă conduce în cabină. Mă mângâie dându-mi jos hainele și face totul foarte încet. Nu se grăbește. Îmi șoptește că sunt frumoasă și minunată, că-l hipnotizez și ne iubim în sunetul valurilor care se prăbușesc și în țipătul îndepărtat al pescărușilor.

Înainte să adorm în brațele lui Alex, îmi dau seama că pot să respir liber. De când l-am cunoscut, nu mă mai trezesc cu un abis negru sub mine sau cu o senzație de gol, de a mă afla într-un vid.

Iubesc și sunt iubită, așa că exist.

Nu știu cum a aflat presa că Simon m-a înșelat. Poate că a fost chiar amanta sau o prietenă de-ale ei cea care a fost indiscretă, nu conta nici atunci și nici acum. Dar un detaliu care nu a devenit cunoscut de toată lumea decât în timpul procesului a fost când anume am descoperit eu însămi ce se petrecuse.

Mă pregătisem cu grijă pentru înmormântarea mamei mele și purtam o rochie neagră pe corp, machiajul și coafura erau perfecte. Simon întârzia ca de obicei, încă era la duș și am început să mă stresez. Telefonul lui mobil era pe pat și, tocmai când mă duceam să văd cât e ceasul, ea i-a trimis un mesaj.

L-am deschis și l-am citit. I-am citit fiecare conversație pe care au avut-o. O altă femeie l-a făcut pe soțul meu să se simtă așa cum credeam că se simte cu mine. În timp ce plecam pentru o scurtă pauză de lângă mama, veneam acasă și luam cina cu el, când mă târam lângă el să dorm, când mă săruta de noapte bună, tot timpul după ea tânjea; pe ea voia s-o mângâie și cu ea să facă dragoste. Timpul nu putea trece suficient de repede până să fie din nou cu ea. Ea, care l-a înțeles. Într-o secundă, m-am simțit goală, umilită.

Mi s-a făcut rău.

Simon a ieșit din baie cu prosopul în jurul șoldurilor, și-a scuturat umezeala din bucle și mi-a zâmbit. Simon al meu, atât de familiar și, cu toate astea, cu totul străin.

La început s-a apărat, acuzându-mă că nu am fost alături de el. A început complet nevinovat, când mama s-a îmbolnăvit, dar s-a intensificat pe măsură ce ea avea nevoie tot mai mult de mine. Nu-mi credeam urechilor. În timp ce mă luptam și mă dădeam peste cap să fiu acolo pentru amândoi, nu avea nicio rușine?

Apoi a plâns și s-a rugat de mine. Se simțise singur, abandonat. Și-a dat seama ce greșeală nesăbuită făcuse, a regretat, eu însemnam totul pentru el.

Nu am vrut să mai aud nimic.

Răvășită de durere, răvășită de șocul trădării soțului meu, am trecut cu capul sus pe lângă grupul de jurnaliști din fața Bisericii Gustav Vasa, am intrat și am înaintat pe lângă rândurile de bănci cu mai mult de o mie de fani adunați să-și ia rămas bun de la Kathy. Mi-am luat locul în față și Simon s-a apropiat de mine cu capul plecat.

O mare de flori înconjura sicriul mamei, coroane, decorațiuni și buchete. Aranjamentul pentru sicriu pe care l-am comandat a fost galben, culoarea preferată a mamei. Iubea toate florile, dar mai ales pe cele galbene. Trandafirii, lalelele sau gerberele, nu conta, îi plăceau până și păpădiile care creșteau peste tot în grădina casei de vacanță.

— Ar trebui să avem mereu flori galbene acasă, e ca și cum am primi un buchet de soare, spunea ea cu un zâmbet luminos. Același zâmbet cunoscut, ca în fotografia care a fost pusă lângă sicriu.

Muzică de orgă, cântece interpretate de mai mulți artiști și cuvintele preotului care vorbeau despre ce amprentă și-a pus mama peste toți; și cum a jelit toată lumea. Suedia își pierduse cel mai mare artist mult prea devreme. Dar nu a fost doar o mare artistă, a fost o mamă profund implicată și iubită, o colegă foarte apreciată și respectată în industria muzicală. Un mare om. Și vocea ei cu frică de Dumnezeu trăiește pentru totdeauna, în ciuda golului pe care l-a lăsat în urma ei.

Dar cuvântul *gol* era prea puțin. Când o stea uriașă explodează, nu mai rămâne decât o gaură neagră. Invizibilă, înghite tot ce o înconjoară, chiar și lumina.

Așa s-a întâmplat când a murit mama. Și acum mă abandonase și soțul meu. Am fost absorbită de acel gol și am dispărut. Eram singură în întuneric și nimeni nu și-a dat seama. Nici camerele care erau îndreptate spre mine, nici cortegiul funerar din rândurile din spate și cu siguranță nici Simon, care era lângă mine. Nici măcar propria mea soră.

Am stat cu spatele drept pe toata durata ceremoniei și nu am vărsat nicio lacrimă.

Anchetatorii nu au omis să sublinieze acest lucru când au urmărit înmormântarea televizată a mamei mele. Chipul meu impasibil nu lăsa să se întrevadă nimic din cele prin care tocmai trecusem. Nu părea deloc că eram atât de zdrobită de infidelitatea lui Simon pe cât pretindeam. Mai degrabă, păream rece și dură. Și poate că eram deja, de vreme ce am decis să-mi ucid soțul.

Dar lacrimile au apărut mai târziu, când nimeni nu m-a văzut.

Faptul că bărbatul în care ai încredere și pe care-l iubești mai presus de orice te înșală este dezastruos. Dar faptul că lumea întreagă știe totul despre asta este degradant. Când scandalul a izbucnit după moartea lui Simon, presa s-a delectat cu știrea și a dezvăluit cu cine se culcase. Am văzut-o în ziare când eram în detenție, chiar înainte să mă ducă la Biskopsberg. O femeie frumoasă, tânără, cu un corp voluptuos și păr roșu des, până la brâu. Îi lansase cel mai recent single al lui, iar studioul de muzică a fost cuibul lor de dragoste pentru întâlniri pasionale. S-au publicat fotografii cu ei împreună în toate contextele posibile și s-au făcut speculații cu privire la cât timp fusese de fapt înșelată Raza soarelui. Cealaltă femeie era complet disperată și spunea că el fusese totul pentru ea. Era ca și cum ai citi despre altcineva, în timp ce-ți amintești și cel mai mic detaliu foarte bine.

Perioada de după înmormântare a fost groaznică. Nu puteam să mănânc, nu puteam să dorm. Mă simțeam ca și cum aș fi încetat să mai exist. Ziua și noaptea se confundau, în timp ce eu încercam să eliberez apartamentul și, în același timp, să o jelesc pe mama. Eram nedorită, exclusă și singură. O femeie căsătorită care nu și-a mai putut satisface soțul. M-am chinuit întrebându-mă dacă Simon a dus-o acasă în apartamentul nostru, dacă făcuseră tot ce a descris el atât de amănunțit în mesajele lor în patul nostru. În adâncul sufletului, nu credeam așa ceva despre el, dar evident că nu mă puteam baza pe intuiția mea.

În afară de câteva discuții la beție, când Simon a plâns și m-a implorat să mă mut înapoi acasă, m-a lăsat în pace vara aceea.

În august i-am trimis actele de divorț și atunci am început să primesc din nou vești de la el. Odată a venit în zona Karlaplan, a intrat cu forța pe lângă mine în apartament și a spus că trebuie să vorbim, că nu putem arunca la gunoi dragostea și căsnicia noastră cu atâta frivolitate. I-am spus că el a aruncat-o, că el a fost frivol. Era frustrat că nu l-am ascultat când m-a asigurat că nu se va uita la nimeni altcineva toată viața lui, atâta timp cât mă întorc la el. A țipat și eu am țipat la el.

— E prea târziu. Am cunoscut pe cineva și vreau să pleci acum.

S-a holbat la mine de parcă aș fi vorbit o altă limbă. M-a luat de mână și s-a uitat la degetul meu inelar gol. Apoi a intrat pe lângă mine în dormitor, s-a oprit în prag și s-a întors. Părea complet devastat.

— Cine e?

Am urmărit privirea lui Simon și am văzut pe pat una dintre cămășile lui Alex.

— Cineva care nu este ca tine, i-am răspuns.

*

În timpul interogatoriilor, Tony Bodin vrea să știe de ce Simon a ales să ia legătura cu mine în august. Dacă abia ne-am auzit de la înmormântarea din mai, spune el. De ce chiar atunci?

— Ți-am spus, îi răspund. Atunci a primit actele de divorț. În cele din urmă, și-a dat seama ce făcuse și a devenit disperat. A ținut tot timpul legătura cu mine. M-a sunat, mi-a trimis mesaje, voia să ne vedem, să vorbim.

— Despre ce voia să vorbească?

— Voia să nu mă mai văd cu Alex și voia să se explice; voia să înțeleg că s-a simțit exclus când mama s-a îmbolnăvit. Că cealaltă femeie nu a însemnat nimic, aceleași cuvinte goale ca înainte. Dar insistența aceea a fost ca și cum ai scoate un

cuțit dintr-o rană doar pentru a-l înfige din nou și a-l răsuci, spun eu și fac o mișcare de înjunghiere cu mâna.

Prea târziu, îmi dau seama cum este perceput gestul. Tony Bodin se uită la mine, apoi schimbă o privire lungă cu Johan Forsell.

— De ce ar trebui să mă expun la asta? închei eu cu vocea stinsă și îmi strâng mâinile în poală. Mă hotărâsem. Mă pregăteam să dau o nouă pagină în viața mea și eram din nou fericită.

Înainte de următoarea vizită a Mikaelei la penitenciar, nu mai sunt la fel de emoționată ca data trecută. Atât ea, cât și eu evităm să discutăm despre mama și tata, în schimb depănăm vechi amintiri.

De exemplu, despre povestea știucilor uriașe din patul de stuf de sub pontonul casei de vacanță; de cele mai multe ori nu ne păsa de astfel de istorioare, ci ne aruncam în apă și înotam până se încrețea pielea pe noi. Dar, uneori, când ne așezam pe ponton și ne bălăbăneam picioarele, copiii vecinilor ne speriau cu povești despre oameni care fuseseră atacați și mușcați de fiare cu dinți ascuțiți. Ne-au făcut să fim atente și la cea mai mică mișcare în apa tulbure de dedesubt și ne-au provocat să vedem cine îndrăznea să-și lase picioarele mai adânc în apă. Dintre mine și Mikaela, eram aproape întotdeauna eu, dar ea nu vrea să recunoască.

Râdem de o întâmplare de pe vremea când eram în Italia și închiriaserăm o mașină la Roma. Eram convinsă că Mikaela va provoca un accident și i-am reamintit cum mergea drept înainte fără să se oprească la fiecare intersecție. Era de-a dreptul periculoasă, și o tachinez și o întreb dacă șofează la fel de nebunește și în traficul din Stockholm.

— Nu e adevărat, întotdeauna mă asiguram mai înainte, protestează ea. La fel făcea toată lumea, luminile roșii erau doar o recomandare de care să ții cont. Și recunosc că șofam mai bine decât Simon. Era mult prea atent.

Tace și își coboară privirea.

Acum urmează. Simt, întrebările ei nu mai pot fi oprite.

— A fost o perioadă minunată, îi spun, încercând să-mi păstrez vocea cât mai calmă și cât mai imperturbabilă.

— Ați fost cel mai fericit cuplu pe care l-am văzut vreodată, spune Mikaela. Ce s-a întâmplat, de fapt, cu voi doi?

Nu-i răspund. Ea știe deja despre infidelitatea lui. Ceea ce vrea cu adevărat să audă este tot ceea ce presa nu a reușit să afle. Care a fost adevăratul motiv pentru care a umblat cu ascunzișuri? Și l-am ucis ca pedeapsă, nebună de gelozie și furie?

— Nu ar fi trebuit să te închizi în tine după înmormântare, îmi spune Mikaela. Ar fi trebuit să dai și tu un semn.

— Este ușor să înțelegi privind în urmă, spun eu. Ca să începem cu începutul, nu aș fi citit niciodată mesajul acelei femei. Mi-aș fi dorit să nu fi aflat că ea exista.

Mikaela pare uimită.

— Atunci, Simon și cu mine ne-am fi trăit viața așa cum era înainte ca mama să se îmbolnăvească, continui. Ar fi terminat-o cu ea. Ne-am fi cumpărat o casă și am fi avut copii. Mă iubea, asta își dorea.

— Dar *tu* îți doreai asta? mă întreabă Mikaela.

M-am gândit la asta de multe ori. Nu știu. Simon avea capacitatea de a mă scoate din minți, era un maestru în a mă face să-l iert.

— Poate, îi răspund. Dacă nu l-aș fi întâlnit pe Alex, poate că aș fi făcut-o. Gândește-te bine, o întâlnire accidentală, una dintre puținele dăți când am ieșit din apartament a schimbat totul. O parte din mine îl iubea pe Simon în continuare, dar Alex m-a făcut mai fericită decât fusesem de foarte multă vreme.

— Chestia asta cu Alex a fost destul de pripită, îmi spune Mikaela. Descoperi că iubirea vieții tale te-a înșelat, în aceeași zi în care o îngropăm pe mama, și, la scurt timp, întâlnești un alt bărbat. Știai cu adevărat ce vrei?

Alex îmi oferea sprijin, în loc să fie invers, ca în cazul Simon. M-a făcut să-mi amintesc cum era să fiu văzută, să mă simt dorită. M-a făcut să am încredere în viitor, dar nu sunt deloc sigură că Mikaela înțelege.

— Poate că momentul nu a fost cel mai bun, spun eu. Dar de câte ori nu te-ai îndrăgostit chiar tu lulea și nu ai fost cu totul oarbă?

— Îndrăgostită și cu totul oarbă, repetă Mikaela, ridicându-se. Apoi se uită pe fereastră cu brațele încrucișate. Cât timp v-ați întâlnit, de fapt?

— Am fost împreună mai mult sau mai puțin tot timpul în vara aceea. De ce întrebi?

— Am avut impresia că v-ați văzut doar de câteva ori. Ești sigură că Alex a luat lucrurile la fel de în serios ca tine?

— A spus că nu mai iubise niciodată atât de intens, îi răspund eu stins. Că am fost marea lui dragoste.

Mikaela se plimbă încoace și încolo prin cameră în fața mea.

— Dar chiar poți trece peste relația cu cineva atât de repede? Tocmai ai spus că te gândeai să-i mai dai o șansă lui Simon.

— Nu știu dacă ar fi fost posibil, oftez. Cum aș fi putut să am încredere în el din nou?

— Atunci, de ce l-ai invitat la petrecere? mă întreabă Mikaela. Doar Alex era acolo. Nu înțeleg, Linda. Mai ales că l-ai amenințat pe Simon cu moartea chiar înainte de asta.

*

Colega mea de la școală a fost chemată să depună mărturie.

— Înțeleg că a avut loc un incident în ziua de marți, 13 septembrie, spune procuroarea. Ne puteți relata cum vă amintiți acea întâmplare?

— Eu și Linda am terminat programul în același timp în ziua aceea și am plecat de la școală împreună cu o altă colegă, spune ea, aruncându-mi o privire rapidă. Simon o aștepta jos.

— Ați auzit ce i-a spus Lindei?

— Că voia doar să vorbească cu ea, răspunde colega mea.

Explică apoi că Simon fusese întotdeauna drăguț. Era la fel și de data aceea, era calm și părea puțin rezervat; cu siguranță nu nervos sau tulburat. Eu, dimpotrivă, am devenit de-a dreptul furioasă. L-am lovit brusc cu pumnul în gură. Sângele de pe buza crăpată i-a picurat pe jachetă și i-am strigat că, dacă nu mă lasă în pace, aveam să-l omor.

Colegele mele au fost complet șocate. Eram cu totul dezechilibrată, nebună. Sigur, auziseră zvonurile despre aventura lui Simon, dar reacția mea a fost absolut nerezonabilă. A fost înfricoșător să mă vadă așa.

— Ai mai văzut-o pe Linda Andersson în starea aceea? o întreabă procuroarea.

— *Niciodată. Am fost extrem de surprinsă, parcă nu era ea. Dar, desigur, a avut o perioadă grea înainte, cu boala lui Kathy și așa mai departe.*

— *A spus exact acele cuvinte, „altfel te omor"?*

Colega meu se uită în jos la masă.

— *Da.*

— *Mulțumesc, nu mai am întrebări.*

*

— Sincer, cu greu îmi amintesc să se fi întâmplat asta, îi spun. Ar trebui să știi mai bine decât oricine cum eu și Simon ne certam și strigam uneori unul la altul.

Văd că Mikaela nu este mulțumită de răspunsul meu.

— Bineînțeles că n-aveam de gând să-l omor pe Simon, continui. Doar toată lumea aruncă astfel de vorbe la supărare, nu?

— Nu toată lumea este arestată pentru crimă la scurt timp după aceea.

Își toarnă un pahar cu apă, ia o înghițitură. O bună bucată de vreme nimeni nu mai spune nimic.

— Ești palidă, îi zic eu după un timp. Te simți bine?

— Sunt puțin obosită, răspunde ea dându-și la o parte părul de pe frunte.

Observ că poartă un inel frumos, strălucitor pe deget și-mi dau seama, simțind un junghi în inimă, că nu știu nimic despre viața Mikaelei. Se uită la ceas și-mi spune că trebuie să plece.

— Dar mă voi întoarce curând.

— Aș fi foarte fericită dacă ai vrea. După toate acestea.

— Vreau.

— Mulțumesc, îi spun. Înseamnă mult pentru mine.
— Nu trebuie să-mi mulțumești, Linda.
Cuvintele ei mă mișcă și o îmbrățișez îndelung. Îmi doresc foarte mult să fie din nou totul bine între noi.

Biblioteca închisorii este locul care îmi place cel mai mult. Când intri pe ușa ei este ca și cum ai ieși din Biskopsberg și ai pătrunde într-o altă lume. Este o încăpere confortabilă, cum nu se poate mai diferită de coridoarele lungi și reci, cu uși de oțel și sticlă blindată și lămpi cu neon în tavan. Rafturi din lemn de tec, rotunjite fermecător în stilul anilor cincizeci, și câteva fotolii din piele uzată în fața ferestrelor. Doamna mai în vârstă care lucrează aici bâjbâie constant după ochelari, deși îi are prinși cu o panglică roșie la gât. De obicei stau în fața ușii la ora patru, miercurea, când ea deschide, și sunt printre ultimii care pleacă.

Iau o carte și mă duc să mă așez și să citesc, când o văd pe Daria cu un ziar deschis în fața ei.

— Au scris despre tine aici, îmi spune ridicând privirea. „După câțiva ani, sora Razei soarelui vine în vizită la închisoare", au scris. Vrei să citești?

Îi arunc o privire care arată ce părere am despre întrebare și mă așez în fotoliu puțin mai departe.

— Desigur, a trebuit să treci printr-o examinare psihiatrică, spune Daria după un timp. Chiar nu au găsit nimic în neregulă cu tine?

Fără să răspund, mă uit în jos la pagina din carte. Încerc să citesc, dar nu mă pot concentra.

Avocatul meu, Lukas Francke, mi-a explicat că scopul examinării a fost de a determina dacă era nevoie de un examen psihiatric criminalistic complet.

— În acest caz, ai putea fi închisă într-o instituție psihiatrică, mi-a spus. Dacă ești găsită vinovată.

Discuția cu medicul psihiatru de la Consiliul Național pentru Medicină Legală s-a încheiat într-o oră. În acel răstimp, am reușit să-i povestesc totul, începând cu anii copilăriei și felul în care crescusem, cu familia și prietenii, până la viața de adult. Educația ca profesor de muzică, munca și relația cu colegii; despre prieteni și relații amoroase. Și, desigur, m-a întrebat despre sănătatea mea mintală de-a lungul anilor, dacă am suferit de depresie sau anxietate; dacă am avut vreodată halucinații sau experiențe care nu au avut nimic de-a face cu realitatea. N-a fost cazul. În fragmente din fișele mele medicale, el însuși a putut vedea că nu am avut niciodată contact cu psihiatria. Iar în declarația scrisă în instanță s-a precizat că medicul psihiatru nu avea suspiciuni de tulburare psihică gravă, nici la momentul faptei și nici când am fost examinată.

— Faptul că nu ai recunoscut niciodată crima poate semnala că suferi de o tulburare de personalitate borderline sau narcisică, se încăpățânează Daria și se vede că îi place acest lucru. Așa scrie în articol. Poate că ar trebui să-l citești? Este destul de interesant.

Continui să-mi ațintesc privirea asupra paginii din carte și sper că ea va fi mulțumită acum. Dar nu e.

— Ai reușit s-o convingi pe Regină de nevinovăția ta?

Ridic ochii și întâlnesc privirea Dariei.

— Ți-am făcut ceva? o întreb. Pari atât de mânioasă.

Ea aruncă ziarul.

— Ești atât de amabilă și drăguță până când cineva pune sub semnul întrebării cel mai mic detaliu din poveștile tale, apoi te întorci împotrivă și devii răutăcioasă. Chiar dacă persoana respectivă ți-a fost aproape.

— Îmi pare rău dacă te-am dezamăgit în vreun fel, îi răspund. Dar ce știi de fapt despre mine? Ce te face să crezi că mă cunoști?

— Știu că minți. Nu încercai să te speli dacă erai nevinovată. Ai imediat o explicație pentru tot ceea ce pare a fi împotriva ta. La fel a fost și cu cuțitul, bănuiesc.

— Cu cuțitul? o întreb, înțelegând exact ce vrea Daria să spună. Ceea ce nu pot înțelege este ce anume o face să mă acuze.

— Cu doar câteva zile înaintea crimei, ai cumpărat cuțitul cu care a fost omorât soțul tău.

— Și asta scrie în ziar? îi spun. Poate n-ar trebui să crezi tot ce citești. Mă ridic și plec.

Este adevărat că mi-am cumpărat un cuțit. Procuroarea a spus că s-a întâmplat în joia de dinaintea morții lui Simon și probabil că este adevărat, fiindcă nu am amintiri precise despre acea perioadă din viața mea. Ea a arătat apoi imagini de pe camerele de supraveghere de la NK[6] în timpul procesului și am văzut eu însămi cum o femeie care semăna cu mine se plimba prin magazine. A făcut mare caz de felul în care mă plimbam și mă uitam la haine și de faptul că păream atât de lipsită de griji. Dar de ce să nu fiu? Nu am avut nicio intenție ascunsă, nici nu existau motive diabolice pentru care mă aflam acolo.

---

[6] Nordiska Kompaniet, complex de magazine din Stockholm. (*N.t.*)

Mi-a plăcut întotdeauna să mă plimb prin NK. Mă duceam deseori acolo și căscam gura la haine și la decorațiuni pentru casă, și apoi mă așezam la cafenea cu o cafea și un biscuit cu ciocolată. Nu fusese greu de aflat.

Înregistrarea a arătat cum mă plimbam încolo și încoace pe la etajele superioare înainte de a coborî în zona produselor pentru bucătărie de la etajul inferior.

Erau multe cuțite diferite din care puteai alege, în toate categoriile de preț. Nu știam pe care să-l iau, doar că era nevoie de unul nou pentru casa de vacanță. Cel cu care mama obișnuia să curețe peștele nu mai era, iar eu plănuisem să-l scot pe Alex la pescuit. M-am plimbat o vreme și am citit descrierile, am comparat prețurile și, în cele din urmă, mi-am dat seama că nu conta chiar atât de mult, atâta timp cât era cu adevărat ascuțit.

Privind retrospectiv, când a devenit clar că tocmai acest cuțit a fost folosit în uciderea lui Simon, a fost ușor să vezi totul într-o lumină complet diferită. Vânzătorul a spus în timpul procesului că și-a amintit de mine pentru că am studiat cuțitele cu mai multă atenție decât o făceau oamenii de obicei. Și, când am plătit, se pare că am vrut să mă asigur că lama face o tăietură ascuțită, eficientă, lucru de care nu-mi amintesc. Mă întreb dacă chiar am spus așa ceva sau dacă a vrut să creeze un plus de dramă exagerând.

Atât Tony Bodin, cât și Johan Forsell m-au bătut la cap cu acel cuțit de multe ori în timpul interogatoriilor. Teoria lor era că l-am cumpărat cu intenția de a mă răzbuna pe Simon și de aceea l-am invitat la petrecere. Și dovezile păreau să le confirme teoria.

Pentru că unele evenimente din viața cotidiană, complet inofensive, au părut brusc suspecte, procuroarea a spus că nu numai că am avut mobil, ci și intenție. Plănuiam de ceva vreme să-mi ucid soțul.

Ploaia cade de două zile, iar gazonul s-a transformat în noroi. Ceea ce a început ca o lapoviță s-a transformat într-o ploaie obișnuită și o ceață densă ne-a învăluit într-o lume alb-cenușie. Drumul din afara sectorului nostru nu se vede, iar gardul și sârma ghimpată care protejează restul lumii de noi sunt ascunse în spatele voalurilor lăptoase. Lipăim prin bălțile de apă în drum spre sala de mese, așteptăm afară ca niște creaturi rătăcite și tânjim să fim lăsate să intrăm. Iritarea umple aerul și Meg spune la coadă că parcă toată lumea are SPM[7] în același timp. Și eu mă simt atât de infinit de obosită și mă forțez să stau cu spatele drept, deși aș prefera să mă prăbușesc și să dispar în țărână.

Mănânc în tăcere și mă uit fix înainte. Majoritatea oamenilor își întorc privirea de la mine, dar mai sunt cei cărora în continuare le este greu să nu se uite la fața mea și la cap, pe care continui să-l rad. Douăzeci de minute stăm la masă, apoi se aude semnalul și primele dintre noi se ridică și se îndreaptă spre ieșire. Îmi iau tava și arunc resturile, pun paharul în containerul albastru și farfuria la loc. Sunt examinată la ieșire, un gardian trece un detector de metale peste tot corpul și, când nu scoate niciun sunet, pot merge mai departe. Suntem duse în șir indian prin uși descuiate, traversăm în grabă curtea și trecem prin ploaie către sectoarele noastre, unde ne vom petrece restul după-amiezii și seara.

Înapoi în celulă, îmi trag prosopul peste cap înainte să mă culc și mă gândesc la vizita Mikaelei.

---

[7] Sindrom premenstrual. (*N.t.*)

Pare să creadă că ar fi trebuit să mă străduiesc mai mult să fiu achitată. Dacă eram cu adevărat nevinovată, ar fi trebuit să lupt mai mult. Îi este greu să accepte, sau poate să creadă, că nu era nimic de făcut.

În continuare nu e nimic de făcut, iar gândul la asta doar creează anxietate. Poți să-ți spui versiunea în timpul interogatoriilor și să speri că vei fi luat în serios. Apoi ești expus mărturiilor celorlalți martori, anchetei poliției și pistelor pe care aleg să le urmeze, probelor prezentate și interpretării pe care instanța de judecată o dă acestora. Dacă ești condamnat, ești și vinovat. Iar când pedeapsa este executată, nu contează absolut deloc cât de mult protestezi.

Pentru ca ancheta să fie redeschisă sunt necesare dovezi complet noi și sunt extrem de rare cazurile în care cuiva îi pasă de tine și de cazul tău suficient de mult pentru a petrece ani de muncă ca să le găsească. Se pleacă întotdeauna de la premisa că verdictul este dat corect pe baza rechizitoriului și a probelor pe care se bazează.

Avocatul meu mi-a explicat totul cu atenție după ce am făcut recurs la Curtea de Apel și am mai trecut prin câteva luni de suferință în arest și prin încă un proces în urma căruia pedeapsa tribunalului districtual a fost stabilită la închisoare pe viață. Am avut o cădere nervoasă serioasă când mi-am dat seama că toate drumurile erau închise. Pentru totdeauna.

Dar sora mea nu înțelege. Pentru că sunt de atât de mult timp în închisoare fără să fac ceva, ea presupune că trebuie să însemne că sunt conștientă de vinovăția mea, deși refuz să o recunosc. Dovezile au fost copleșitoare și, la urma urmelor, oamenii nevinovați nu pot fi închiși în Suedia.

După cum spunea Daria în urmă cu mulți ani: toată lumea de la Biskopsberg este nevinovată.

Nu mai pot s-o întâlnesc din nou. Nu mai pot să răspund acuzațiilor și insinuărilor nici din partea ei, nici din partea Mikaelei.

Nimeni altcineva nu a petrecut mai mult timp decât mine cu gândul la ce pot face în privința situației mele. În primii ani, am încercat să-mi dau seama cine ar fi putut fi în casa de oaspeți în acea noapte și i-am analizat în detaliu pe fiecare dintre participanții la petrecere, pe Mikaela și Alex, pe Tess și pe ceilalți.

Nimeni nu avea motiv, fiecare avea un alibi. Toți, cu excepția mea, care aveam și motiv, și nici nu aveam un alibi.

Totuși, mi-am petrecut fiecare moment de reflecție încercând să găsesc un răspuns și asta aproape că m-a îmbolnăvit. Pentru că nu am găsit niciunul. Nu am putut schimba nimic, oricât m-am gândit. Cu toate astea, o fac din nou.

Este martie și în sfârșit începe să se facă primăvară. În orice caz, îmi place să cred asta, deși cu siguranță va veni mai multă zăpadă înainte ca iarna să-și elibereze strânsoarea. Soarele se încălzește în timpul șederii noastre în aer liber, picură din jgheaburi și brândușele plantate de gardienii parcului strălucesc în galben și violet în straturile de flori. Așa că anul acesta mi-aș dori să putem sta afară mai mult de o oră pe zi.

Adriana a primit una dintre rarele vizite din partea lui Jakob și după-amiaza îmi cere să intru în celula ei. Când bat și intru, ea își pune o goarnă între buze și suflă în ea. Țipă tare și sunetul mă izbește.

— La mulți ani! Felicitări pentru cea de-a treizeci și noua aniversare, strigă ea suflând în goarnă cu putere.

Râd surprinsă și ne îmbrățișăm.

— Mă simt mult mai bătrână.

— Ești încă tânără, îmi spune Adriana, aprinzând trei lumânări pe masă.

La îndemnul ei, suflu în ele, după care îmi întinde o cutie de bomboane de ciocolată de calitate. Luăm fiecare câte o bucățică și ne așezăm pe pat. Îmi vine în minte amintirea mamei mele și cum mâncam amândouă praline stând în patul hotelului în perioada turneelor, fiecare cu părul în turban. Pare atât de îndepărtată această imagine încât aproape că mă întreb dacă s-a întâmplat cu adevărat.

— L-ai rugat pe Jakob să meargă la cumpărături de dragul meu? o întreb. Ce frumos din partea ta.

— Sau egoist, îmi răspunde Adriana. Ciocolata este cea mai mare slăbiciune din viața mea.

Mai ia o bucățică și închide ochii savurând-o.

— Ți-ai fi dorit uneori să fi făcut lucrurile altfel? spun eu.

— Ca de exemplu?

— Nu știu. Am auzit atât de multe povești despre tine, dar nu știu dacă măcar jumătate dintre ele sunt adevărate.

Adriana râde.

— La ce anume te gândești? Că-i omor pe toți cei care mă enervează? Ideea este tentantă, dar te asigur că nu e chiar așa, e o născocire.

— Ce noroc, spun eu.

— Dar bineînțeles că sunt închisă pentru un motiv.

— Și tocmai de aceea, dacă ai putea șterge ceva cu buretele?

— Alegerea nu este întotdeauna a noastră, spune Adriana, dându-și o șuviță de păr cărunt după ureche. Sunt circumstanțe pe care nu le putem influența, iar una duce la alta și suntem obligați să luăm anumite decizii. Uneori facem doar ceea ce trebuie să facem, pur și simplu.

— Nu dai impresia că ești o victimă a circumstanțelor în care te afli.

— Ce înseamnă să fiu o victimă? Nu este vorba mai degrabă despre recâștigarea controlului?

— Ești condamnată pentru crimă, îi spun trăgându-mi picioarele sub mine. Ce s-a întâmplat?

— Încerca să mă păcălească. Ar fi putut să facă lucrurile altfel, dar nu a făcut-o. Deci, cine e responsabil, el sau eu?

Apoi ridică din umeri.

— Deci vrei să spui că, de vreme ce Simon m-a trădat, el și-a ales propria moarte? Atunci, nu trebuie să-mi simt conștiința atât de încărcată.

— Chiar am spus asta? spune Adriana gânditoare. Doar că nu cred că are rost să întorci pe toate părțile motivele pentru care se întâmplă lucrurile. Sau ceea ce ar fi putut face viața să arate diferit.

— Încetasem să mai fac asta, îi spun, până când aproape am fost ucisă de Anne. Atunci a început totul din nou.

— Și funcționează în cazul tău?

— Nicicum. Nu-mi amintesc mai mult decât îmi aminteam atunci.

Adriana pare obosită și o întreb dacă nu vrea să se culce. Își lipește capul de perete și închide ochii, iar eu cred că aproape a adormit, când ea, la fel ca Mikaela, mă întreabă de ce îl invitasem pe Simon la petrecere, de vreme ce voiam să divorțez de el și începusem o relație cu Alex.

Mă gândesc înainte de a-i răspunde. Îi spun că, până la urmă, am sperat că vom rămâne prieteni. Chiar dacă trecuserăm printr-o criză, aveam un trecut comun, doar nu poți să-l arunci pur și simplu, nu? E atât de greu de înțeles?

Adriana deschide ochii și se uită la mine.

— Din câte mi-ai povestit înainte, părea că Alex era bărbatul din viața ta.

— El *era*. Și el.

— Te-ai gândit vreodată ce părere a avut despre venirea lui Simon la petrecere?

*

Am șase ani și stau în autobuzul cu care mergeam în turnee și mănânc dintr-un castron lapte și cereale, din acelea cu zahăr, pe care chiar nu ar trebui să le cumpărăm, când mama dansează în fața mea îmbrăcată numai în lenjerie intimă și cu un șal tip boa roz cu pene în jurul gâtului.

— Bărbații sunt un soi imprevizibil, îmi spune. Ține minte asta, Raza soarelui.

Eu îi zic că nu înțeleg ce vrea să spună. Și că sunt încă prea mică pentru chestii din astea.

Mama râde și face o piruetă.

— Trebuie să te asiguri că i-ai înhățat. Atrage-i, vrăjește-i, așteaptă până să le oferi ceea ce-și doresc. Un lucru este sigur, dacă vrei să captezi interesul cuiva, mizează pe concurență. Pentru a menține interesul viu, o femeie trebuie să fie misterioasă și dezirabilă, iar toată lumea trebuie s-o dorească.

Mama se răsucește din nou și își flutură șalul. Îmi face cu ochiul și-mi spune că, atunci când bărbații nu știu unde suntem, nu pot sta departe. Dă volumul muzicii mai tare, mă ridică pe masă și apoi dansăm până când castronul cu fulgi se varsă peste canapea.

*

După divorțul de tata, mama nu a lăsat pe nimeni să intre în viața ei, a trecut de la o relație trecătoare la alta. Nu a mai iubit niciodată cu adevărat, dar a avut mulți *prieteni*. Carisma și puterea ei de atracție erau enorme și cred că trebuie să fi lăsat un fel de gol în urmă când își îndrepta atenția către altceva sau altcineva. Îmi amintesc că se întâmpla să trebuiască să rog bărbați zăpăciți să ne lase în pace când ea nu avea timp.

Încercasem să procedez ca mama? M-am folosit de interesul lui Alex față de mine pentru a-i arăta lui Simon că încă sunt dezirabilă? Ca să-l fac să se întoarcă înapoi la mine în patru labe?

Nu, nu a fost așa. M-am îndrăgostit de Alex pentru cine era. Am petrecut o perioadă minunată împreună și el m-a iubit.

Dar, cu cât repet asta de mai multe ori, cu atât sună mai mult ca o mantră goală. Ce știu despre el? Ce știa el despre mine? Un lucru este cert: nu suficient, pentru că atunci nu ar fi crezut niciodată că sunt vinovată. Nu ar fi spus niciodată ceea ce a spus în timpul procesului.

*

Lacrimile-mi stau să curgă când Alex intră în sala de judecată și trebuie să înghit în sec. Ultima dată când l-am văzut a fost în dimineața aceea în fața casei de vacanță, acum aproape șase luni. Cred că l-a costat ceva să vină aici, mă gândesc în timp ce-și ia locul în boxa martorilor. Cu siguranță a fost fotografiat în timp ce intra și i s-au pus tot felul de întrebări.

Cum e să ai o prietenă acuzată de crimă?

Te-ai simțit vreodată amenințat de Linda?

Mai sunteți împreună, Alex?

Vocea lui este aceeași dintotdeauna când depune jurământul, calmă și stabilă. De încredere.

Procuroarea îl întreabă care este relația lui cu mine. Își ține ochii ațintiți asupra ei și mâinile strânse în poală, când spune că ne-am întâlnit într-o zi de iunie și am mâncat la Ritorno și că am continuat să fim împreună după aceea.

Măcar de data asta cineva spune ce s-a întâmplat cu adevărat și îl iubesc pentru asta.

Dar apoi minte. Cuvintele lui mă rănesc ca o lovitură când neagă că am avut o relație stabilă. Spune că știa că încă sunt căsătorită, deși mă despărțisem de Simon și pare stânjenit când susține că am făcut sex doar de câteva ori. Niciunul dintre noi nu căuta ceva serios. În plus, mă vizitase de câteva ori în timpul verii pentru a mă susține, fiindcă simțea că sunt foarte singură.

Cuvintele lui dor. Până se încheie mărturia lui, mă uit în jos la masă. El povestește despre noaptea crimei și își schițează propria versiune: cum ne-am dus la culcare, cum a adormit și nu a observat că mă trezisem și cum abia a doua zi dimineață a văzut că nu eram acolo.

— Crezi că Linda a fost în stare să-l omoare pe Simon? îl întreabă procuroarea.

— Înainte să se întâmple toate acestea, aș fi spus că nu, răspunde Alex. Dar am văzut-o cu ochii mei, cum era întinsă plină de sânge pe pat. Deci... nu știu ce să spun.

*

Mult mai târziu, mi s-a părut că înțeleg de ce a spus Alex toate lucrurile acelea. Presiunea din partea presei și a publicului trebuie să fi fost enormă. A fost mai ușor să mintă. Reacția lui a fost absolut firească. Nu s-ar fi schimbat nimic dacă ar fi spus adevărul despre noi, oricum nu mai aveam niciun viitor. Asta nu însemna că ceea ce trăisem împreună îi era indiferent. Dimpotrivă. Și după vizita lui ciudată la penitenciar, am continuat să-mi spun că ceea ce trăiserăm împreună era real. Soarta a fost cea care pregătise altceva pentru noi.

Acum că mă gândesc la asta, nu mai sunt atât de sigură. Atât Mikaela, cât și Adriana au subliniat că eu și Alex ne cunoscuserăm doar de puțin timp. E adevărat. Niciodată nu m-a prezentat prietenilor sau familiei lui, am fost doar eu și el în mica noastră bulă. Atunci mi s-a părut că e frumos, dar nu este puțin ciudat? A fost chiar atât de minunat pe cât voiam să-mi amintesc? M-a făcut să cred că aș putea fi din nou fericită și acest lucru mi-a salvat viața.

Dragostea, îmi dau seama acum, m-a salvat. Nu Alex.

L-am descris, pe el și relația noastră, în culori mai vii decât erau în realitate? Mă face să mă întreb cât de echilibrată am fost de fapt în acea perioadă. Poate că Mikaela avea dreptate și în privința asta, și regret că nu am mai luat legătura cu ea atunci.

— Sunt multe lucruri la care nu mă pricep prea bine, îi spun Adrianei. Și înțeleg dacă nu crezi nimic din ceea ce-ți spun. Ținând cont de dovezile împotriva mea, pare incredibil că altcineva l-a omorât pe Simon.

— Nu contează deloc pentru mine, spune ea. Dar dacă *tu* nu poți lăsa lucrurile așa, dacă ești totuși sigură că ești condamnată pe nedrept, n-ar trebui să faci ceva în privința asta?

— Nu e nimic de făcut, îi spun, și nu-mi pot ascunde frustrarea din voce.

— Te-ar putea ajuta să ai liniște sufletească.

— Să accept ceea ce nu pot schimba?

Adriana îmi amintește că toate documentele sunt arhivate. Întreaga anchetă preliminară, baza rechizitoriului și a tuturor interogatoriilor care au avut loc, verdictul. Totul a rămas. Acestea sunt documente publice și oricine are dreptul să le solicite.

Câteva săptămâni mai târziu, găsesc în celulă o cutie cu numele meu pe ea. Adriana spune că Direcția Penitenciarelor nu are voie să examineze corespondența care vine de la o autoritate, dar nu crede că ar trebui să o las la vedere. Lucrurile tind să dispară aici. Apoi pleacă și mă lasă singură.

Am fost apatică atâta timp. Pentru prima dată în ani de zile, simt dorința să lupt. Deschid cutia, ridic grămada de foi și o așez pe birou. Le răsfoiesc la întâmplare și, printre primele lucruri pe care le văd, se află fotografiile cu dormitorul însângerat din casa de oaspeți. De la locul crimei. Cu rochia mea mototolită la duș. Dosarul este mai consistent decât credeam.

Încep cu verdictul și mă uit repede peste el. Limbajul juridic este sec, tonul formal.

Raportul de investigație preliminară este cu totul diferit. Este un talmeș-balmeș de liste de telefon, conversații prin sms între mine și Simon, și transcrieri din interogatorii și mărturii. Nu este o lectură distractivă, iar imaginile cu hainele lui rupte și îmbibate de sânge sunt dezgustătoare. Văd cuțitul pătat așezat lângă o riglă și cu o confirmare că sângele de pe el este al lui Simon Huss. Cele mai greu de digerat fotografii, cele cu cadavrul lui Simon și rănile sale, au fost arătate cu ușile închise și sunt cenzurate. De aceea nu se regăsesc la dosar. Sunt recunoscătoare că nu l-am văzut niciodată în casa de oaspeți și că nu trebuie să mai văd fotografiile.

Am citit despre faptul că s-au găsit tăieturi cu marginile franjurate de la lama zimțată a cuțitului pe blugii și puloverul lui Simon, lungi între jumătate de centimetru și nouăsprezece centimetri. Inițial, au fost numărate optsprezece, dar autopsia a arătat că Simon Huss a fost înjunghiat de cel puțin douăzeci și șase de ori. Urmele de sânge de pe podea și pereți au indicat că victima era întinsă în momentul în care au fost aplicate loviturile asupra corpului său, fiind probabil deja moartă.

Pe măsură ce procuroarea a parcurs această parte în timpul procesului, în public s-a auzit un țipăt urmat de suspine puternice. Un scaun târât pe podea, pași grei înainte ca ușa să se închidă și să înăbușe strigătele mamei lui Simon, care plecase de la locul ei.

Comparațiile cu tăișul și lungimea lamei cuțitului pe care l-am cumpărat de la NK, care a fost găsit lângă cadavru, au arătat că acesta a cauzat rănile constatate pe corpul și hainele decedatului. La fel și tăieturile pe care le-am avut eu însămi pe brațul stâng.

Îmi vine în minte imaginea felului în care sticla se sparge pe blatul din bucătăria casei de vacanță și cum mă tai când ridic cioburile de pe podea. Zgârieturile care apar, sângele care se vede în răni. Ating cicatricile de suprafață.

Fiecare pagină este un memento dureros că noaptea aceea mi-a schimbat viața. Dar, în același timp, simt că este vorba despre o cu totul altă persoană. N-aș fi putut niciodată să tai gâtul cuiva, oricât de furioasă aș fi fost. Apoi să continui să-l înjunghii orbește în timp ce sângele se revărsa peste mine. Cel puțin nu pe cineva pe care l-am iubit. Acea certitudine a fost întotdeauna în mine și este confirmată doar de convingerea mea.

Atunci când ajung la mărturiile prietenilor mei care au fost la petrecere, lucrurile devin interesante. Sunt lucruri aici care nu sunt adevărate. Citesc fragmentele de mai multe ori. Le compar unele cu altele, le citesc iar și iar pentru a mă asigura că nu înțeleg greșit sau nu fac greșeli.

Dar nu greșesc.

Mă duc la toaletă să fac pipi înainte să fiu închisă peste noapte. Îmi analizez cicatricile de pe față. Dacă întorc partea dreaptă spre oglindă, aproape că pot să mă prefac că este vechiul meu eu care stă acolo, însă cu un păr foarte scurt. Dar, în realitate, ar fi necesară o intervenție chirurgicală plastică extinsă, făcută de către un specialist, pentru a restabili ceva asemănător cu aspectul meu de odinioară, iar acest lucru este exclus. Nu voi fi eliberată pentru asta, deși pot plăti pentru operație. Până la urmă, până acum nu mi s-a acordat încă permisie.

Sting lumina și mă întorc pe hol în celula mea. Rolele de sârmă ghimpată pline cu țepi ascuțiți sunt răsucite în cercuri în fața copacilor. Sclipirile din țepi sunt ochi care mă privesc, mă supraveghează. Am simțit-o când am venit de la spital și acum senzația e și mai puternică. Urăsc Biskopsberg. Nu așa ar fi trebuit să fie viața mea, cu siguranță n-ar trebui să se încheie pe o podea murdară, într-un subsol al unei închisori în care nu ar trebui să mă aflu.

În noaptea aceea nu pot să adorm. Nu pot să înțeleg de ce anchetatorii păreau să fi decis de la început că eu eram cea vinovată. S-au concentrat doar pe mine și nu au depus prea mult efort să urmărească orice altă pistă. Doar au vrut un rezultat rapid. Deoarece cazul a fost urmărit îndeaproape din pricina celebrității mele și a lui Simon, a fost cu siguranță important să soluționeze crima cât mai curând posibil. Dacă m-ar fi ascultat măcar, totul ar fi arătat diferit.

Aprind veioza și mă așez pe marginea patului, mă ridic și beau apă de la chiuvetă. După ce arunc o privire la ceas, mă opresc și mă întind din nou în pat. Ceasul ticăie tare în tăcerea din jurul meu și sunetul devine mai puternic cu fiecare secundă. Mă răsucesc din nou, simt cearșafurile uscate și aspre pe pielea mea. În viața mea de dinainte, aveam parte de materiale frumoase și de produse de lux. Loțiunea mea de corp onctuoasă, senzația unguentului fin care-mi aluneca pe piele, mirosul de caise care se răspândea în cameră. Rochia de mătase pe care am purtat-o la ultima gală Grammy la care l-am însoțit pe Simon. Era de un albastru închis și-mi venea perfect, flutura la fiecare pas pe care îl făceam și strălucea în blițurile camerei. Tratamentul care-mi făcea părul ușor și plin de viață, părul meu lung și frumos care-mi cădea peste umeri și peste spate. Îmi trec mâna peste părul scurt pe care-l simt aspru pe degete și mă gândesc dacă ar trebui să-l las să crească din nou.

*

Mă trezesc cu picioarele lui Alex încolăcite peste ale mele. Își vâră fața în părul meu. Apoi se uită în ochii mei, de parcă aș fi centrul universului său.

— Salut, îi spun.

— Salut, îmi răspunde. Dacă propun să bem cafeaua în pat, ce părere ai?

— Că mă răsfeți.

— Ar fi plăcerea mea.

Se ridică, își trage blugii pe el și-mi imaginez că atunci când vom fi bătrâni și cărunți, îmi va face în continuare cafea și mă va servi la pat. Mă lipesc de el când se întoarce și mă asigur că nu mai este nervos.

— Nu am fost niciodată nervos, oftează.

— Ieri ai fost.

— Nu pe tine, pe el.

— Dar de ce te-ai enervat? îl întreb.

— Simon te-a trădat, la naiba! S-a purtat îngrozitor de rău. Nu ar trebui să-i răspunzi când mai ia legătura cu tine. Nu merită.

Sunt de acord cu el, mai ales pentru că observ că Alex este pe punctul să se enerveze din nou. Vreau să-i explic că nu este atât de simplu, dar știu că nu este momentul potrivit.

— Nu înțeleg de ce faci asta, continuă el.

— Vrea o șansă să-mi vorbească, îi răspund. Poate că îi datorez măcar să ascult ce are de spus.

— Nu îi datorezi nimic, spune Alex, și pune jos ceașca de cafea. Dar s-ar putea să fie nevoie să te hotărăști ce anume vrei. Dacă-l vrei înapoi, ia-l.

— Nu am spus niciodată că asta îmi doresc.

Alex își ia o mină nerăbdătoare.

— Ți-ar fi mult mai bine dacă el nu ar exista.

— Termină, zic eu, apucându-l de mână. Nu spune așa ceva.

— Nu te simți bine tocmai din cauza lui, Linda.

— Ții la mine? îl întreb, trăgându-l lângă mine. Promiți că vei avea grijă de mine?

Zâmbește, dar nu și cu ochii.

— Atât timp cât Simon există, nu sunt sigur că voi putea.

*

Trag pătura de pe mine și mă târăsc până la birou ca să mă uit pe geam. Copacii se ridică precum niște siluete negre spre cerul de pe cealaltă parte a lacului, dar în zona penitenciarului nu e niciodată întuneric. Nimic nu scapă de lumina necruțătoare montată pe garduri și ziduri.

Acum, văd lucrurile mai clar ca niciodată. Crezusem că Alex a mințit în legătură cu un singur lucru în timpul procesului, dar mă înșelasem.

Este deja luna mai când Tina îmi deschide următoarea dată camera de vizite pentru a mă lăsa să intru. Teancul de foi de hârtie este pe scaun, borcanul de plastic cu prezervative e peste el. Îl pun la geam în spatele perdelei, nu vreau să-l am în față când vine avocatul meu.

Adriana a fost sceptică atunci când l-am contactat.

— Încă mai crezi în sistem? m-a întrebat ea.

— Nu am de ales, am zis. Ca să pot obține reabilitarea și să plec de aici, am nevoie de ajutorul lui. Nu există nicio altă cale.

Lukas Francke este neschimbat. Șuvițele de păr de la tâmple îi sunt grizonante, dar sunt la fel de perfecte ca la început. Îmi ia mâna în a lui și îmi studiază cicatricile de pe față fără să-și arate dezgustul sau frica. Îmi spune că rănile par să se fi vindecat bine, iar eu îi răspund că nu mă plâng, de vreme ce trăiesc.

— Îmi pare bine că vezi lucrurile așa, îmi spune. E de-a dreptul plăcut să aud asta.

Ne așezăm la masă, Lukas scoate un stilou din buzunarul interior și îl învârte între degete. Un semnal că vrea să ajungă la subiect.

— După cum am spus la telefon, am nevoie de ajutor pentru a-l verifica pe Alex Lagerberg, îi spun, turnând apă în două căni.

— Desigur, sunt foarte curios. Îmi poți spune mai multe despre ce anume ai în minte?

Încep cu ceea ce am găsit într-unul dintre interogatoriile cu Alex. Informația că ne-am culcat în același timp și că s-a trezit a doua zi dimineață și a observat că nu sunt acolo. Restul îl știm, s-a întâlnit cu ceilalți în bucătărie și, când nimeni nu mă văzuse, Tess ne-a căutat în casa de oaspeți și ne-a găsit acolo pe mine și pe Simon.

Lukas ascultă.

— Dar chiar la primul interogatoriu, relatările sună complet diferit. Îi citesc cum Alex spune în cuvintele lui că s-a trezit deja în timpul nopții și *atunci* a descoperit că nu eram în dormitor.

— Și Tess a spus poliției că mai mulți dintre oaspeți au rămas treji până spre dimineață, inclusiv cineva despre care credea că este Alex, continui. Atunci a pretins că dormea. Cu toate acestea, nu există nimic notat că informațiile contradictorii au fost verificate sau că poliția chiar s-ar fi obosit să verifice acuratețea acestora.

Aștept.

Se pare că și Lukas Francke așteaptă.

— OK, spune el apoi. Mai e și altceva?

— Altceva? Alex a spus lucruri diferite când poliția l-a interogat. Și în timpul procesului a negat relația noastră. O minciună evidentă, chiar dacă este de înțeles. Dar, alături de celelalte, arată că a vrut să ascundă ceva.

— În primul rând, Alex nu a fost interogat, a fost martor, spune Lukas. Și poate că și-a amintit greșit, Linda. Poate fi și așa. Memoria noastră nu funcționează întotdeauna cum ne dorim. Ar trebui să fii conștientă de asta mai bine decât oricine altcineva.

Nu iau în seamă comentariul lui Lukas, chiar dacă este o lovitură sub centură.

— Dar eu nu mi-am schimbat niciodată povestea, argumentez eu. Alex a făcut-o, nu are nimic de-a face cu memoria lui. Imaginează-ți dacă *era* el cel pe care Tess l-a văzut noaptea.

Lukas îmi cere numărul dosarului și pagina pentru a putea verifica problema și i le spun fără să trebuiască să mă uit în notițele mele. Am memorat tot ce este important, dar avocatul meu este departe de a fi convins. Nu este chiar deloc atât de entuziasmat pe cât credeam că va fi.

— Poliția a vorbit cu toți cei care au fost la petrecere și a verificat cine a ieșit afară în noaptea aceea. Dacă a existat cel mai mic motiv pentru a bănui o altă persoană, sunt sigur că l-au verificat, îmi spune.

— Cum poți fi sigur de asta? îl întreb. A fost cel mai ușor să creadă că eu sunt vinovată. Eram în cameră, eram plină de sânge și au crezut că am un motiv. Aceasta nu ar fi prima dată când cineva a arătat doar dovezile care susțin teoria. Uneori există greșeli în felul în care se desfășoară o anchetă a poliției. *Tu* ar trebui să fii conștient de asta mai bine decât oricine.

Lukas se uită la mine și pare puțin stânjenit să-și audă propriul comentariu.

— Deci vrei să spui că Alex a fost cel care l-a ucis pe Simon? mă întreabă.

— Altfel, de ce ar minți? îi răspund. Și în timpul vizitei lui aici s-a comportat ciudat. M-am gândit mult la asta. Trebuie să fi venit să se asigure că într-adevăr n-aveam nicio idee. Nu avea niciun alt motiv ca să mă viziteze.

Lukas dă încet din cap și spune cu o voce stinsă:

— Vreau să te ajut, Linda. Chiar vreau asta.

Vorbele lui sună sincer, dar încă pare sceptic.

— Problema este că bănuielile acestea nu pot fi folosite pentru o cerere de redeschidere a procesului.

— Alex minte și scapă, pentru că poliția a ales să nu-l preseze așa cum a făcut cu mine.

Lukas își strânge buzele. Își pune un picior peste celălalt și se uită la tavan.

— Când *eu* m-am contrazis sau pur și simplu n-am fost clară, am fost pusă imediat la zid, îi spun eu. Am primit o sută de întrebări suplimentare pentru a mă explica.

Cu o voce hotărâtă, Lukas mă lămurește că este sigur că mișcările lui Alex și ale tuturor celorlalți au fost verificate cu mare atenție. În plus, aproape că nu există nicio singură persoană care să nu se piardă puțin în timpul unei discuții cu poliția. Când are loc o crimă, toată lumea este speriată și încordată. Dar asta nu înseamnă că sunt vinovați. Comportamentul lui Alex poate fi interpretat ca fiind ceva foarte firesc în situația cu pricina.

— Așa cum am mai spus, este o procedură foarte greoaie pentru a obține o redeschidere a procesului, îmi spune Lukas Francke. Vorbim de luni de muncă cu normă întreagă. Și asta costă.

— Banii nu sunt o problemă, îi răspund, uitându-mă în jos la hârtia cu însemnări de pe masa din fața mea.

— Și trebuie să avem *noi* dovezi, Linda. Se cere ca informații complet noi să fi apărut, ceea ce înseamnă că instanța *poate că* ar fi putut decide altfel dacă ar fi avut acces la acestea. Și aici avem o problemă, continuă Lukas Franke și îmi caută privirea. Aici nu este nimic nou. Nu este de-ajuns. Mă înțelegi? mă întreabă avocatul și se întinde peste masă și îmi strânge mâna. Oare de ce? mă întreabă el apoi cu o voce plină de compasiune.

— Cum adică de ce?

— De ce noul tău iubit ți-ar fi ucis soțul?

Întrebarea m-a măcinat în ultimele zile și nu am niciun răspuns. Nu încă. Evident, nu l-am cunoscut pe Alex Lagerberg atât de bine pe cât credeam, deși durează ceva timp să recunosc asta.

— Ar fi putut fi vorba de bani? continuă Lukas Francke. Ești bogată și probabil că Simon avea și el bani. Dar moartea lui nu-i dă dreptul lui Alex la nimic. A fost gelozie?

— Poate, îi spun. Îl ura pe Simon și spunea că vrea să mă protejeze, deși nu avea niciun motiv. Poate că Alex a fost supărat că Simon a venit la petrecere.

— Dar de ce să te lase să-ți asumi vina?

— De ce nu? Mai bine așa decât să fii condamnat tu pentru crimă.

Lukas se uită la ceasul de mână și ridică din sprâncene. Apoi îl văd în picioare, vizita s-a încheiat.

— Lukas, trebuie să știu cine l-a omorât pe Simon, îi spun.

— Nu pot face nimic, îmi răspunde. Oricât de mult mi-aș dori.

Apoi mă atinge ușor pe braț și iese din camera de vizite.

Adriana mă aruncă la podea, îmi pierd răsuflarea și rămân întinsă pe jos. Își aranjează părul cărunt și se uită la mine.

— Sus din nou.

— Pui prea multă forță.

— Nu a fost greu, Linda. Hai, sus!

Mă ridic în picioare. Îndoi genunchii și strâng mâinile, ținându-le în fața mea și gândindu-mă la echilibru. Inspir adânc, apoi fac un pas rapid spre Adriana și încerc o lovitură spre față. Ea alunecă spre dreapta, parează lovitura și mă apucă de braț. Apoi mă prinde și eu zbor prin aer, aterizând din nou pe podea. Închid ochii și gem.

— De data asta a fost mai greu, spune Adriana. Dar numai puțin.

Ea spune că nu există un nume pentru tehnica pe care mă învață s-o folosesc, este un amestec de mai multe arte marțiale. Nu reușește întotdeauna să fie la fel de activă ca astăzi, dar, când nu se simte prea bine, alerg în jurul gardului din zona de relaxare. Mă duc la sală și ridic greutăți. Sunt mai în putere și hainele îmi sunt largi, iau o mărime mai mică de la spălătorie. Mă antrenez în fiecare zi, mă ajută să-mi țin gândurile și emoțiile sub control. Gândurile despre Alex, despre felul în care mi-a distrus viața. Nu vreau să mai pierd nicio zi aici și frustrarea de a nu putea face nimic mă macină.

Mă ridic de pe podea și îmi îndrept spatele. Îndoi din nou genunchii și strâng mâinile. Adriana trimite o directă care mă lovește peste unul dintre obraji și nu am timp să reacționez înainte să primesc următoarea lovitură. Adriana se mișcă spre stânga, apoi brusc și neașteptat la dreapta. Picioarele ei mătură în lateral și piciorul meu stâng se îndepărtează. Îmi prinde încheietura mâinii, mă trage în lateral și apoi ferm înapoi. Îmi pierd echilibrul, dar de data aceasta reflexele mele au timp să se activeze și amortizez căderea cu o mână și cu picioarele.

— Frumos, spune Adriana, prăbușindu-se lângă perete. Până la urmă, nu ești complet lipsită de speranță.

Este palidă, iar eu îi dau sticla cu apă și mă așez lângă ea.

— Cum te mai simți?

— Nu a mers cu avocatul așa cum ai sperat, îmi spune, evitând întrebarea.

— Nu a considerat că erau suficiente lucruri cât să-l facă măcar să se uite la ele, îi răspund.

— Ce-o să faci acum?

— Nu știu. Dar vreau ca Alex să sufere, așa cum am suferit și eu.

— Spune-mi dacă vrei ajutorul meu.

Pare epuizată și îmi dau seama că starea i s-a înrăutățit, fără ca ea să spună ceva. Mă mustră conștiința fiindcă nu am forțat-o să ia totul mai ușor. O ajut să se întoarcă în clădirea C și să intre în celulă.

— Există o cale, mormăie Adriana. Afară. Jakob, el poate. Dacă vrei.

— Ce tot aiurezi acolo? o întreb, dar nu primesc niciun răspuns.

În următoarele câteva zile, încerc să recreez fiecare conversație pe care am avut-o cu Alex. Ce a spus și ce *a vrut* să spună cu adevărat. Ce însemnau priviri diferite, tonuri diferite. Trebuie să știu de ce l-a ucis pe Simon.

Lovesc sacul de box din sala de sport și-l blestem pe Alex Lagerberg. Blestem ziua în care ne-am întâlnit. Plâng, amintindu-mi cum se uita la mine când făceam dragoste, înainte să-mi șterg lacrimile și să mă blestem pentru că sunt atât de credulă, lucru care m-a făcut să fiu atât de apatică în toți acești ani. Nu pot face nimic atât timp cât stau aici și blestem sistemul care m-a închis și a aruncat cheia.

Nu mă pot gândi decât la o singură persoană care mă poate ajuta. Și ar fi trebuit să iau legătura cu ea cu mult timp în urmă.

Copacii din fața gardului sunt plini de frunze, iar pe jos sunt o mulțime de flori. Aerul este călduț, cerul fără nori, iar eu îmi întorc fața către soare. Mă uit în sus spre fereastra secției de îngrijiri medicale înainte de a-l urma pe gardian în clădirea A. În urmă cu opt luni, zăceam acolo și îmi doream ca viața mea să se termine. Atunci nu mi-aș fi putut imagina vreodată că atacul Annei mă va face să iau din nou legătura cu sora mea mai mică.

Mikaela e de-a dreptul strălucitoare în rochia ei fără mâneci.

— Ce mai faci? mă întreabă. Arăți obosită.

— E un alt fel de-a spune că arăt groaznic? Îi zâmbesc. E greu să lucrezi la bronz când ai voie să ieși doar o oră pe zi. Dar tu ești foarte frumoasă.

O îmbrățișez îndelung.

— Cum ți-a mai mers de când ne-am văzut ultima oară? întreabă ea.

— Am avut multe lucruri la care să mă gândesc.

— Ți-a dat vreun semn managerul mamei?

Mikaela se așază pe canapea.

— Nu.

— Iar mă bate la cap și vrea să pună mâna pe lucrurile mamei. Discurile, rochiile, totul.

— Am crezut că a renunțat la idee.

— Nu renunță niciodată. Nu putem să i le dăm și să scăpăm de el?

Mikaela își duce mâna la frunte.

— Stau acolo în apartament și se adună praful pe ele. Apropo, nu ar trebui să scapi și tu de apartament? Trebuie să fie scump să-l ții așa.

A fost de neconceput pentru mine să las alți oameni să intre în apartamentul în care eu nu am pus piciorul de atât de mult timp. Să-i las să scotocească și să ia ce vor din viața mamei, fără ca eu să am nimic de spus. Și să scap de singurul punct stabil care mi-a rămas în viață mi se pare ceva groaznic.

Acum îndrăznesc chiar să mă gândesc la ideea că mă pot întoarce acolo.

— Vrea să facă bani, nimic altceva, pufnesc eu.

Mikaela pare că vrea să spună mai multe, dar renunță.

— Îți dai seama că mama ar fi împlinit șaptezeci de ani? spune ea în schimb. Se va difuza un documentar la TV ca un omagiu adus ei, nu știu dacă aflasei de asta.

— Nu știam.

— Henri e cel care s-a ocupat.

Mikaela își mișcă degetele pe colierul de la gât și spune că mama este moartă deja de șapte ani. Că a murit atât de repede, de la o zi la alta, pur și simplu a încetat să mai respire.

— Așa funcționează boala asta.

Mă ridic și beau apă, aduc un șervețel și mă așez din nou.

— Și tu nu ai fost acolo.

Cuvintele îmi scapă. În ciuda apropierii pe care Mikaela și cu mine tocmai o construim, dezamăgirea rămâne. Ea se uită la mâinile mele care rup șervețelul în bucăți mici, minuscule. Se uită apoi în altă parte.

— Chiar are sens să trecem prin asta acum? oftează ea. Nu a fost suficient doar să fii prezentă. Ai renunțat la întreaga ta viață, la propria ta personalitate, pentru a o face pe Kathy fericită. Și nu a fost niciodată mulțumită cu mai puțin.

Mikaela zâmbește trist.

— De ce ai detestat-o atât de mult pe mama? o întreb.

— „A detesta" e un cuvânt puternic. Dar nu am putut s-o venerez niciodată așa cum le cerea ea tuturor. Uneori, mi-aș fi dorit să am și eu o bucățică din relația voastră, dar, când am mai crescut, m-am bucurat că am scăpat.

Ca de obicei, sora mea exagerează. Dar, desigur, are dreptul la amintirile ei și la propria ei experiență cu mama. Ca și mine, de altfel. Mă întristează că îndoielile sunt încă acolo. Că nu are încredere în mine. Încerc să zâmbesc, încerc s-o atrag cu privirea.

— Mikaela, ești sora mea, îi spun. Chiar crezi că l-am ucis pe Simon?

— Dacă nu ai fost tu, atunci cine a fost? răspunde Mikaela. Cum a putut întreaga anchetă să meargă atât de prost?

— Am vorbit cu avocatul meu despre asta, îi răspund, auzind cât de încordată îmi sună vocea.

Mă gândesc să respir mai încet și să cobor umerii înainte să-i spun că am citit toată ancheta preliminară și că sunt lucruri foarte ciudate în ea. Simt că ea vrea să mă creadă, că vrea la fel de mult ca mine ca nevinovăția mea să fie dovedită. Îi explic tot ce am adus în discuția cu Lukas Francke.

— Sunt multe îndoieli în privința lui Alex Lagerberg, închei. Știi, bărbatul pe care l-am cunoscut atunci. Ți l-am prezentat la petrecere. Am apucat oare? Nu-mi mai amintesc.

Mikaela se holbează la mine cu gura întredeschisă. Se aud doar respirațiile noastre.

— Pot să dovedesc, spun după un timp. Scrie acolo, negru pe alb. Tess l-a văzut afară când el a susținut că dormea.

Îi povestesc cât de supărat era pe Simon și recunosc că probabil nu eram eu cea mai rațională în acea perioadă, ar fi trebuit să reacționez mai devreme. Ea mă ascultă fără întrerupere și reușesc să-mi păstrez vocea calmă.

— Am nevoie de ajutorul tău, Mikaela, o rog. Trebuie să aflu mai multe despre Alex. Fără noi dovezi, nu există nicio șansă ca dosarul să se redeschidă, dar îmi este imposibil să aflu ceva de aici.

— Ce te-ai gândit că aș putea face? Să-l întreb? Râde, dar pare tristă. De ce l-ar omorî Alex pe Simon? Nu avea niciun motiv s-o facă, cred că și tu îți dai seama de asta.

— De unde știi? Nu-l cunoști. Se pare că nici eu nu l-am cunoscut.

— Crede-mă, știu, îmi spune Mikaela.

— Ce vrei să spui?

Mikaela își pune mâinile la ochi. Tresăririle umerilor săi îmi spun că plânge. O mângâi pe spate și o rog să se calmeze. Ia șervețelul pe care i-l dau și-mi șoptește că ar fi trebuit să-mi spună mai devreme. Zice că îi este rușine, îmi cere iertare.

O întreb despre ce vorbește, acum sunt îngrijorată. Îmi vine s-o scutur dacă nu spune ceva curând.

Mikaela se lasă pe spate pe canapea și își mângâie burta cu mâna.

— Am fost atât de fericită când mi-ai scris, îmi spune. Și nu am vrut să risc să te supăr.

Îi urmăresc mâna cu privirea și mă mir cum de n-am reușit să observ că așteaptă un copil. O îmbrățișez, îi șoptesc că sunt fericită pentru ea, dar ea nu răspunde, ci izbucnește din nou în plâns. Tăcerea Mikaelei și privirea din ochii ei mă fac să ghicesc adevărul înainte de a îndrăzni să-l rostească.

— Este copilul lui Alex, spune ea, ținându-mă mult prea strâns de mână.

Vocea ei parcă vine de undeva de departe atunci când spune că s-au căsătorit cu câțiva ani în urmă și că acesta este al doilea copil. Au deja o fetiță care va împlini patru ani.

— Nu am vrut să se întâmple așa, îmi șoptește. Știam că este greșit, știam că vei fi distrusă. Te rog, Linda, iartă-mă.

Așa că, atunci când Alex m-a vizitat în penitenciar, poate că era deja împreună cu sora mea mai mică. Nu pot să cred că este adevărat. Ochii Mikaelei, plini de remușcări, nu-mi pot stârni simpatia.

De afară se aude semnalul de la poartă, cineva intră sau iese. Poate fi o nou-venită care urmează să intre și să fie fotografiată, o femeie nesigură care trebuie să se dezbrace de tot și să fie forțată să urineze în fața unor străini. Cineva care trebuie să-și predea lucrurile și să se îmbrace în hainele Direcției Penitenciarelor și pe care cu siguranță o voi vedea mai târziu în sala de mese, unde va învăța să stea departe de Regină, dar mai ales de Monstru.

Nu voi pleca niciodată de aici.

Conștientizarea acestui lucru mă sfâșie pe dinăuntru și simt că nu mai pot să respir.

Mă ridic de pe canapea, întind mâna spre ușă și bat în ea cât pot de tare. Când gardianul o deschide, mă clatin pe coridor și merg mai departe, departe de camera de vizite, deși Mikaela strigă după mine.

*

O zi de vară de când aveam zece ani. Mikaela și cu mine stăm întinse pe burtă pe pontonul încălzit de soare, mai jos de casa de vacanță, privind reflexiile noastre în apă. Imaginile noastre se unduiesc încet înainte și înapoi, fețele ne sunt distorsionate înainte ca valurile să se liniștească și să ne recăpătăm forma obișnuită.

Mișc un deget în apă și mă mai uit o dată la felul în care suntem remodelate și contopite acolo jos.

— Nu seamănă cu noi, spune Mikaela, făcând o mutră amuzantă.

— Ți-ai dorit vreodată să fii altcineva? o întreb.

Mikaela se încruntă.

— Adică cine?

— Cine vrei tu.

— Poate. Mi-ar plăcea să fiu Raza soarelui.

— Atunci nu vei avea niciodată vreo clipă de liniște.

— Cine ar trebui să-mi doresc să fiu atunci?

Mikaela bagă și ea degetul arătător în lac, dar îl trage din nou când simte o mișcare în stuf.

— O persoană pe care nimeni n-o recunoaște, îi spun băgând mâna adânc în apă, iar când suprafața s-a liniștit, mă uit în jos prin reflexia mea în apă.

Adriana se simte din ce în ce mai rău. Are dureri de cap severe și amețeli, și de obicei stă întinsă în pat în timpul zilei. Între crize, promite să se pună în curând pe picioare. Îmi spune că după aceea mă va însoți la sesiunile de antrenament și-mi va arăta cine este cu adevărat cea mai puternică. Dar privirea din ochii ei transmite altceva și mă tem că nu mai are atât de mult timp. Gândul că Adriana va dispărea este insuportabil.

Noaptea o veghez, refuz să plec de la căpătâiul ei și, pentru ca este vorba de Adriana, gardienii mă lasă în pace.

Timpul se dizolvă într-un fluviu vâscos de amintiri și clipe, de parcă viața ar fi un cerc larg care se învârte încet în jurul său, un singur râu în care coborâm iar și iar, și cu fiecare nouă ocazie, totul se schimbă, chiar în același timp. S-a spus ceva asemănător despre asta, dar nu-mi amintesc de către cine.

Lumina reflectoarelor mă orbește când mă gândesc la spectacolele pe care le-am avut cu mama, aud corul de aplauze și râsete, văd strălucirea care se transformă într-o rugăciune disperată de ajutor pentru a pune capăt suferinței. Mirosurile urâte de pe patul bolnavului îmi amintesc ultimele ei clipe.

O aud pe sora mea râzând din leagănul din stejar, îi simt părul gâdilându-mă pe braț în timp ce ne întindem pe pătură și ne uităm la un cer imens, aflat mult deasupra noastră.

Mi-e dor de Simon și de felul în care se uita la mine înainte ca lumea să se prăbușească. Am fluturi în stomac când vântul face să se învârtă tulul în jurul trupului meu și promit să-l iubesc până când moartea ne va despărți. În timp ce mă retrag din sărutul nostru, zâmbetul lui larg îngheață într-o grimasă cadaverică și Simon zace într-o mare de sânge.

Anxietatea mă roade când mă întorc din nou în arest, câmpul vizual mi se micșorează, iar inima îmi bate panicată în piept pentru că sunt închisă fără să înțeleg de ce. Deplâng anii care nu se vor mai întoarce niciodată.

Bunica mea maternă spunea mereu că lucrurile se întâmplă cu un scop. Era la fel de sigură că există karmă. Fă bine și vei primi bine în schimb. Și invers. Vei culege ce ai semănat, mi-a spus ea. Trebuie să crezi că din orice poate ieși ceva bun.

Este un gând pozitiv și îmi doream de mult timp să cred în el. Nu mai fac asta. Nu contează cât de bun ești, nu are nicio importanță dacă acțiunile noastre sunt bune sau rele. Moartea lui Simon nu are un scop superior. Nici pedeapsa mea cu închisoarea. Nu există nicio lecție mai profundă de învățat din ceea ce s-a întâmplat. Nimic altceva decât că oricine poate suferi.

Și, mai presus de toate, că oricine te poate înșela și te poate abandona.

Coborâm în râul întunecat al propriilor noastre vieți și nu știm niciodată ce se ascunde dincolo de suprafață. Singurul lucru la care ne putem aștepta cu siguranță este că va fi dureros.

Într-o dimineață, gardienii mă forțează să mă ridic de pe salteaua pe care am întins-o pe podea, lângă patul Adrianei. Pot să stau cu ea pentru perioade mai scurte, dar de acum înainte trebuie să dorm în celula mea, spun ei. În următoarele câteva zile, mă concentrez pe antrenament și mă las luată cu totul de val. Îmi forțez corpul să facă ce vreau eu să facă, mă forțez la serii lungi de lovituri în sacul de box, continui cu antrenamentul cu greutăți și apoi un antrenament de mare intensitate cu diverse exerciții, fără a lăsa oboseala să mă oprească, pentru că știu că, dacă mă întind jos, nu o să mă mai ridic.

Mă întâlnesc cu Daria în sala de mese și pare speriată când vede cum arăt. Trec mai departe. Iau rufele pentru Adriana și, când Tina mă urmează înapoi la clădirea C, mă întreabă cum se simte.

— Nu e bine, îi răspund. Este inuman să o lăsați să-și încheie viața închisă într-o celulă.

Am un nod în gât, dar refuz să plâng și să mă arăt slabă.

— Și tu?

Tina stă cu picioarele despărțite în fața mea, așteptând să se deschidă ușa.

— Ce mai faci?

— La fel de bine ca de obicei.

— Nu e cazul să fii ironică, îmi spune Tina. Sunt aici dacă vrei să vorbim, știi asta.

Nu-i răspund, dar mi-e rușine că m-am rățoit la ea când tot ce voia era să fie prietenoasă. Tina deblochează ușa și spune că Adriana va fi mutată în secția de îngrijiri medicale de acum înainte; acolo i se va acorda ajutor mai ușor. Zâmbesc prudent înainte de a trece pe lângă ea pe coridor.

Adriana doarme. Îi pun rufele curate în dulap și apoi mă așez pe marginea patului și mă uit la ea.

E și mai palidă decât înainte, iar părul ei cărunt se întinde ca un mop peste pernă. Mâinile ei cu venele umflate, cândva atât de puternice, sunt strânse la piept ca niște schelete uscate de animale. Știu că de data asta nu se va mai întoarce vie din secția de îngrijiri medicale. Geme, iar eu o mângâi pe obraz și mă întind cu grijă lângă ea. Ea ridică privirea, dar închide din nou ochii.

— Nu ai de gând să răspunzi la scrisoarea Mikaelei? întreabă ea cu o voce răgușită.

— Nu cred, îi răspund.

— De ce?

— Nu înțeleg de ce se obosește să-mi scrie. Nu pun mare preț pe bărbați, nu poți avea încredere în niciunul dintre ei, dar aveam o părere mai bună despre ea.

— E sora ta, Linda.

— Tocmai de aceea.

Îmi este greu să nu mă gândesc la asta. Mikaela și Alex, căsătoriți. Cu siguranță nu este neobișnuit, în situații de criză pot apărea tot felul de sentimente. Probabil că a început cu faptul că se consolau unul pe altul după verdictul meu. Dar este teribil de perfid. Și au copii împreună. Eu nu voi avea niciodată; o durere atât de mare încât nu suport să mă gândesc la asta. Cum a putut crede că ne putem relua relația și, în același timp, să nu pomenim nimic despre asta?

— Plângi.

Adriana mă ia de mână și mă strânge ușor.

— Acum tu ești familia mea, îi șoptesc. Nu mai am pe nimeni, doar pe tine.

Îmi spune că este îngrijorată pentru mine. Și de data asta o ascult când îmi vorbește despre Jakob. Că el mă poate ajuta, că încă nu s-a terminat. Dimpotrivă, poate că abia acum începe. Vorbește încet și puțin stângaci, și nu înțeleg o bună parte din ce spune. După ce adoarme, rămân până când gardienii mă alungă.

*

Este inevitabil ca până la urmă să se afle faptul că mama a suferit de SLA. Nu după mult timp, managerul ei vine la noi acasă, foc și pară, și începe să vorbească fără să-și tragă sufletul. Se va organiza o gală pe arena Cirkus pentru a sărbători cariera lungă și de succes a mamei.

— Atât vechii colegi, cât și noile vedete în ascensiune îți vor interpreta melodiile, Kathy, spune el. Deci nu trebuie să cânți singură toată seara. Gala va fi difuzată la televizor, iar telespectatorii pot dona și bani pentru cercetare. Nu este o idee grozavă?

Kathy refuză.

— Nu înțelegi, îi spune ea. Nu vreau să mă vadă în halul ăsta, fiindcă așa își vor aminti oamenii de mine. O mână tremurândă atinge scaunul cu rotile în care stă.

Preferă să-și petreacă fiecare clipă în care este trează în el, pentru că este îngrozită de gândul că și-ar putea pierde echilibrul și ar putea să cadă.

— Acum ești absurdă, îi spune Henri pe tonul încurajator pe care îl folosește de obicei când mama îi spune nu. De obicei îți plac inițiativele de genul acesta.

— Tu ești cel căruia-i plac, pentru că faci bani din asta, rostește mama printre dinți.

— Acum ai fost nedreaptă, Kathy, spune el, fără să se enerveze. Poate că îi va ajuta pe alții, tu știi că este important. Și fanii tăi vor înțelege de ce ai stat deoparte. Ei te iubesc. Linda, discută cu mama ta.

— Nu mă interesează dacă înțeleg sau nu înțeleg. Nu vreau simpatie. Și cu siguranță nu am nevoie să-i fie milă cuiva de mine. Mă descurc eu foarte bine cu asta.

Henri mormăie că are dreptate cel puțin în privința asta, o face mai bine decât oricine altcineva cunoscut. Apoi pleacă. Dar nimic din ce spune el sau spun eu, sau oricine altcineva, de altfel, nu o poate face pe mama să se răzgândească.

*

Bineînțeles, ea a participat totuși la gală. Henri avea dreptate, nu putea rezista tentației de a fi văzută din nou în public. Am fost implicată în pregătiri și am ajutat-o să se simtă în siguranță. Chiar în seara galei, am ajutat-o să urce pe scenă și ea s-a descurcat fără scaunul cu rotile și n-au fost incidente majore. Am stat în culise și am văzut-o strălucind în lumina reflectoarelor pentru ultima oară. Și, când am urcat pe scenă ca să cânt numărul nostru, ne-am îmbătat împreună cu strălucirea care ne învăluia. O experiență care este atât de adânc gravată în memoria mea, încât nu dispare niciodată.

Dar îmi amintesc și ce a spus mama înainte să se hotărască.

— Înțelegi cum mă simt, Linda? a spus ea. Asta nu sunt eu. Dar dacă așa mă văd oamenii, ca pe o persoană cu dizabilități într-un scaun cu rotile, atunci voi *deveni* așa. Atunci nu mai sunt Kathy. Vreau să-și amintească de ea, de femeia care am fost cândva.

Abia acum înțeleg cum se simțea.

Dacă nimeni, nici măcar sora mea, nu vrea să mă lase să fiu Linda Andersson, așa cum am fost dintotdeauna, așa cum sunt cu adevărat, atunci poate că nu sunt? Nu este suficient ca eu însămi să fiu în siguranță, vor exista mereu cei care sunt convinși că sunt altcineva. Un criminal condamnat pe viață. Un monstru. Dar s-ar putea să aibă dreptate. Poate că nu am ieșit niciodată din gaura neagră care m-a absorbit când a murit mama. Am devenit o străină chiar și pentru mine.

Și mă întreb în cine mă voi transforma când va muri Adriana. Va dispărea și ultima părticică din mine? Gândul este ademenitor. Există lucruri mai rele decât moartea, iar unul dintre ele este să trăiesc așa cum o fac acum.

Mă trezesc devreme, mă ridic din pat și aștept până se descuie ușa la ora opt. Mănânc micul dejun în sala de mese, apoi mă antrenez până la prânz. În fiecare după-amiază, pe tot parcursul verii, alerg de-a lungul gardului din zona de recreere, fie că plouă torențial, fie că e soare. Îmi petrec seara antrenându-mă în celulă și, după ce se dă stingerea, stau deja pe pat și aștept.

Este toamnă. Bate un vânt puternic și cerul e întunecat. Adriana se stinge când se desprind primele frunze din copaci. Iarna este lungă și rece ca gheața, cu nămeți de zăpadă strălucitoare în fața zonei de recreere. Rămân acolo până târziu în primăvară. Îmi petrec cea de-a patruzecea aniversare în singurătate și mă gândesc cum am mâncat bomboane de ciocolată de calitate pe patul din celula Adrianei.

În martie, mi se va acorda prima permisie cu supraveghere. A trecut un an și jumătate de la atacul de la subsol și directoarea închisorii, Beatrice Viktorsson, îmi dă de înțeles că mi se permite să ies după o evaluare minuțioasă. Nu am fost chiar o deținută-model. Era departe de a fi evident că mi se va aproba cererea, dar perioada recentă în care am îngrijit-o pe Adriana a cântărit puternic în favoarea mea, îmi spune. Voi fi dusă la centrul comercial Marieberg din afara orașului Örebro și voi putea să mă plimb prin magazine așa cum mi-am dorit.

— Bucură-te de această șansă, Linda, spune ea. Sper că-ți va face bine. Nu ar trebui să stai aici pentru totdeauna, știi. Și uneori trebuie să simți cum este să fii în afara siguranței din Biskopsberg.

Îmi zâmbește.

— Apoi trebuie să te întorci aici. În curând vine vremea să sărbătorim Paștele împreună.

A sosit ziua. Aștept în clădirea A să fiu escortată afară din penitenciar, iar reflexia din fereastră arată o femeie în blugi negri strâmți, care poartă ghete negre și un hanorac gri. Părul i-a crescut câțiva centimetri, dar totuși seamănă mai degrabă cu o persoană în care vechea Linda Andersson nu s-ar fi încrezut vreodată.

Îmi recuperez portofelul și îl deschid. Permisul de conducere a expirat, dar nu contează, a fost anulat din cauza verdictului. Pentru că am dat dovadă de lipsă de respect față de viața altora, s-a considerat că ar fi fost nepotrivit să șofez. O studiez pe femeia din fotografie și abia îmi amintesc cum era să fiu ea.

O voce furioasă din interiorul meu îmi șoptește că nu a fost o experiență memorabilă și înclin să fiu de acord.

Transportul meu sosește, doi gardieni bărbați mă vor însoți până la Örebro și înapoi. Cel mai în vârstă dintre ei îmi aruncă o privire pătrunzătoare, își pune mâna pe umărul meu și mă întreabă dacă mă simt bine. Îi răspund că totul este în regulă și ne îndreptăm spre ieșire.

Mă uit la fațada de un gri murdar, lângă fereastra secției de îngrijiri medicale unde am întâlnit-o pe Adriana. Urmăresc cu privirea gardul și sârma ghimpată, văd zidurile și reflectoarele supraveghind zona și, când celelalte deținute se întorc la lucru după pauza de dimineață, mă sui în mașină.

De multe ori am visat cu ochii deschiși la ce aș face când voi fi reabilitată. Aș ieși pe porți ca o femeie liberă. Aș cumpăra flori galbene și aș vizita mormântul mamei, iar când păpădiile o să crească și o să acopere iarba de lângă casa de vacanță, m-aș gândi la ea. Când se vor ofili, mi-aș aminti cât de fascinată era ea de frumusețea lor. De tulpinile cu puful lor firav care e împrăștiat de vânt.

— Ne aduc aminte de efemeritatea vieții, a spus ea odată, în timp ce mergeam prin iarbă spre ponton. Sunt luate de vânt și nu le mai vedem niciodată. Dar undeva, departe, încep o nouă viață.

A cules câte o floare pentru fiecare, pentru mine și Mikaela, le-am suflat și am văzut semințele dansând deasupra firelor de iarbă.

Gardianul închide ușa după mine. Trecem de prima poartă care se închide în urma noastră, apoi se deschide a doua și las Biskopsberg în urma mea.

La început, păreau a fi două evenimente separate, fără absolut nicio legătură. O femeie condamnată pentru crimă a evadat în timpul unei permisii cu supraveghere, după care a fost emisă o alertă națională. A doua zi, doi băieți au găsit o mașină incendiată într-o carieră de piatră retrasă, la câțiva kilometri de orașul Örebro. Corpul găsit în mașină a fost imposibil de identificat fără doar și poate, deoarece era aproape în totalitate carbonizat. Mașina fusese condusă cu viteză mare direct în prăpastie și aterizase pe fundul carierei de piatră. După o cădere de peste patruzeci de metri, vehiculul a luat foc la impact, iar rezervorul de benzină a explodat la scurt timp.

Nimeni nu văzuse nimic suspect în zonă cu o zi înainte, nimeni nu observase că ardea ceva. Abia după ce a reieșit că mașina a fost declarată furată din fața centrului comercial în același timp cu evadarea, s-a descoperit ceva nou în anchetă. Cu ajutorul amprentelor dentare, persoana decedată a fost identificată drept Linda Andersson. În ancheta poliției, cazul a fost clasificat ca sinucidere.

Directoarea închisorii, Beatrice Viktorsson, a fost aspru criticată pentru acordarea permisiei. Deținuta se purtase rău în cadrul penitenciarului pentru femei din Biskopsberg și-și atrăsese o serie de reclamații privind unele incidente. În plus, angajații și deținutele au depus mărturie despre Linda Andersson ca fiind deprimată după tentativa de asasinare comisă asupra ei.

Ca răspuns la critici, Beatrice Viktorsson a spus că permisia este o parte importantă a reintegrării criminalilor condamnați în societate. Nimic din evaluarea ei asupra stării mintale a Lindei Andersson nu indicase că ar fi fost dezechilibrată sau sinucigașă. Nici directoarea penitenciarului, nici echipa de poliție care a anchetat cazul nu au vrut să mai comenteze această chestiune.

Raza soarelui a fost dusă la locul ei de odihnă, într-un cimitir-parc, la șapte ani după ce a fost condamnată la închisoare pentru crimă. Și, când ploaia a venit câteva ore mai târziu și toate urmele de cenușă au dispărut, parcă ea nu ar fi existat niciodată.

E noapte și stau în fața casei lor. Am fost aici de multe ori, în diferite momente ale zilei, dar prefer să vin aici noaptea. Gazonul din grădina dichisită este tăiat scurt de mașina automată de tuns iarba; mai au și copaci și arbuști bine îngrijiți. O trambulină stă într-un colț cu o plasă de siguranță montată corespunzător în jurul ei, iar piscina este acoperită peste noapte. Lângă ea se află mobilierul scump de exterior de pe platforma de lemn. Fereastra dormitorului de alături este întunecată.

Noaptea de septembrie este rece și, cu toate astea, sudoarea îmi curge pe spate. Apăs o mână pe geam. Pe cealaltă parte, el stă întins și doarme, complet inconștient de prezența mea. Habar nu are cât de neprotejați sunt el și familia lui, frumoasa lui soție și cei doi copii mici ai lor. Se plimbă prin camerele lor bine luminate și sunt fericiți să-și exhibe viața perfectă în văzul tuturor. Peștele auriu fără griji într-un acvariu.

Nimeni nu mă vede, dar eu văd totul.

Fiecare dimineață din fiecare zi a săptămânii seamănă cu precedenta. Lumina din dormitor se aprinde și jaluzelele sunt trase exact la șase și un sfert. Se aprinde lumina în holul de jos, la scurt timp se aprinde și în bucătărie și, în curând, copiii se trezesc. Se ceartă cu fetița de patru ani despre ce haine ar trebui să poarte, fac cafea și iau micul dejun, în timp ce băiețelul de un an stă în scaunul lui și lovește cu o lingură masa din bucătărie.

El a fost promovat în funcția de director economic, sau CFO[8], după cum spune chiar el, și lucrează într-un birou de lângă parcul Kungsträdgården, în centrul orașului. Ea este în concediu maternal de la locul de muncă, unde este designer de interior, și de obicei este cea care își lasă fiica la grădiniță. Apoi, obișnuiește să se ducă la locul de joacă cu fiul ei sau îl plimbă cu căruciorul împreună cu alți părinți. În fiecare joi, el vine acasă la prânz, pentru ca ea să poată merge la yoga în oraș.

Își fac cumpărăturile miercurea, iar menajera vine în fiecare vineri dimineață. Gătesc pe rând cina și pun copiii la culcare seara. El preferă să se uite la sport, ea se uită la documentare. Au o viață socială bogată, cu mulți prieteni. Duc o viață confortabilă și le merge bine, nu le lipsește nimic. Nu au somații de plată, nu au cazier, sunt cetățeni suedezi cu totul obișnuiți, onești, care, cu puțin noroc, se află în partea superioară a piramidei sociale. Nimeni nu poate crede că el este un bărbat foarte periculos, cu atât mai puțin soția lui.

Sora mea mai mică nu înțelege că trăiește cu un criminal.

---

8 CFO, Chief Financial Officer, funcție echivalentă celei de director economic. (*N.t.*)

Nu poți rata silueta înaltă și postura de militar a lui Jakob, văzându-l cum stă cu mâinile în buzunarele hainei, în fața intrării în IKEA, în Curba Regelui[9]. Dacă este enervat, nu o arată. Când l-am sunat zilele trecute, mi-a sugerat să ne întâlnim aici, deși nu pare să fie genul căruia să-i placă să se uite la mobilă. Dacă a fost surprins de apelul meu, nici asta nu s-a observat. Mă îndrept direct spre el și aproape că reușesc să trec pe lângă el înainte să mă recunoască.

— Nadia, îmi spune, bătându-mă pe umăr.

Se uită la părul meu castaniu închis și spune că mi se potrivește. Ultima dată când ne-am văzut, acum șase luni, era și mai scurt, și mai deschis la culoare.

Intrăm în clădire și urcăm la restaurant. Mă așez lângă fereastra cu vedere la mallul de vizavi, iar Jakob își agață haina în cuier înainte să mă întrebe ce vreau să mănânc. Îi răspund că mă mulțumesc cu niște cafea și în curând se întoarce cu o ceașcă pentru mine și mâncare

---

9 *Kungens kurva* în original, cartier din Stockholm cunoscut pentru numeroasele magazine. (*N.t.*)

pentru el, chifteluțe cu gem de merișoare și piure de cartofi.

Se așază și mă întreabă dacă îmi place la Berlin. Vrea să știe dacă sunt mulțumită cu alegerea locului de refugiu, și chiar sunt.

Cu un amestec de groază și încântare, am trăit la Berlin la vârsta de douăzeci de ani. Era un oraș în care se ducea toată lumea, oameni interesanți din toate colțurile lumii cu visuri și ambiții, și am dansat în cluburi la modă din diferite spații industriale cu prietenii mei noapte de noapte. Dar nu m-am gândit la petreceri sau baruri sau cafenele când am ales locul în care să mă duc, ci la senzația pe care am avut-o, că acolo poți să obții orice vrei. Totul este atât posibil, cât și permis.

Îi spun că apartamentul este minunat, iar zona, primitoare. Și orașul este mult mai mare decât Stockholm, ceea ce mi se potrivește perfect.

— Atunci, ce faci aici?

Îmi beau cafeaua și mă uit pe fereastră.

— Am fost nevoită să mă întorc, îi răspund.

— O idee destul de proastă, îmi atrage atenția Jakob. Și de ce tocmai acum? De cât timp ești aici?

— De ceva vreme.

— I-am promis Adrianei că voi avea grijă de tine și intenționez să mă țin de cuvânt.

Jakob îmi aruncă o privire lungă înainte să continue să mănânce.

O femeie de la masa de lângă noi ne privește și zâmbește. Este evident că ne ia drept tată și fiică. Dacă ar auzi că bărbatul bine îmbrăcat și manierat din fața mea ar putea ajuta oamenii să dispară, ar înceta să zâmbească. Dacă ar ști că el ar putea face rost de un cadavru care, după ce a fost carbonizat fără șansă de a fi recunoscut, va fi identificat drept altcineva, și-ar lua poșeta și însoțitorul, și s-ar grăbi să plece de acolo cât de repede ar putea. Și dacă cineva ar dezvălui că sunt decedata Linda Andersson, probabil că ar suna la poliție.

Dar nu mai sunt Linda, îmi amintesc mie însămi. Numele meu este Nadia Hansen.

Jakob face conversație degajat în timp ce mănâncă. Apoi își șterge o pată invizibilă de pe bărbie și se duce să mai ia niște cafea. Revenind la masă, vrea să-mi aduc aminte că a făcut eforturi considerabile pentru mine. Obținerea unei noi vieți în libertate, cu toate oportunitățile de a o lua de la capăt, ar trebui să mă facă să fiu mai recunoscătoare față de el.

— Dar așa și sunt, îi spun eu, punându-mi mâna pe a lui. Îți sunt mai recunoscătoare decât pot spune. Tu știi asta.

— Atunci întoarce-te acolo, uită totul și pe toți de aici. Trăiește-ți viața.

— Când se termină totul, o voi face.

— Ce ai de gând să faci?

— Nu știu încă, îi răspund, și văd cum Jakob mă privește cu o față sceptică.

E adevărat, nu am niciun plan. Dar nu puteam sta departe de aici. Gândul la reabilitare m-a obligat să mă întorc.

Alex nu numai că l-a ucis pe Simon, mi-a luat și viața. Ne-a luat viitorul și l-a aruncat ca pe o marfă. Într-un fel sau altul, lumea trebuie să înțeleagă că Linda Andersson a fost nevinovată. Dar, deși m-am gândit la asta fără încetare, încă nu știu exact ce să fac sau la ce va duce. Cum își va primi Alex pedeapsa? Și cum o va afecta pe sora mea?

Mi-a luat ceva timp să trec peste mărturisirea ei plină de lacrimi că era căsătorită cu Alex și că aștepta al doilea copil cu el, dar am iertat-o. Ea trăiește cu el, total neștiutoare despre cine este el cu adevărat.

Adriana înțelesese că era necesar să mă răzbun, dar nu cred că Jakob înțelege. Pe el nu-l cunosc la fel de bine.

Mi-a povestit multe despre el în perioada petrecută în penitenciar și, înainte de a-l întâlni, discutasem cu el la telefonul ei mobil. Jakob a fost întotdeauna prietenos, dar are obiceiul de a mă observa într-un mod care mă face să mă simt inconfortabil. Ca acum. Sunt conștientă că a riscat foarte mult și prefer să nu mă gândesc la ce a fost necesar să facă pentru a putea sta astăzi aici cu el, dar nici nu am timp să mă gândesc prea mult la asta. În orice caz, nu mi-a spus prea multe. În prima noastră conversație mi-a zis doar că, dacă îi comunic data și locul permisiei, el va aranja tot ce îi ceruse Adriana.

A fost nevoie de mai multe cereri și de aproape opt luni până să mi se acorde permisie. Când gardienii m-au condus la centrul comercial din afara orașului Örebro, eram departe de a fi sigură că planul avea să funcționeze. M-au urmărit tot timpul de la distanță în timp ce mă plimbam prin magazine. După cum am convenit, am intrat într-unul dintre cele mai mari lanțuri de magazine de îmbrăcăminte exact la unsprezece și un sfert, și ei au rămas la intrare. M-am plimbat printre rafturile cu haine și m-am prefăcut că mă uit la rochii și bluze, și, după un timp, el era acolo. L-am urmat repede până la cabinele de probă, apoi am ieșit afară prin spate, printr-o ieșire de urgență. Ne-am urcat în mașina lui, iar când s-a dat alerta națională, eram deja departe.

Câteva zile mai târziu, mă aflam într-o casă de pe coasta de sud, în Skåne[10], și am văzut la știri că Linda Andersson a fost declarată moartă. Când au fost prezentate imaginile cu resturile mașinii arse, am avut senzația ciudată că o parte din mine a murit cu adevărat în flăcări. Dar eram liberă. Nimeni nu m-ar fi căutat vreodată. În același timp, eram speriată și șocată de ceea ce făcuse Jakob, conștientă că lucrurile ce până atunci fuseseră doar povești despre Adriana și lumea ei subterană deveniseră realitate. Senzația de triumf pe care mă așteptam să o trăiesc nu s-a materializat.

Mai târziu, l-am întrebat dacă nu există un mod mai puțin definitiv de a mă face să dispar și era clar cât de naivă i s-a părut că sunt. Măcar am vrut să știu cum o făcuse. O mașină furată, un om mort identificat ca Linda Andersson prin amprenta mea dentară. Cum ai făcut asta, cum s-a întâmplat? A fost stomatologul *meu* implicat?

Nu a crezut că e necesar să știu cum și-a făcut treaba și m-a sfătuit să nu-mi fac prea multe griji în privința cui îi aparținea cadavrul sau cum a făcut rost de el.

Jakob își golește ceașca de cafea și scoate un set de chei cu o insignă pe el.

— Depozitul pe care ți l-am închiriat este în Västberga, îmi spune. Ce ai acolo atât de important? Nu păreai cine știe ce interesată de lucrurile alea până acum.

Când nu-i răspund, îmi spune că sperase că voi lăsa totul baltă.

— Gândește-te bine, mă roagă. Nu-ți asuma riscuri inutile. Faptul că ești la Stockholm este deja riscant.

Iau cheile, ne ridicăm și plecăm de la masă, dar după câțiva metri, mă opresc și mă întorc. Jakob așteaptă cu

---

10 Sau Scania, provincie din sudul Suediei.

mâinile în buzunarele hainei și se uită în tăcere cum pun șervețelele pe farfurie, aranjez tacâmurile în ordine lângă ea și pun paharul lângă ceștile de cafea pe tavă. Apoi duc tava la stația de gunoi și arunc resturile înainte să pun tava pe banda rulantă.

— Sunt oameni care lucrează aici la chestia asta, îmi spune Jakob când mă întorc.

— Nu am lăsat o tavă în urma mea de opt ani, îi răspund. De ce să încep acum?

— De ce nu? spune el începând să meargă. Acum ești în afara zidurilor, după cum poate îți amintești.

Am auzit de mai multe ori în închisoare că deținutele care urmau să fie transferate într-un penitenciar în regim deschis, pentru a fi eliberate în cele din urmă, vorbeau despre cum viața lor avea să revină la normal. Că așteptau cu nerăbdare să poată merge unde voiau și când voiau și să aleagă ele cum să-și petreacă ziua. Să nu mai fie în sfârșit la mâna celorlalți și să nu mai fie nevoite să ceară permisiunea pentru orice. Părea ca un vis, ca o viață complet lipsită de probleme. Nimeni nu a spus cât de dificil este să treci de la viața strict reglementată din interior la viața haotică din exterior. Schimbarea este copleșitoare. Toate aceste posibilități variate te sleiesc atunci când ți-ai petrecut ani din viață închis. Deși sunt liberă să fac ce vreau, zilele mele sunt la fel de programate ca la Biskopsberg. Mai ales la început. Oricât de devreme mă trezeam la Berlin, nu puteam bea cafeaua de dimineață până la exact opt și un sfert, ca în penitenciar, și luam prânzul și cina la aceeași oră cu cele care mai sunt închise acolo. Făceam patul la fel de atent în fiecare dimineață, de parcă ar fi putut fi inspectat oricând, strângeam masa chiar dacă nimeni nu o vedea și nimănui nu-i păsa. Nu am putut să descui și să deschid eu însămi o ușă vreme de câțiva ani buni și, când eram printre alți oameni, se întâmpla să aștept ca altcineva s-o facă pentru mine. Au trecut șase luni de când am ieșit pe porțile închisorii, dar în unele zile mă comport în continuare ca un deținut.

Casa pe care am închiriat-o se află la marginea localității Nynäshamn, un oraș din arhipelag aflat la câțiva kilometri la sud de Stockholm. Pe măsură ce mă apropii de ieșire, stropi grei lovesc fereastra mașinii și în curând plouă neîntrerupt. Ceața densă mătură peisajul sterp de coastă și îl face să pară un loc care ar fi putut fi decupat dintr-o saga nordică. Apropierea de mare și de pădure îmi dă senzația că m-aș putea simți bine aici pentru o perioadă mai lungă de timp, cu toate că am fost întotdeauna un om de oraș și cu toate că ar trebui să mă întorc la Berlin.

Îmi dau jos pantofii și șosetele după ce intru pe hol și continui spre camera de zi. Plăcile largi ale podelei sunt tocite și netede sub picioarele mele goale. Casa are sobă pe lemne și este deschisă spre cornișă, ceea ce dă impresia de spațiu aerisit; tejgheaua cu barul desparte bucătăria de restul spațiului de la parter și o scară abruptă duce la dormitorul de la mansardă. Mobilierul era inclus în chirie și singurul lucru pe care l-am cumpărat este sacul de box care se află în mijlocul camerei de zi. Mă uit pe fereastra panoramică. În zilele senine văd foarte departe;

sub terasă, marea se întinde spre orizont până când se îmbină cu cerul, iar serile oferă adesea apusuri frumoase acolo unde oglinda apei parcă este colorată cu limbi de foc. Dar astăzi totul este gri. Prin partea vitrată a terasei, privesc marea agitată și valurile care se lovesc de stâncile de dedesubt. Ploaia răpăie pe acoperiș și eu intru și aprind soba cu lemne pentru a ține frigul departe.

În baie, umplu cada înainte să mă scufund în apa caldă. Îmi ridic piciorul stâng pentru a-l săpuni și îmi pun mâna peste semnul care se întinde de-a lungul coapsei. Cicatricile vor rămâne mereu, dar acum sunt mai puțin vizibile. Chirurgul plastician din Copenhaga la care m-a dus Jakob a făcut minuni, mai ales la față. Golul din frunte este refăcut, iar cicatricea constă doar într-o dungă fină coborând de la linia părului în jos, peste sprâncene. Dacă te uiți cu atenție, poți s-o vezi continuând spre ureche.

După ce m-am ridicat și m-am șters, trag pe mine o pereche de blugi uzați și un pulover moale, gri și iau o perie. Părul blond al Lindei are acum extensii și a fost vopsit într-o nuanță de șaten închis, iar privirea mea n-o va mai recunoaște nimeni de acum înainte. Cea care am fost cândva s-a uzat ca hainele vechi, ca niște cârpe destrămate care abia se mai țin laolaltă.

— Salut! Mă numesc Nadia Hansen, spun eu, încercând să-i zâmbesc femeii din oglinda de la baie, dar nu par prea convingătoare.

Inspir adânc și încerc să mă golesc complet pentru ca noua mea personalitate să poată apărea. La început făceam asta tot timpul, vocea mea nu era obișnuită cu numele și mi-era greu să par relaxată. Am încercat de mai multe ori, am spus-o în diferite feluri și pe diferite tonalități și expresii faciale. Iar și iar, mă prezentam femeii a cărei privire o întâlneam. Încă mi se pare nefiresc, aproape mai mult aici decât în Berlin.

— Numele meu este Nadia Hansen, spun din nou. Serios de data aceasta, apoi cu puțin mai multă căldură: Salut, mă numesc Nadia. Nadia Hansen.

Noul meu nume. Noul meu eu. Femeia care sunt acum, cea care am devenit.

*

Jakob vine la casa de pe coasta de sud din Skåne după ce fața mea este vindecată în urma operațiilor estetice de reparare a cicatricilor. Îmi pune pe masa din bucătărie permisul de conducere și pașaportul, ambele falsificate, eliberate pe un alt nume, cu altă dată de naștere.

Studiez femeia din fotografie, văd că-mi amintește de mine. Dar nimeni dintre cei care m-au cunoscut mai înainte nu poate să se uite la actele de identitate și să spună că femeia din poze este de fapt Linda Andersson. Ea are aceeași formă a feței și o formă similară a maxilarului, dar culoarea părului schimbată, sprâncenele și expresia serioasă din jurul gurii fac ca aspectul să fie clar diferit de felul în care arăta Linda.

Jakob se uită la mine în tăcere.

— Cum te simți? mă întreabă după un timp.

Aproape că-mi vine să-i răspund că totul este în regulă, dar mă răzgândesc.

— Cine este ea? spun eu, arătând spre permisul de conducere.

Jakob ia permisul și pașaportul, se uită la ele și apoi la mine.

— Nadia Hansen, îmi răspunde.

Când Jakob mi-a explicat că voi obține o nouă identitate, a spus că Adriana a vrut să mă numesc Hansen. Prenumele puteam să-l aleg eu. Fără să mă gândesc, am spus Nadia. Nu știu de unde mi-a venit, dar asta este mai mult decât o schimbare a numelui. E ceva mai profund de-atât. Aș prefera să fiu Linda din nou, dar știu că e prea târziu și Jakob ar crede că sunt nerecunoscătoare dacă aș spune asta.

— Cine este ea? insist.

— Cine vrei tu să fie, îmi răspunde.

Jakob spune că am toate posibilitățile să duc o viață bună și îi ascult sfaturile și indicațiile. Primesc adresa noului meu apartament din Kreuzberg, din Berlin, aflu că biletele de avion sunt rezervate și gata. Înainte să plece, se întoarce pe hol și se uită la mine.

— Ai grijă de tine.

Mă chinui să-i zâmbesc, dar nu obțin decât un rictus dureros. Un zâmbet care nu este al meu, ce deocamdată aparține celei care voi fi.

Jakob zâmbește și el.

— Bine, Nadia, cam asta e. Capul sus, totul va fi bine.

După ce pleacă, mă întorc în bucătărie. Nadia Hansen este o străină, una a cărei personalitate necunoscută o va înlocui pe cea care nu mai poate exista. Care nu trebuie să existe.

Nu știu cât timp stau la masa din bucătărie și mă uit lung la actele de identitate. A doua zi plec din Suedia și stau departe șase luni. Până când foamea de dreptate mă aduce înapoi.

*

Ies din baie, dar mă întorc din hol și adun hainele care sunt într-o grămadă dezordonată pe podeaua băii și le pun în coșul de rufe. Apoi iau un carnețel și un pix și mă așez pe canapea.

Nadia Hansen. Nadia Hansen. Nadia Hansen.

Scriu numele în diferite feluri, cu majuscule, înclinat și cursiv. Scrisul de mână e diferit față de cum arăta de obicei. Liniile drepte și un stil mai simplu au înlocuit arcurile moi și literele neglijente cu care scria Linda. Pe lângă testarea altor tonalități și feluri de a vorbi, se întâmplă să mă mișc altfel și uneori mi se pare surprinzător de natural, apoi parcă simt instinctiv cum este personalitatea Nadiei.

Îmi scot permisul de conducere și mă uit la el. Conform noului meu cod numeric personal, pe 10 iunie am împlinit patruzeci de ani, ceea ce înseamnă că am devenit puțin mai tânără. Este vorba doar de trei luni, dar totuși se naște în mintea mea ideea că timpul în sine a fost dat înapoi și că totul este, prin urmare, posibil.

În unele zile, mă simt infinit de bătrână și neputincioasă, dar chiar în acest moment trăiesc contrariul. Jocul cu noua mea identitate și fanteziile despre cine este ea fac ca perspectivele să se schimbe. Sinele Lindei Andersson pare a fi lipsit de autenticitate, așa cum este cosmetizat și fals, iar cea care ar trebui să fiu acum este adevăratul meu eu. De parcă Nadia sunt eu.

Câți nu ar face orice să poată s-o ia de la capăt? Nepedepsiți, cu o poveste cu totul nouă, sub alt nume. Cu un trecut diferit și, deci și un viitor diferit. Sunt într-o călătorie printr-un peisaj necunoscut, fac parte din experiența încântătoare a descoperirii unui continent neștiut până acum. Senzații și trăsături noi care sunt în mare parte încă ascunse în mine. O viață nouă.

Dar a cui este acea viață? Cine *este* Nadia Hansen?

Răspunsul se află poate în cele spuse de Jakob. Ea este ceea ce vreau eu să fie.

Dar este posibil să fim complet liberi să ne alegem sinele? Am ars până m-am făcut scrum și am înviat din cenușă, îmbrăcată cu aripi noi și eliberată de tot ce mă trăgea în jos. Este un gând frumos, dar presupune în același timp o dezrădăcinare înfricoșătoare. Cine sunt eu când nu am rădăcini? Poate un nou sine să se nască cu adevărat din nimic?

De când mi-am dat seama că Linda Andersson nu mai există, m-am luptat cu aceste întrebări. Și acum că m-am întors la Stockholm, am conversații constante cu mine însămi. O conversație între vechiul și noul meu eu. Mi-e la îndemână să mă gândesc la noua mea identitate ca la un fel de renaștere. Toate ființele vii trebuie să moară, dar poate că încă mai există într-o formă schimbată sau transformată.

Fie mă agăț de comportamentul obișnuit al Lindei, fie mă arunc înainte, dându-mi ocazia să cad, pentru a vedea dacă aripile mă poartă departe.

Gândul mă ispitește uneori, alteori mă înspăimântă.

Las mașina într-o parcare din oraș și ies pe strada Drottninggatan. Chiar dacă am locuit în alte părți de-a lungul anilor, Stockholmul mi-a plăcut întotdeauna cel mai mult. Kathy revenea aici de fiecare dată și mi-am imaginat că aș fi făcut la fel. Dar este prima dată când sunt în oraș de când m-am întors. Sunt atât de mulți oameni. Sunt prea mulți oameni. Se reped pe lângă mine în timp ce stau în mijlocul străzii pietonale. O femeie cu pungi de cumpărături în mâini dă peste mine și-mi spune că ar trebui să fiu mai atentă.

Un agent de pază din fața intrării într-un magazin se uită drept la mine și mă pun în mișcare. Sunt mult mai mulți oameni în Berlin, dar aici pare mai aglomerat. A fost mai greu să mă întorc decât credeam. Orașul s-a schimbat de-a lungul anilor în care am lipsit, am observat asta deja din mașină, pe drum încoace. Case noi și fațade noi, a fost dificil să mă deplasez pe șosele și străzi cu sensuri schimbate. Merg până în Piața Hötorget și văd că magazinul PUB a fost transformat în hotel, dar sala de concerte Konserthuset de vizavi este aceeași, în culoarea ei albastră, iar vânzătorii din piață sunt tot acolo.

Strigă făcându-și reclamă la produse, legume și flori, și mă îndeamnă să mă apropii. Toate sunetele mă stresează. Traficul, autobuzele, zgomotul constant. Bicicliștii agitați și oamenii care vorbesc tare la telefoanele lor mobile. Nu asta-i plăcea Lindei? Pulsul orașului? M-am schimbat. Suficient cât să nu fiu recunoscută. Suficient încât să nu mă mai recunosc.

Mă hotărăsc să mă întorc la mașină, dar deodată mă trezesc lângă Piața Östermalmstorg fără să știu cum am ajuns acolo. În clădirea din fața mea este un muzeu deschis recent. S-a înființat în timp record datorită faptului că ideea și conceptul existau de mult timp, am citit. Nu a fost o mare surpriză, dar tot nu credeam că va merge *atât* de repede.

După un moment de ezitare, pășesc dincolo de intrare. Tânărul de la recepție zâmbește călduros și mă salută.

— Bun venit la Muzeul lui Kathy. Un bilet pentru o persoană? Sau veți fi mai mulți?

Bâigui ceva în loc de răspuns, plătesc intrarea și sunt în permanentă alertă până când este evident că bărbatul habar nu are cine sunt. Îmi dă o broșură despre încăperea cu expoziții înainte de a arăta spre magazinul de alături și de a-mi spune că toate albumele lui Kathy sunt de vânzare. Chiar acum au o reducere la ultima compilație pe care a înregistrat-o și, în plus, mai au și o mulțime de suvenire frumoase din care să alegi; tricouri și căni cu citate din cele mai faimoase hituri ale lui Kathy și cu chipul zâmbitor al iubitei artiste.

Mamei i-ar fi plăcut. Mi-o și imaginez purtând un tricou cu chipul ei, amuzându-se cu râsul ei gângurit și molipsitor.

— Era populară, spun eu răsfoind broșura.

— *Este* populară, mă corectează el. Kathy va fi mereu iubită. Faci și tu parte din categoria celor care-i știu cântecele pe de rost?

— Probabil că da, îi răspund cu un zâmbet, iar bărbatul râde și îmi urează plimbare plăcută.

Îi mulțumesc și intru în muzeul propriu-zis.

Muzeul are mai multe săli, iar prima spune povestea Katarinei Andersson, fiica actorului și starului de film Erik Andersson, care a devenit Kathy pentru întreaga Suedie, una dintre cele mai îndrăgite artiste ale noastre. Secvența din filmul în care ea a cântat pentru prima dată la vârsta de șaptesprezece ani la televiziunea națională se derulează pe un ecran. Fotografiile care împodobesc pereții sunt de la primele sale musicaluri și concerte din timpul școlii, până la ultima ei apariție la arena Cirkus.

Încăperea alăturată este plină cu numeroasele haine de scenă pe care le-a folosit de-a lungul anilor, rochii fantastice și costume cu pantaloni, cizme și șaluri boa cu pene, pălării și pantofi. Peste tot atârnă fotografii cu Kathy în diverse producții/spectacole în timp ce se îmbrățișează cu o mulțime de alte vedete, dar și cu fani fideli alături de care era mai mult decât fericită să-și facă timp să pozeze.

Un ecran interactiv oferă vizitatorului posibilitatea de a se fotografia în cele mai cunoscute ținute ale ei. Un cuplu în jur de cincizeci de ani stă în fața lui și chicotește.

Trec într-o încăpere în care pereții sunt împodobiți cu numeroasele coperți ale albumelor și cu premiile pe care le-a câștigat de-a lungul carierei. Discurile de aur, premiile Grammy și tot felul de distincții care îi umpleau peretele de acasă, din apartament, sunt acum atârnate aici.

Mă cuprinde o senzație ciudată că lipsește ceva, dar nu știu din ce cauză. Muzeul este un omagiu bine executat, adus lui Kathy și vieții ei de artist. Ar trebui să simt mândrie, poate o nostalgie dulce-amăruie, dar în schimb simt ceva care-mi amintește mai mult de neputință și tristețe.

Un microfon este iluminat într-un stativ din mijlocul încăperii și se spune că l-a folosit la fiecare turneu și înregistrare. Știu că nu este adevărat, dar este evident o găselniță apreciată. Două femei în vârstă stau în fața lui și îl privesc vrăjite de parcă ar fi o relicvă sacră.

În colț se află un tonomat unde poți asculta melodii selectate din repertoriul extins al lui Kathy. Mă duc într-acolo și văd că sunt incluse piese precum *Găsit și pierdut* și *Străzi udate de ploaie*. Dar nu și *Când soarele apune*, cântecul meu și al mamei. Caut din nou, dar nu îl găsesc. Încă o dată, senzația de disconfort mă copleșește.

Cuplul care chicotea intră în încăpere și femeia alege încântată dintre melodii. La ieșire aud melodia *Prieteni* în difuzoare; cântecul pe care i l-am cântat Mikaelei la prima ei vizită la Biskopsberg.

În ultima sală este o expoziție temporară, iar în broșură am citit că va fi schimbată de două ori pe an. În acest moment oferă o imagine intimă și personală a femeii Kathy, a felului în care arăta viața ei între turnee și concerte. Dragostea pentru muzică a fost prezentă în mod constant și clipuri de film din arhivele ei private, niciodată prezentate până acum, sunt redate într-o proiecție care ocupă un perete întreg.

Kathy dansează pe blatul bucătăriei din apartament, înfășurată într-un șal boa roz cu pene și cu un microfon invizibil în mână. Interpretează un număr de matineu comic în care cântă și lovește amuzată din picioare. Vocea ei plină umple încăperea întunecată, mă pătrunde și parcă îmi ia tot aerul.

Viața cu mama arăta mereu astfel și există o sumedenie de asemenea clipuri. Eram mereu însoțite de o cameră; show-ul decurgea fără probleme. Kathy făcea reality TV cu mult înainte de a fi inventat conceptul.

În scena următoare, o Kathy mai tânără stă lângă piscină. Râde cu poftă, fie către persoana care ține camera, fie către o persoană care este în afara imaginii, iar eu sunt atrasă de ea ca o molie de lumina orbitoare.

Mama cântă și râde, zâmbește cât poate de tare și soarele o luminează. E mai frumoasă ca niciodată. Acesta a fost unul dintre filmele pe care ea și cu mine le-am vizionat împreună cu doar câteva zile înainte să moară. Iar cea la care zâmbește și râde este fiica ei, care avea atunci trei ani.

Dar imaginea este decupată, fiica ei nu este acolo. M-au tăiat din film. Nu este atât de ciudat că Mikaela nu apare prezentată, a ales o viață anonimă. Riposta mereu când mama voia s-o filmeze, pe ea sau pe mine. Dar eu ar trebui să apar acolo, nu?

De ce ești surprinsă?

Nu știu, zic eu.

Cuplul se uită lung la mine și-mi dau seama că vorbeam cu voce tare. Fără să mă jenez de ei, continui să urmăresc scena, nesigură dacă ceea ce tocmai am văzut poate fi cu adevărat real.

La ce te așteptai? Raza soarelui este un monstru.

Mă grăbesc spre ieșire, deschid ușa și ies afară. În spatele meu se aude râsul gângurit al lui Kathy și, pentru o clipă, am impresia că ea râde de mine.

Afară, soarele este orbitor. Doamne cu câini mici care latră, niște tineri hipnotizați de telefoanele mobile și, în fața lor, doi tați cu cărucioare uriașe, fiecare cu câte un cafe latte în mână. Mă strecor printre ei și mă duc repede mai departe, iar în curând mă aflu la colțul dintre străzile Sibyllegatan și Karlavägen. Fațada clădirii de culoare roz este bogat decorată cu ornamente albe, iar poarta este flancată de stâlpi uriași. Codul de intrare nu mai funcționează, desigur, a fost schimbat de mult. Traversez strada și mă opresc în fața refugiului dintre benzi. De acolo, ridic privirea spre ferestrele de la primul etaj unde a locuit cândva Kathy și unde am stat eu de când a murit.

„Un apartament extraordinar, potrivit pentru o familie, cu detalii originale bine păstrate", se spunea în anunțul imobiliar când Mikaela l-a vândut în numele tatălui nostru în această vară. Fiind cea mai apropiată rudă a mea, el l-a moștenit după decesul meu. Cornișe pe tavan, lambriuri pe pereți și uși duble cu oglindă, înălțimea tavanului impresionantă, de aproximativ patru metri. Anunțul a dispărut chiar înainte de vizionare. Nu au fost furnizate informații nici cu privire la prețul de pornire, nici la prețul final, dar trebuie să fi valorat peste treizeci de milioane.

Nu-mi pasă câtuși de puțin. Adriana i-a lăsat moștenire Nadiei Hansen multe dintre bunurile ei, iar eu am destule, așa că mă descurc mai mult decât bine. Mai trist este că ultimul lucru rămas de la Kathy nu mai e. Faptul că știam că apartamentul fusese mereu acolo, aproape neatins, așa cum era atunci când mama trăia acolo, a fost un fel de plasă de siguranță. Acum a dispărut, ca mare parte a vieții mele anterioare.

Deja mă mutasem de acasă când mama a cumpărat apartamentul, dar prima noapte am petrecut-o aici cu ea. Muzica a umplut toate camerele prin sistemul de sunet pe care ea îl instalase, am cântat și am dansat prin casă înainte să ne așezăm pe o saltea din salon și să mâncăm înghețată.

Amintirea este încă vie în mine. Nimeni nu o poate decupa așa cum au făcut la muzeu.

Plec de acolo și fiecare pas pe care îl fac mă îndepărtează de trecutul meu. Tot ce are de-a face cu mine este șters din viața lui Kathy, din imaginea ei oficială. Nu am văzut nici măcar o fotografie cu mine sau cu noi două împreună, nici măcar una de la spectacolele noastre de-a lungul anilor. Nimic. Tumoarea canceroasă este extirpată pentru totdeauna. Amintirea Razei soarelui a fost ștearsă, iar Linda Andersson nu mai există.

Sunt ștearsă cu buretele.

Ideea de a fi inexistent este amețitoare. Să fii în cădere liberă printr-un spațiu gol și să descoperi că există o singură opțiune, o singură cale de urmat pentru a continua să existi.

Trebuie să fiu altcineva.

Jakob a spus că aș putea fi cine vreau eu să fiu, dar s-a înșelat. Nadia este cea care trebuie să-mi arate cine vrea *ea* să fie. Și, cu cât ajung s-o cunosc mai mult, cu atât descopăr mai puține asemănări cu Linda.

În aceeași seară, mă aflu din nou în fața casei lui Alex și a Mikaelei. Întunericul se lasă mai devreme cu fiecare zi ce trece, mai ales în serile înnorate ca aceasta și, ca de obicei, casa este complet luminată. Alex îi toarnă un pahar de vin surorii mele, care stă pe canapea. Copiii au adormit deja. Se așază lângă ea, își întinde picioarele pe masă și ea se sprijină de el.

Jakob nu știe că m-am întors din Berlin acum câteva săptămâni.

Și nu știe că obișnuiești să vii aici.

Dacă ar afla, mi-ar ține un lung discurs prin care să mă avertizeze ce idee proastă este și cât de periculoasă poate fi. Mi-a spus ce s-ar întâmpla dacă aș fi recunoscută și mi-a cerut ferm să termin cu această nebunie. Dar știu deja toate acestea și sunt pe deplin conștientă de riscuri. Și totuși, nu mă pot abține. Până să-mi dau seama cum să-l demasc pe Alex, trebuie să fiu cu ochii pe el.

Mikaela se ridică și, cu o expresie rănită pe chip, se întoarce cu spatele la Alex. El o apucă de braț și, când ea încearcă să se elibereze, o prinde și mai tare. I-am mai văzut certându-se, dar nu așa. Ar trebui să bat la fereastră și să fug în casă să-mi iau sora de aici, dar nu pot. Stau încremenită și pot doar să privesc. Poate că gândurile lui Jakob mă îndeamnă să nu o fac, doar Linda este moartă și îngropată, și nu poate fi trezită din morți, oricât mi-aș dori.

Alex slăbește strânsoarea și Mikaela iese furtunos din cameră. După un timp, se întoarce și el se străduiește s-o liniștească, iar ea îl lasă s-o tragă jos pe canapea. El o mângâie pe obraz și ea își pune mâinile pe pieptul lui, dar nu o lasă să-l împingă, ci o ține. Nici măcar când o sărută nu pot să mă uit în altă parte.

Gelozia se trezește în mine odată cu amintirea zâmbetului său cald și a bătăilor liniștitoare ale inimii lui în timp ce mă odihneam pe pieptul lui. Dar nimic nu a fost autentic. Singurul lucru pe care îl simt pentru Alex este ură și dispreț. Și îngrijorare profundă pentru sora mea.

Apoi discută aprins și, după un timp, Mikaela se grăbește pe scări în sus, aleargă spre dormitor și trântește ușa. Alex se prăbușește cu fața în mâini.

Mă opresc și îl privesc în timp ce se întinde pe canapea, își trage o pătură peste el și continuă să se uite la televizor.

O oră mai târziu parchez în centrul orașului Nynäshamn, unde încă mai sunt oameni pe stradă. Din câte știu eu, este un singur club de noapte aici în oraș și mă duc într-acolo.

Escape nightclub scrie pe fațadă și sper cu adevărat că neînsemnata clădire cu două etaje poate oferi ceea ce promite numele. O clipă de evadare din realitate este exact ceea ce am nevoie. Intru și continui spre barul de la etaj. Volumul sunetului crește și îmi croiesc drum prin mulțime.

Îmi cumpăr o bere pe care nu mi-o doresc de fapt, ci o iau doar ca să mă pot uita la ringul de dans plin și să pară că am ceva de făcut aici. Vreau să mă plimb prin jur și să mă prefac că acolo mi-e locul, de parcă și eu aș fi o femeie obișnuită, cu o viață socială și un loc de muncă la care să mă duc luni. Să mă prefac că există oameni care ar întreba de mine dacă aș dispărea. Că nu sunt un *stalker*[11] anxios care-și pierde vremea prin fața casei surorii mele și a fostului meu iubit, incapabilă să acționeze atunci când el se comportă amenințător față de ea. Și, după ce-mi primesc doza de falsă normalitate, plănuiesc să mă întorc acasă la tăcere și să dorm.

Basul duduie în difuzoare și face ca aerul să vibreze, razele de lumină de culoarea neonului traversează încăperea și lumina pulsată, rapidă, de la stroboscop se aprinde și dispare. Îi face pe toți să arate ca niște păpuși care se smucesc de colo-colo. Privirea mea este atrasă în partea opusă a sălii de bărbatul care stă acolo. Și el se uită drept la mine. Ne-am mai văzut, am mai dat peste el în magazin și în port. Ambele dăți s-a uitat la mine cu acea privire magnetică. Îmi ling buzele când iau o înghițitură din bere și îl fac să zâmbească. Îmi place că pare să înțeleagă că e pe jumătate-n glumă, pe jumătate-n serios.

Înfometată de apropiere și contact fizic. De sex.

Felul lui de a mă privi trădează ce vrea să facă și îi arăt cu un zâmbet, la rândul meu, că exact asta caut.

Mă îndrept spre ieșire și el mă urmărește în jos pe scări și afară. Ocolim colțul spre spatele clădirii, unde muzica devine un zgomot încețoșat, îndepărtat.

---

[11] În engleză, urmăritor, hărțuitor. (*N.t.*)

Mă lipesc cu spatele de zid și îl trag spre mine, și, în cele din urmă, buzele lui se întâlnesc cu ale mele. Au gust de bere și mă simt beată, cu toate că am băut doar puțin. Îl sărut iar și iar, și mâna lui îmi atinge sânii. Îi iau cealaltă mână și o duc între picioare. Frigul se transformă în fum când îmi trage blugii jos și mormăie că de obicei nu face din astea.

Nu e nici stilul meu, mă gândesc. Să fac sex cu un străin într-un loc unde am putea fi văzuți în orice moment. Dar este ca o experiență extracorporală, de parcă mă uit la noi dintr-un loc din afara mea, simțind în același timp exact tot ce face el. Și îmi place să am controlul. Să fiu cea care are inițiativa, cea care ia ce-și dorește.

După aceea ne aranjăm hainele și el zâmbește larg.

— Poate că ar fi trebuit să mă prezint mai întâi, îmi spune. Numele meu este Robert. Ar trebui să ne fie rușine, ce zici?

— Nu, îi răspund și plec.

— Cum te cheamă? strigă el după mine.

— Nadia, îi răspund.

E dimineață devreme și parcă zbor printre copaci, înconjurată de liniștea pădurii. O iau pe potecile șerpuite spre coastă și alerg de-a lungul stâncilor în jos, spre apă. Marea e liniștită și simt cât de frig este când mă așez pe o stâncă netedă să-mi trag sufletul.

Îmi place să alerg în diminețile când ceața încă stăruie peste câmpuri, plutind ca niște fantome deasupra apei. Uneori mă ajută să nu mă gândesc la nimic, alteori mă pot concentra mai ușor în fluviul de gânduri care mă învăluie.

Și chiar acum mă gândesc mult la ziua de ieri. La Kathy și Alex și, nu în ultimul rând, la Robert. Dacă nu ar fi vânătaia de pe coapsa dreaptă, aș crede că am visat totul. Îmi dau seama că gândul de a-l întâlni din nou mă atrage.

Dar nu ar trebui.

Știu, cu greu am uitat de ce sunt aici. Deși mi-ar plăcea mai mult decât o tăvăleală în spatele clubului de noapte *Escape*, nu cred că ar merge. Anii de închisoare m-au distrus.

Deci nu are niciun rost să-l mai văd, nu-i așa?

Stau o vreme cu brațele strânse în jurul genunchilor înainte de a mă cățăra înapoi pe stânci, înainte de a mă întoarce în pădure și de a alerga înapoi spre casă.

Depozitul pe care Jakob l-a închiriat pentru mine se află într-o clădire din districtul Västberga, chiar lângă E4, pe drumul spre Stockholm. Mă duc cu mașina în zonă și folosesc cheia și codul pe care mi le-a dat. Poarta electronică se deschide, înaintez și văd în oglinda retrovizoare cum se închide în urma mea. Îmi amintesc că sunt aici de bunăvoie și că pot deschide poarta și ieși oricând vreau eu.

Același cod deschide ușa de la intrarea în clădire și caut depozitul pe care îl descui cu cheia. Trag ușa culisantă până în capăt și mă asigur că nu poate fi închisă după mine.

După ce am fost declarată moartă, Mikaela a trebuit să facă curățenie în apartamentul mamei înainte de a putea fi scos la vânzare, căci ea se ocupă de lucrurile administrative pentru tata de mulți ani. Niciunul dintre ei nu avea vreun interes să păstreze nici lucrurile lui Kathy, nici lucrurile mele și, în cele din urmă, managerul mamei a primit permisiunea să ia ce-și dorea. Obiectele expuse la Muzeul Kathy de acolo provin. Hainele de scenă și albumele, fotografiile și câteva dintre filmele ei private. Celelalte, inclusiv lucrurile mele, au fost donate sau aruncate.

Din fericire, am avut suficientă prezență de spirit cât să-i cer lui Jakob ajutor pentru a recupera ceea ce avusesem timp să împachetez după înmormântarea mamei. Am pus o parte din filme într-o cutie de depozitare din subsol și i-am spus unde le găsește. Dacă nu aș fi făcut-o, toate ar fi dispărut până acum.

Cutia de depozitare este lângă perete împreună cu două cutii mari de carton. Încep prin a trage una spre mijlocul depozitului și o deschid. În prima sunt partiturile mele; Chopin, Mozart și Debussy, mai multe piese pe care le știu pe de rost. În detenție, cântam iar și iar melodiile mele preferate, cu degetele puse pe clape invizibile, în timp ce auzeam muzica din interiorul meu. Dar muzica s-a stins în Biskopsberg.

O făceai de dragul tău sau al ei?

Las gândul să treacă și parcurg câteva articole din ziar având poze cu mine și Kathy pe scenă.

Raza soarelui strălucește.

Reportaj documentar din casa noastră și interviuri cu Kathy despre cum a fost să mențină echilibrul dintre carieră și maternitate. A trebuit să răspund și eu la întrebări și ne-au fotografiat. Văd afișul unei piese de teatru în care am avut unul dintre roluri.

În a doua cutie sunt suvenire din primii mei ani de viață, animale vechi de pluș, jucării și mai multe fotografii. O poză alunecă din grămadă și cade pe podea. O ridic și mă văd pe mine și pe Mikaela: o dau în leagăn în stejarul de lângă casa de vacanță. Zile însorite de vară și două fete fără griji cu picioarele înțepate de țânțari. Vremurile simple și neprihănite, când viața era perfectă pe o pătură sub norii care treceau deasupra noastră.

Mă ridic și mă uit la toate; la ultimele rămășițe ale Lindei Andersson. Mă întreb ce caut aici.

Nu am avut un scop clar cu vizita mea de ieri la muzeul lui Kathy și nu știu de ce m-am chinuit cu asta. Întrebările sunt întotdeauna mai multe decât răspunsurile.

Alex l-a omorât pe Simon, *știu* că a făcut-o. Dar de ce? Ce s-a întâmplat în noaptea aceea încât l-a determinat să meargă atât de departe?

Nimic nu se leagă și nu am nicio idee despre cum ar trebui să procedez pentru a mă apropia măcar de a dovedi nevinovăția Lindei Andersson.

Mă pregătesc să pun fotografiile la loc când văd cățelul de jucărie cu blană alb cu negru și lesă roșie. Lipsesc bateriile, dar dacă apeși un buton de pe o lăbuță, ar putea să latre și să umble. Când eram copil, îmi plăcea și îl luam cu mine la plimbare prin cartier.

Iau cățelul și-mi amintesc cum ne certam din cauza lui, Mikaela și cu mine. Era supărată că nu avea voie să-l împrumute, dar întotdeauna se purta foarte brutal cu jucăriile. Îl trăgea de lesă în loc să-l lase să umble singur. Și refuza să mă asculte și să fie atentă, făcea crize, țipând până când eu eram cea certată și trebuia să i-l dau.

Mikaela și-a dorit întotdeauna tot ce era al meu.

Pe măsură ce am crescut, spunea deseori că vrea să-și trăiască viața în afara scenei și că îi pare rău pentru mine că eram nevoită să suport. Și, chiar dacă în copilărie refuza să cânte împreună cu noi, cu toate că mama o ruga, era mereu invidioasă pe atenția pe care am primit-o eu. Izbucnirile ei de isterie erau imposibil de potolit.

La premiere și gale, mă simțeam prost când mă aflam pe covorul roșu alături de mama în timp ce Mikaela era acasă. În adolescența noastră abia ne întâlneam, iar când ne vizita pe mama și pe mine, era ursuză și nervoasă.

Ea însăși a spus că *ea* vrea să fie Raza soarelui. Că a vrut să-mi trăiască viața.

Și, într-un fel, chiar asta face acum. Este singura fiică rămasă după Kathy, e liberă să facă ceea ce dorește cu moștenirea celebrei noastre mame. S-a căsătorit cu bărbatul de care eram îndrăgostită.

Crezusem că am pierdut-o pe Mikaela când s-a dat verdictul și mi s-a părut că am pierdut-o din nou în timpul ultimei vizite la Biskopsberg. Să-mi dau seama acum că am făcut-o cu mult timp în urmă este mai rău decât orice altceva.

Mă ustură ochii când pun capacul la loc. Iau cu mine cutia cu filmele și ies din depozit.

Când am ieșit din Biskopsberg, am căutat pe internet tot ce puteam afla despre Alex și viața lui cu Mikaela. Nu a fost greu să găsesc informații. Oamenii povestesc mai tot despre ei înșiși pe rețelele de socializare, iar Mikaela nu face excepție.

Personal, m-ar stresa îngrozitor gândul că trebuie să țin la curent lumea în mod constant cu diversele mele activități. Nimic din ceea ce fac eu nu este deosebit de important sau presant pentru altcineva. Dar vechiului meu eu i-ar fi plăcut cu siguranță. Linda Andersson ar fi făcut exact ca Mikaela. Dacă ai o viață reușită și aparent minunată de arătat, de ce să nu o faci? Dacă nimeni nu vede fericirea ta, mai există oare?

Alex nu folosește deloc rețelele de socializare, dar Mikaela are un blog de câțiva ani pe care încă mai scrie. Din postări vechi, am aflat că s-au mutat în frumoasa lor casă albă de lemn din Lidingö în urmă cu patru ani. La aproape un an după ce au avut primul lor copil, pe Elvira.

Am încercat să-mi amintesc ce făceam atunci, dar timpul petrecut în penitenciar este o singură perioadă compactă și gri de zile identice.

Înainte de a se muta, locuiau în Södermalm, într-un duplex de nouăzeci și cinci de metri pătrați lângă Piața Nytorget, iar pe Mikaela o neliniștea gândul de a pleca din oraș. Dar aveau nevoie de o casă mai mare și ea nu avea să regrete nici măcar o dată decizia.

Apoi a venit pe lume al doilea copil, Theo. Au decorat o cameră minunată pentru bebeluș și au transformat în același timp camera Elvirei într-o cameră potrivită pentru o fetiță mai mare.

Pe blog, ea împărtășește și viața ei profesională de succes și arată locuințele pe care le-a decorat, colaborările fructuoase cu designeri, mobilierul ales. Are bun-gust.

De câteva ori scrie despre tata și despre dificultatea de a fi mai adult decât părintele. A trecut mult timp de când nu a avut un moment de limpezime și la fiecare vizită este la fel de dureros să nu poată comunica cu el. Nicăieri nu mă pomenește.

Ore în șir, am parcurs fluxul de imagini de pe Instagramul Mikaelei, care poate convinge pe oricine cât de fantastică este viața ei de zi cu zi alături de Alex și familia lor. Copiii poartă haine la modă, casa este frumoasă, sunt cuplul perfect. Nu sunt atât de multe actualizări din această vară, când familia a plecat într-o vacanță mult așteptată și atât de necesară într-o casă din mijlocul unei podgorii, pe care au închiriat-o în Provence. În plus, au petrecut două săptămâni pe coasta de vest și apoi câteva zile într-o cabană din munții din nord.

Și eu am stat în cabana aceea în vacanțele de Crăciun, când eram copii. Era ca și cum te-ai afla într-o lume complet diferită. Zăpadă albă, curată peste tot, care se ridica asemenea unor ziduri înalte în jurul coridoarelor făcute în afara caselor. Era suficientă pentru a construi cetăți uriașe de zăpadă și peșteri în care Mikaela și cu mine ne-am jucat și am băut ciocolată caldă. Îmi amintesc de vârfuri de munți și văi sub o cupolă de catifea neagră, de tăcere grea și mistuitoare din peisajul magnific. Dar asta a fost cu mult timp în urmă. Amintirea este înfrumusețată, la fel și fluxul de imagini al Mikaelei. Viața minunată care este prezentată este doar o fațadă falsă. Certurile pe care le au seară de seară arată o altă latură a realității.

Scările scârțâie în timp ce urc în dormitorul de la mansardă și, întinsă pe pat, mă uit la cea mai recentă poză. Este un portret al fiicei Mikaelei și a lui Alex și scrie că are cinci ani. Elvira este o copie a Mikaelei la acea vârstă, cu părul lung, închis la culoare și ochii verzi.

De câte ori nu mi-am dorit să am aceeași culoare magică a ochilor în locul privirii mele de un albastru apos! L-ar fi ajutat pe tata să mă iubească la fel de mult ca pe Mikaela, sau ce avea ea încât îi făcuse atât de apropiați? Bineînțeles că avea de-a face cu personalitățile noastre diferite.

Viața pe care o trăiește Mikaela ar fi trebuit să fie a mea. Aș fi avut copii și i-aș fi văzut crescând și legănându-se în stejarul din Färingsö. Ne-am fi întins pe iarbă și ne-am fi uitat la norii care treceau. I-aș fi dus cu mine în spatele casei de oaspeți și am fi mers prin pădure până la ponton și le-aș fi povestit despre știucile din apă. Dar nu pot, nu am copii. Nu am nimic. Cei doi nepoți ai mei nici măcar nu știu că am existat.

Îmi dau seama că nu a fost atât de ușor să iert pe cât credeam. Sunt îngrijorată pentru sora mea mai mică, dar încă foarte dezamăgită. Cum poate ea să fie atât de neștiutoare? Cum a putut crede mai mult în nevinovăția lui Alex decât în a mea? Nici măcar nu-l cunoștea când a murit Simon.

Sub o poză cu o invitație colorată pe care Mikaela însăși a făcut-o, citesc că vor avea o petrecere pentru Elvira sâmbătă la ora două. Mikaela scrie că vor veni o mulțime de copii și că ea și Alex se așteaptă ca părinții lor să stea la un pahar sau două de vin. Un emoji, urmat de un balon.

P.S.: Pregătim sandviciuri și gustări. Dați de veste dacă aveți alergii.

Sâmbătă parchez lângă un centru cu articole pentru grădinărit din piață în drum spre Stockholm. Într-o seră se găsesc cactuși, orhidee și mușcate. Aerul este plin de miros de pământ reavăn. Mă uit în jur înainte de a continua spre magazin. De-a lungul unui perete sunt vitrine frigorifice pline cu flori colorate. Apare o femeie cu șorț.

— Pot să vă ajut? mă întreabă ea bucuroasă.

— Da, vă rog, îi răspund. Mă duc la o petrecere și am nevoie de un buchet. Este pentru o femeie de puțin peste treizeci și cinci de ani.

— V-ați gândit la ceva anume? întreabă femeia și deschide una dintre vitrine.

— Vreau să fie cu flori galbene, îi spun. Frezii sau gerbera, poate. Și trandafiri, desigur.

Femeia alege câteva flori, scoate niște crenguțe verzi și le duce la un banc de lucru. Cu o mână rapidă și exersată, le așază împreună într-un buchet.

— Cam așa ceva? mă întreabă ținându-l în sus.

— Este foarte frumos, îi răspund. Perfect.

Leagă buchetul cu un șnur verde în timp ce eu scriu o felicitare, apoi o pune între flori și înfășoară buchetul în celofan. Plătesc și iau florile, apoi mă îndrept spre Lidingö.

Parchez mașina în stradă și mă apropii de casa familiei Lagerberg din spate, așa cum fac de obicei. Mă așez pe o bancă din parc și mă uit în grădina lor. Pregătirile pentru petrecere sunt în toi și au noroc de vreme bună, soarele încă are putere, chiar dacă toamna plutește în aer. Alex și sora mea se grăbesc să aranjeze totul.

Mikaela aduce o ghirlandă cu fanioane pe care să o atârne între copaci. Se suie pe o scară pliabilă și îl tachinează pe Alex să o țină. El face ce spune ea, dar pare enervat.

— Chiar e cazul să te stresezi cu ghirlande acum? îl aud spunând. Nici Elvirei și nici celorlalți copii nu le pasă dacă sunt acolo sau nu.

Sora mea nu răspunde.

— Trebuie să ieși mereu în evidență, trebuie să fie totul sau nimic, bombăne el.

— Elvira împlinește cinci ani doar o dată în viață, nu? rostește apoi Mikaela printre dinți. Și ar trebui să mă cunoști mai bine decât să insinuezi că sunt ca mama.

Sunt uimită de ferocitatea din cuvintele ei și că este încă atât de important pentru ea să se distanțeze de imaginea mamei. Mi se pare trist. Alex face ceea ce i se cere, dar altfel stă deoparte.

Mikaela continuă să se agite pentru a aduce fiecare detaliu cât mai aproape de perfecțiune, iar rezultatul este cu adevărat fantastic. Pe terasă sunt mese lungi acoperite cu fețe de masă din in. Baloane, șervețele și cartonașe, toate culorile se potrivesc perfect. Ghirlandele din copaci merg pe același ton și este ca un vis roz pal pentru orice copil de cinci ani. Nu toată lumea are ca mamă un designer de interior de succes.

Mikaela și un bărbat de la o firmă de catering pregătesc pentru copii prăjituri și sucuri, iar pentru părinți, gustări și vin. Devine din ce în ce mai clar că sora mea seamănă mai mult cu mama decât vrea să recunoască. Până și o petrecere pentru copii se transformă într-un eveniment elegant. Dar Mikaelei nu pare să-i facă plăcere, este morocănoasă și stresată, și dă impresia că se simte mai degrabă epuizată. Nu ar recunoaște niciodată asta, dar e evident că încearcă să fie la înălțimea abilității incredibile a mamei de a crea o atmosferă de sărbătoare.

Când sosesc invitații, sora mea apare îmbrăcată în alte haine și e toată numai zâmbet. Are un aer cumva artificial, la fel ca în fotografiile ei de pe Instagram, și aproape îmi pare rău pentru ea.

O clipă mai târziu mă aflu în grădina lor și mă apropii de casă cu buchetul de flori în mână. Ușile terasei sunt larg deschise, iar părinții intră în vorbă unii cu alții, cu paharele lor de vin în mâini, în timp ce copiii aleargă înăuntru și afară sau stau la coadă la trambulină, unde un tată dedicat îi organizează așa încât toată lumea să sară la fel de mult. Piscina este bineînțeles acoperită, ar fi absurd dacă ar cădea cineva în ea.

Nimeni nu mă recunoaște, dar este o nebunie să fiu aici. Pulsul îmi crește spre turația maximă. Ce mă fac dacă Mikaela începe să vorbească cu mine și apoi îmi recunoaște vocea?

Ar fi trebuit să te gândești la asta înainte.

— Ce flori frumoase! Le poți lăsa acolo, îmi spune o femeie din spatele meu.

Mă întorc și văd că arată spre casă. Îmi spune că Mikaela este pe-acolo pe undeva și că este vin și mâncare cu care mă pot servi. Îi mulțumesc și merg mai departe.

Elvira și alți doi copii aleargă pe lângă mine, iar baloanele pe care le țin în mâini sar în sus și-n jos în timp ce se fugăresc unii pe alții. Îmi vine în minte imaginea unei alte petreceri, a baloanelor care dansează, dar imaginea dispare înainte s-o vizualizez cu adevărat.

Ajung la platforma de lemn și la ușa terasei deschise când se aude un râs nefiresc. Tresar și mă întorc. Nu prea repede, nu trebuie să atrag atenția. Este Alex, care râde zgomotos cu niște bărbați în grădină. Imaginea lui atent construită este la fel de falsă ca de fiecare dată când se întâlnesc cu alți oameni.

De pe terasă intru în camera de zi. E în plan deschis cu bucătăria, cu ferestrele orientate spre parcare și stradă. Din exterior se vede tot subsolul.

Din fericire, Mikaela nu se zărește pe nicăieri. Pun buchetul pe masa cu daruri și, în loc să dispar, mă uit în jur. Diferența dintre a fi efectiv în casă față de a te furișa pe afară și a privi înăuntru este mai mare decât mă așteptam. Am depășit o limită și sunt uimită de cât de mult îmi place. Simt că am dreptul să fiu aici.

Îmi trec mâna peste biroul din hol și studiez o fotografie înrămată a familiei, atârnată pe perete. În dreapta holului este un coridor cu un birou și o baie. Fiecare părticică a acestei case este planificată și bine gândită. Corect sau greșit, acum eu sunt cea care o invidiază pe Mikaela. Eu sunt cea care vrea ceea ce are sora mea.

Mă închid în baie. Două periuțe de dinți într-un suport de plastic pe chiuveta spațioasă. Cabina de duș cu balsam scump și uleiuri parfumate de corp, prosoape scumpe pe un raft. Dulapul de baie cu cremele și fardurile ei, cu spuma lui de ras și aparatele de ras. Pilulele ei anticoncepționale în partea de jos; iau ambalajul și văd că nu a ratat nicio zi.

Ies și continui să urc scările până la etaj. Acolo sunt două dormitoare adorabile pentru copii și o cameră de joacă. Chiar acum este haos înăuntru și era la fel și în camera ei când eram noi mici. Eu aranjam și sortam totul cu grijă, în timp ce Mikaela era cea neglijentă dintre noi două. În adolescență, își arunca hainele pe unde se nimerea și rămâneau acolo până când altcineva i le aduna. Judecând după restul casei, pare să fi muncit din greu pentru a-și schimba comportamentul de atunci.

Mai este o cameră de zi sus, cu un televizor la fel de mare ca și cel din camera de la parter și un raft încărcat de cărți. Baia este mare și are atât duș, cât și jacuzzi și saună.

Cobor din nou chiar în momentul în care Mikaela intră în casă din grădină cu două pahare de vin goale. Mă asigur că nu mă vede și ea se oprește la masa cu daruri și ia buchetul pe care l-am pus acolo. Duce florile la nas și inhalează parfumul de trandafiri și eucalipt. Se încruntă când citește ce am scris în felicitare.

Un mănunchi de raze de soare.

Așa spunea mama despre florile galbene și mă întreb dacă Mikaela își amintește. Le pune într-o vază pe insula din bucătărie și se uită puțin la ele. Apoi se întoarce să joace mai departe rolul de gazdă.

Mikaela îi cere bărbatului de la firma de catering să umple platourile cu tartine și minisandviciuri și mai aduce vin. Îi zâmbește unui invitat care o laudă pentru casă și decor. Câteva femei discută despre zonă și grădiniță. Sora mea spune că așteaptă cu nerăbdare să înceapă din nou serviciul atunci când Alex își va lua concediu paternal. Este foarte frumoasă când râde.

Nimeni nu mă bagă în seamă. Sunt invizibilă.

— Cred că n-am fost niciodată la o petrecere pentru copii atât de elegantă, spune o femeie vopsită blond, care tocmai s-a alăturat celorlalți. Este îngrozitor să fii invidios pe un copil de cinci ani?

Femeile râd și Mikaela râde odată cu ele, dar pare deranjată. Poate că a luat-o ca pe un afront și, probabil, chiar așa a fost menit să fie.

Blonda continuă să o laude pe Mikaela pentru cât de minunat este totul și acum o recunosc. Nu-mi amintesc numele ei, dar era una dintre cei cărora le plăcea să spună că-mi sunt prieteni. Adevăratul motiv pentru care a vrut să fie în preajma mea a fost, desigur, acela că mama era faimoasă.

— Poate ar trebui să mă prezint așa cum trebuie, îi spune blonda Mikaelei. Mă numesc Jenny și sunt mama vitregă a Wilmei. Înainte ca Mikaela să aibă timp să zică ceva, ea continuă: Am fost colegă de clasă cu Linda.

Imediat, femeile devin tensionate, ca niște prădători care adulmecă sângele.

Jenny își pune mâna pe brațul Mikaelei și se apropie de ea.

— Cum a fost la închisoare, de fapt? o întreabă ea. Am citit că ai fost acolo s-o vizitezi. Nu a fost înfricoșător? Avea cătușe sau cum funcționează lucrurile acolo?

— Probabil că ai văzut prea multe filme, îi răspunde Mikaela, trăgându-și brațul.

— Trebuie să fi fost teribil de greu pentru tine, Mikaela, continuă Jenny, întorcându-se către ceilalți. Am fost extrem de șocați când Linda a fost condamnată pentru crimă. Niciunul dintre noi, cei care o cunoșteam, nu a crezut că este adevărat.

Mikaela își îndreaptă spatele.

— E timpul ca toată lumea să înceteze să-și mai pună astfel de întrebări, spune ea cu o voce ascuțită. A făcut ce a făcut. Dar dacă Linda ar fi primit ajutorul de care avea nevoie, așa ceva nu s-ar fi întâmplat niciodată.

Prind o mișcare cu coada ochiului, întorc capul și-l văd pe Alex în prag. Ochii lui sunt întunecați și are gura strânsă într-o grimasă. Pare furios. Mikaela îi întâlnește privirea într-o comunicare fără cuvinte pe care nu o pot interpreta. El se întoarce și ea schimbă subiectul de conversație cu o figură netulburată. Poate că îi păcălește pe ceilalți, dar nu pe mine. Îmi dau seama că e nervoasă.

Mă întorc, mă duc pe coridor și ajung la dormitorul lor. Patul este mare și luxos, acoperit cu așternuturi și cuverturi asortate într-o nuanță de gri închis și o mulțime de perne. Pe masa de lângă el este o fotografie de nuntă într-o ramă de argint. Mikaela este fabuloasă într-o rochie fără mâneci cu talie brodată dintr-un material neted care îi cade frumos în jurul corpului, Alex este mândru și arătos. Se privesc ochi în ochi și-și promit fidelitate veșnică. De parcă vreunul dintre ei ar ști ce înseamnă asta. De parcă ar exista așa ceva, la urma urmei.

Amărăciunea se încolăcește în jurul meu ca un șarpe veninos furios și vocea interioară mă întreabă constant ce fac de fapt, dacă îmi face plăcere să mă torturez în acest fel.

Mă aflu aici riscând totul pentru sora mea, dar când a fost ultima dată când ea mi-a fost aproape? Nu atunci când mama era bolnavă, nici când m-a arestat poliția. Nici măcar după câțiva ani de la condamnare, nevinovată fiind, când i-am spus că am dovezi împotriva bărbatului care i-a luat mințile. Poate chiar înțelege ce a făcut el și nu dă doi bani pe asta. Altfel, este și oarbă, și surdă.

Nu mă mai simt îngrijorată, nu-mi pasă dacă trăiește sub o amenințare constantă din partea lui sau nu. Din câte văd, nu este în pericol imediat de moarte. Și am crezut cu toată seriozitatea că o voi salva.

Ies din dormitor pe coridor, iar când ajung pe hol o văd pe sora mea. Privirea ei alunecă peste mine de parcă aș fi un străin, apoi se uită din nou înapoi. Mă opresc și mă uit în ochii ei în timp ce mă simt sfâșiată între dorința de a mă face recunoscută și de a fugi. Abia când se încruntă, de parcă ar încerca să-și dea seama cine sunt, merg mai departe și ies pe ușă. Ea nu vine după mine.

Încă o tură lungă de alergare în lumina zorilor; alerg din ce în ce mai repede și, cu toate că mă doare în gât, mă forțez și mai mult până când sunt complet epuizată.

După duș, stau în fața oglinzii și îmi pronunț numele în fața femeii pe care o văd reflectată acolo. De parcă, repetându-l de suficient de multe ori, pot face să apară noul meu eu.

În bucătărie mă gândesc la Mikaela și la buchetul de flori galbene. Tânjisem să-i văd reacția când își dă seama, să o îmbrățișez și să-i văd ochii plini de lacrimi. Vreau să știe că sunt încă în viață.

Dar lucrurile nu au ieșit așa cum mi-am imaginat și nu pot înțelege expresia feței ei când Jenny a vorbit despre mine. Răspunsul Mikaelei m-a supărat. Tot ce vreau este s-o fac să înțeleagă că Linda Andersson a fost nevinovată și, dintr-un motiv oarecare, asta mi se pare brusc mai important decât orice altceva. De ce se agață de acele minciuni despre mine? Pentru că evită să vadă adevărul?

La opt și un sfert îmi torn cafeaua, iau ceașca cu mine și privesc spre mare, gândindu-mă, în schimb, la Robert. Am aflat că are două fiice adolescente și că stă într-o vilă în cealaltă parte a orașului. Nu m-ar deranja să-l cunosc mai bine. Și sunt sigură că s-a gândit și el la mine.

Cochetez cu ideea de a-i propune o întâlnire. Am putea să ne plimbăm prin port, să ne ținem de mână și să vorbim despre orice și de fapt despre nimic. Problema este că nu pot spune prea multe lucruri despre care este firesc să vorbești atunci când întâlnești o altă persoană. Loc de muncă, familie și planuri de viitor. Despre faptul că trebuie să mă întorc în curând la Berlin. Nu pot povesti despre trecutul meu, pentru că nu am unul.

Sfatul mamei, de a fi suficient de misterioasă cât să păstrezi interesul viu, ar fi doar ridicol și m-ar face să par ciudată. Singura modalitate de a justifica ultimii ani este să rămân cât mai aproape de adevăr fără să spun totul. Cel mai bun mod de a minți.

Toată lumea minte, toți prezintă iluzii despre ei înșiși. De ce să nu fac asta? Alții se bucură de viață, sunt capricioși și fac tot ce vor. Eu de ce n-aș putea? După ani de izolare de lumea din afara zidurilor, de viață, am dreptul la compensații. Am dreptul la o poveste de dragoste, am dreptul la sex. Am dreptul să fac orice. Trebuie să simt că sunt în viață și îmi plac bărbații care nu se simt amenințați de femeile care preiau inițiativa. Robert este un astfel de bărbat.

Asta ai spus și despre Simon. Și despre Alex. Chiar poți avea încredere în judecata ta?

Ca să mă gândesc o clipă la altceva, iau cheile mașinii de pe biroul din hol și ies din casă. Câteva ore mai târziu, virez pe drumul cu pietriș spre casa de vacanță din Färingsö. Drumul șerpuiește sub o boltă din ramuri de copaci. Lumina caldă și blândă se revarsă printre frunze, aerul este mai limpede decât oriunde altundeva și mirosurile sunt mai puternice. Din mai până în septembrie obișnuiam să stăm aici. Ne făceam bagajele și ne mutam aici și, în fiecare dimineață, unul dintre asistenții mamei mă ducea cu mașina la școală, iar după-amiezile eram adusă acasă. Urmau apoi vacanțele de vară, când petreceam câteva săptămâni în turneu.

În mintea mea, am călătorit de nenumărate ori pe acest drum. Parchez mașina și parcurg ultima porțiune până la casă.

Soarele este sus pe un cer albastru deasupra câmpurilor, iar aerul este rece și proaspăt. Frunzele din vârfurile copacilor au început să se îngălbenească.

Ultima dată când am fost aici cu mama a fost și o vreme superbă. Am băut cafea pe verandă pentru că nu a putut intra pe ușa din față cu scaunul cu rotile. Când a fost asta? Era atât de multă zloată încât nu am putut coborî la ponton. După câteva săptămâni, mama s-a dus.

Un panou *De vânzare* este înfipt în pământ la intrarea pe alee și nu sunt surprinsă să descopăr că au scos la vânzare casa de vacanță. Mikaela deține jumătate din proprietate, iar tata a moștenit partea mea. Se pare că nu este la fel de ușor de vândut ca apartamentul din Östermalm. Trec pe lângă panou până la cel mai înalt stejar din mijlocul parcelei. Coarda leagănului atârnă și totul este la fel, fiind totodată diferit. Fațada trebuie revopsită, iarba din grădină îmi ajunge aproape până la genunchi, iar bordurile straturilor de flori sunt de mult îngropate în buruieni. Unul dintre stâlpii de pe colț, care susțin balconul, e pe cale să cedeze și acoperișul verandei de sub el începe să se lase. Mă așez pe scări și privesc spre grădină.

Pentru o scurtă clipă, văd totul așa cum a fost cândva, tot ceea ce făcea ca acest loc să fie magic. Petrecerile pe care le organiza Kathy, muzica și râsetele, felinarele colorate în copaci și pe verandă.

Și acum știu ce amintire mi-a venit în minte în timpul petrecerii Elvirei. Mikaela și cu mine am avut o petrecere de vară împreună, odată, aici în grădină. Nu era ziua de naștere a niciuneia dintre noi, dar mama și-a pus în gând să ne organizeze o petrecere.

Ca de obicei, a aranjat totul ca să fie perfect, a fost extravagant, și minunat, și fantastic, așa cum făcea întotdeauna. O trupă live a cântat pe verandă, care s-a transformat în scenă. Mesele erau pline de tăvi cu prăjituri și tarte cu glazură roz, iar un ponei ne-a tras cu o trăsură pe drumul de pietriș și înapoi. O mare de baloane s-a împrăștiat și a zburat peste tot prin grădină; le vânam împreună cu prietenii noștri, țipând cât ne ținea gura.

La sfârșitul petrecerii, mama ne-a rugat să cântăm împreună pentru invitați. Ne-a suit pe verandă, zarva s-a stins și privirile s-au întors spre noi. Raza soarelui și sora ei într-un spectacol comun. Aerul s-a umplut cu anticipare. Mama a rugat muzicienii să înceapă să cânte, dar eu și Mikaela am tăcut. Publicul aplauda pentru a ne încuraja să începem. Au aplaudat din ce în ce mai repede, iar mama ne-a îndemnat să începem.

Mikaela a devenit isterică. Plângea și țipa, urlând că nu vrea să fie obligată. Am încercat s-o liniștesc, dar fără rezultat. În schimb, s-a supărat pe mine.

— De ce trebuie să fie *ea* la petrecerea mea, a strigat, de ce Raza soarelui trebuie să participe mereu?

I-am spus că o pot ține de mână în timp ce cântam, dar Mikaela era extrem de obosită și nici mama nu a putut s-o liniștească. Petrecerea s-a încheiat cu Mikaela lovind camera cu care asistenta mamei a documentat petrecerea, înainte ca ea să fugă de acolo.

A avut multe astfel de ieșiri. Și când eram copii se întâmplau des.

Mă ridic și mă îndrept spre casa de oaspeți care se află în capătul grădinii. În spatele ei este un pâlc de mesteceni și apoi începe pădurea. Prin pădure, poteca coboară spre ponton, spre amintiri ale nopților de vară care nu se estompează niciodată, când liniștea se întinde peste lacul strălucitor ca o oglindă și lumina vibrează peste vârfurile copacilor de pe cealaltă parte.

Acolo ne duceam eu și Simon când toți ceilalți dormeau. Ne scăldam goi, înotam unul lângă altul și ne iubeam pe plajă.

Mă uit pe una dintre ferestre și mă gândesc că ultima oară am fost aici cu poliția, procurorii și avocații. Mikaela probabil că a renovat-o în interior înainte de a o scoate la vânzare. Pereții au fost zugrăviți într-o culoare verde pal, iar în locul unde stătea patul se află acum un birou cu un scaun frumos din piele.

Ocolesc frontonul și, sub tocul ferestrei, văd că este ceva cioplit acolo. Mă aplec să privesc. R.I.P.[12], o urare de odihnă veșnică, singurul lucru care amintește de cele întâmplate aici.

Au trecut exact opt ani de când Simon a fost ucis. Poate că literele simple au fost cioplite pentru a-l onora la aniversarea morții. Am citit că prietenii lui au organizat un concert memorial și, în timp ce cântau cel mai mare hit al lui, *Love Me When I'm Gone*, marea de oameni din public s-a umplut de telefoane mobile strălucitoare cu

---

12 RIP=*rest in peace*, în engleză în original, Odihnește-te în pace. (*N.t.*)

imaginea unei lumânări aprinse. A scris cântecul într-o noapte pe plajă, în luna noastră de miere. Mă frapează acum faptul că nici măcar nu știu unde este îngropat.

Adâncită în gânduri, mă întorc încet spre alee, când un bărbat și o femeie în vârstă, cu bețe de mers în mâini, se opresc și privesc în curte. Bărbatul ridică o mână cu bățul și salută.

— Ești ziaristă? mă întreabă.

— Nu, nu sunt, îi răspund.

Bărbatul arată cu bățul spre panoul din iarbă.

— Poate vrei s-o cumperi, atunci? Această casă a fost în familia Andersson de generații. Știi, Erik Andersson, actorul? Tatăl lui s-a născut aici.

— Asta a fost înainte de vremea ei, intervine femeia răbdătoare când nu răspund.

— Dar probabil că ai auzit de Kathy, fiica lui, continuă bărbatul. Rudele ei încearcă să vândă locul, vom vedea cum merge.

Femeia spune că locuința este abandonată de aproape opt ani. Apoi șoptește teatral:

— Aici a avut loc o crimă.

— Sper că nu te-am descurajat să faci o ofertă, îmi spune bărbatul, părând îngrijorat.

Îmi urează o zi plăcută în continuare și merg mai departe.

Conduc mult prea repede când ies pe drumul de țară și cu cât mă îndepărtez de casa de vacanță, cu atât mă simt mai bine. A fost o greșeală să mă întorc.

Nu e cam târziu să regreți acum?

— Nu știu, spun cu voce tare și îmi zăresc propria privire în oglinda retrovizoare. Ce crezi?

Este prea târziu.

Muzica răsună atât de tare încât pereții și ferestrele duduie. Lovesc sacul de box până când mușchii se încordează dureros într-o încercare zadarnică de a îneca fluviul de gânduri și emoții. Din când în când, dau cu piciorul în el, lovesc cu piciorul iar și iar.

Nimic din ceea ce fac nu duce nicăieri. Și nu știu cum altfel să procedez. Ce *pot* face. Nedreptatea față de Simon și soarta mea mă mistuie.

Picioarele mi se mișcă repede pe podea, sar făcând un arc larg ca să mai lovesc încă o dată și apoi îl văd. Mă opresc, îmi las genunchii în jos și îmi ridic pumnii de parcă voi da o lovitură. În secunda următoare, mă îndrept.

Am senzația că Robert se uită la mine de ceva vreme. Arborează o figură întrebătoare și arată către boxa de la una dintre mese. O opresc și, în liniștea care se instalează în aer, se aude doar respirația mea întretăiată.

— Salut, îmi spune.

— Salut, îi răspund.

Adrenalina curge prin corpul meu împreună cu dorul și frustrarea. Simt că Robert se uită la mine și fac câțiva pași spre el. Mă cuprinde de mijloc.

— Sunt plină de transpirație, îi spun.

— Să o șterg cu limba? zâmbește el.

Ne sărutăm. Mâinile lui ajung în jos pe spatele și fundul meu și mă împing mai tare în el. După un timp, îl duc spre canapea și îl trag peste mine.

Închid ochii și savurez gustul sărutărilor lui; îmi place să uit de orice altceva. Aș putea rămâne aici pentru totdeauna, cu trupul lui puternic lipit de al meu. Gem că-l doresc și el pare fericit și continuă să mă mângâie în jos pe picioare, mă atinge cu degetele pe coapsa dreaptă. Când ajunge la abdomen și-mi trage încet lenjeria în sus, mă blochez și deschid ochii. Îmi va vedea cicatricile. Va întreba de ele și nu știu ce să-i spun.

— Poate că ar trebui s-o luăm încet de data asta, spun eu, împingându-i mâna.

Robert râde surprins, dar continuă să mă sărute pe gât. Mormăie că părea că abia așteptam să-l dezbrac până de curând.

Dorința aproape că mă doare, îmi lipsise apropierea de o altă ființă umană. Să adorm și să mă trezesc lângă cineva.

Chiar îți imaginezi că el își dorește ceva mai mult decât sex?

— Ai spus ceva? mă întreabă Robert; îmi mângâie apoi sânii.

Încerc să mă ridic când atinge cicatricea ștearsă de pe sprânceana mea și mă întreabă dacă am fost în vreo încăierare. Îmi pun palmele pe pieptul lui și îl împing la o parte. Îi spun:

— Asta e o greșeală.

Robert se ridică brusc de pe canapea și se îndepărtează de mine. Încerc să-i explic că o parte din mine vrea, dar că nu pot. Nu știu ce mai spun în afară de asta, dar el își ia haina și dispare pe ușă.

Stau întinsă pe podea și mă uit la cornișa din tavan. Jakob mi-a trimis un SMS și mă întreabă dacă totul este în regulă, dar nu i-am răspuns încă. Știu foarte bine că el crede că ar trebui să încetez să mai dezgrop trecutul, că încă nu pot schimba soarta Lindei. Că ar trebui să profit de ocazie și să trăiesc aici și acum, că trebuie să merg mai departe.

Nu este atât de simplu.

Știu că Linda Andersson nu are viitor. Dar Nadia Hansen nu are trecut, nicio poveste a ei. Cum poate ea trăi vreodată în libertate, dacă nu știe cine este?

Tu ești cea care nu știe ce înseamnă libertatea.

Dar știu ce înseamnă să fii condamnat pe nedrept pentru crimă, știu cum e să fii închis într-o celulă și să ispășești o pedeapsă cu închisoarea. Știu ce înseamnă să pierzi totul. Cum e să fii considerat un monstru și cum oamenii fac fețe-fețe și privesc în altă parte în preajma ta. Și dacă libertatea înseamnă să fii anulat, să plutești într-un vacuum fără să te poți apropia de o altă ființă umană, atunci nu știu dacă merită prețul.

De când am aterizat pe aeroportul Arlanda, m-am gândit la ce m-a obligat de fapt să mă întorc. Reabilitare pentru Linda. Grija pentru sora mea. Nevoia ca ea să creadă în nevinovăția mea.

Dar nu mai este o chestiune de dreptate. Iar răzbunarea nu ajută, Simon și Linda nu vor fi readuși la viață.

Singurul lucru care mă poate ajuta este ceva complet diferit. Este banal, dar nu pot trăi fără el. Se spune că numai adevărul te poate elibera și, indiferent dacă așa este sau nu, adevărul este ceea ce trebuie să obțin.

Adevărul despre ceea ce s-a întâmplat în acea noapte, despre motivul pentru care Simon a trebuit să moară.

Adevărul care mi-a distrus viața.

Stau ascunsă în întuneric în fața casei lor. Îi văd în lumină, sora mea și fiica ei ținându-se de mână în timp ce se învârt în cerc, iar și iar. Mikaela zâmbește și fusta fetiței plutește în aer, iar ele continuă dansul și se învârt în cealaltă direcție. Alex râde și se învârte cu ele și cu băiatul în brațe.

Vreau s-o întreb pe Mikaela cum poate trăi cu el. Vreau să-l întreb pe Alex cum poate să mai simtă bucurie și să râdă după tot ce a făcut. Vreau ca el să știe cum e să ți se ia totul.

Alex urcă scările spre etaj cu fetița, iar Mikaela rămâne cu cel mic la piept, iar în curând acesta adoarme. Îl duce în brațe în sus pe scări.

Rămân în întuneric și, când închid ochii, mă văd mergând înainte și deschizând ușa terasei. Mă voi strecura și voi urca la etaj, în timp ce Mikaela și Alex se uită la televizor acolo jos. Îmi imaginez cum mă strecor la copii. Părul negru al fetiței e ciufulit și întins peste pernă, ca al Mikaelei la vârsta ei. Îmi amintesc cum obișnuiam să chicotim seara înainte să adormim, lipite una de alta.

Când aranjez pilota peste fetiță, ea zâmbește în somn. Băiatul stă probabil întins pe burtă în pătuț, iar spatele lui mic se va simți cald pe mâna mea când îl voi atinge ușor.

Sunt atât de mici și lipsiți de apărare.

Apoi aștept până se face întuneric și liniște peste tot, cobor scările, câte un pas pe rând. Mă opresc și ascult la jumătatea drumului, dar nu aud nimic în afară de propria mea respirație. Când cobor trebuie să mă uit pe coridor spre dormitor, ușa este întredeschisă și înăuntru este întuneric.

Mai întâi mă voi duce în bucătărie, să iau un cuțit. Mă voi uita la felinarul singuratic care aruncă un cerc palid de lumină dedesubt. Pentru a face față la ce am de făcut acum, trebuie să-mi fac curaj. Merg pe coridor și intru în dormitor. Mă uit la fotografia de nuntă, strâng mânerul cuțitului. Alex și Mikaela, prinși într-un zâmbet veșnic, de parcă fericirea din acea clipă nu se poate termina niciodată. O altă iluzie. Și, când îi voi trezi, îi voi face să-și dea seama.

E greșit să cred că asta e ca un fel de compensare pentru tot ce mi-a fost furat?

Adevărul ne va elibera, atât pe mine, cât și pe Mikaela.

Traversez peluza, trec pe lângă piscină și ajung pe terasă. E întuneric la parter, Alex și Mikaela sunt încă la etaj. Apuc mânerul ușii și mâna îmi tremură când îl rotesc. Ușa este încuiată.

Încerc din nou, mai tare de data asta, dar ușa terasei nu se deschide. Trag și smucesc de ea și nu-mi pasă dacă se aude.

Îmi pun mâinile pe fereastră să privesc în camera de zi. Sunt rece ca gheața, de parcă temperatura a scăzut cu câteva grade și nu mă pot mișca. Un contur întunecat cu ochi sclipitori stă înăuntru și mă urmărește. Doar sticla ne desparte. Iluminatul exterior se aprinde și lumina cade peste sora mea. Chipul ei este dur și acuzator.

Mă poticnesc înainte să mă întorc și să fug.

Traversez podul Lidingö în mare viteză. Feriboturile sunt ca niște fiare de oțel negru în portul Värtahamnen, iar luminile farurilor care se apropie cresc și trec pe lângă mine într-un model psihedelic prin oraș, tot drumul până în Nynäshamn.

Urc la mansardă și mă întind direct pe pat, cu hainele pe mine. Mi-aș fi dorit ca mama să fie aici. Mi-e dor să pot vorbi cu ea și s-o întreb ce crede că ar trebui să fac. Ea știa mereu.

Și Linda făcea de fiecare dată ce îi spunea mama ei.

Totul era mult mai simplu atunci.

A doua zi dimineață nu-mi fac runda de alergare și, pentru prima dată, nu am cafeaua gata la opt și un sfert. Abia pe la nouă mă târăsc în jos pe scări și văd că frigiderul este gol. Mă duc cu mașina la magazinul alimentar și mă plimb pe-acolo de câteva ori fără să știu ce caut. Privind în gol, mă uit la raftul cu müsli când Robert apare după colț. Se oprește când mă vede.

— Bună, îi spun.

Tace.

— Vrei să bei o cafea? îl întreb. La mine acasă.

Vocea îmi sună mai disperată decât credeam, dar nu vreau să fiu singură. Nu mai pot fi singură.

Robert se uită fix la mine.

— Îmi pare rău dacă m-am comportat aiurea data trecută, spun eu, mângâindu-l pe braț.

— Aiurea? spune Robert, și acum el este cel care-mi împinge mâna. Tu ai fost cea care a sărit pe mine, după cum poate îți amintești? Tu ai fost cea care m-a tras pe canapea și a început să mă sărute.

Îi zâmbește scurt unei doamne cu un cadru de mers care trece pe lângă noi și apoi coboară vocea.

— Nu ești în căutare de romantism sau de ținut de mână, ai spus, ci vrei doar sex. În clipa următoare, totul merge prea repede și pare greșit. Și dintr-odată, mă pocnești în gură.

Arată cu mâna spre buză și văd că este umflată. Protestez, dar Robert nu mă lasă să zic nimic.

— Nu știu dacă ăsta e vreun joc nebun de putere, dar nu am chef să particip la aiurelile tale, continuă el încet. Nu cred că ești cu toate acasă.

Trece pe lângă mine spre casă. Plătește, împachetează cumpărăturile și dispare pe ușă. Mă uit în jos la coșul de cumpărături și clipesc puternic de câteva ori. Acuzațiile dure ale lui Robert m-au durut și asta a fost cu siguranță și intenția. De ce?

Tulburată, las coșul pe culoar și mă întorc acasă.

Intru în hol, îmi dau jos pantofii și mă duc în camera de zi, unde mă așez la fereastră. S-a înnorat și valuri înspumate se rostogolesc unele peste altele sub cerul cenușiu.

E ceva care mă face să reacționez, dar nu știu ce. Se aude ceva? Simt că nu sunt singură. Că altcineva este în cameră. Reflexia din geam dezvăluie că ea se află la câțiva metri distanță de mine. Stă nemișcată în spatele barului. Imaginea reflectată în geam seamănă cu o fantomă amenințătoare.

— Linda, șoptește ea. Tu ești.

Mă întorc încet. Apoi stăm pe loc și ne uităm una la alta.

— Te-am văzut la petrecere. Dar abia ieri am înțeles că de fapt ai fost tu. Te-am urmărit până aici. Și acum m-am întors.

Râde și se plimbă pe lângă bar și văd că ține o rangă în mână.

— A fost singura armă pe care am găsit-o, spune ea uitându-se la obiect. Era în mașină.

Mikaela face un pas înainte. Mă retrag, rezemându-mă cu spatele de geam. Ea se uită prin casă și spune că rolurile s-au schimbat, acum ea este cea care a intrat peste mine. Arată în direcția mea cu ranga și constată că arăt diferit, spune că tot corpul meu pare diferit. Mă întreabă cum de trăiesc, cum este posibil. Mă întreabă ce vreau. Sunt atât de multe lucruri pe care ea trebuie să le știe.

— Vrei să te răzbuni, Linda?

Vocea ei este încordată și are cearcăne adânci sub ochi, iar privirea ei îmi amintește de cea a lui Anne înainte să cadă asupra mea bara de fier. Mikaela se plimbă pe lângă sacul de box și apoi se poziționează lângă fereastră, la mică distanță de mine.

Mă întreb de ce e aici. Nu știu ce să cred. Bănuiește ea că Alex are o personalitate dublă? Au o înțelegere de comun acord să îngroape tot ce are de-a face cu mine și Simon, pentru a-și putea continua minunata lor viață de familie în frumoasa lor vilă? Sora cu care am crescut nu și-ar fi dorit să trăiască în minciună. Ar fi preferat să înfrunte adevărul, chiar dacă doare.

Dar dacă înainte exista o legătură între noi, acum a dispărut. Nu o mai cunosc.

— Nu a fost intenția noastră să se întâmple în acea noapte, spune Mikaela. M-am rugat lui Dumnezeu să nu ne vadă nimeni. Oare ne-ai văzut?

Se apropie de mine cu ochii mari, întrebători.

— Ce să văd? Ce-ați făcut?

Clipește încurcată.

— Alex... a venit la mine când îl căutai pe Simon. Am coborât spre lac.

La început nu pricep deloc despre ce vorbește, dar apoi înțeleg.

— Te-ai culcat cu Alex încă de la petrecere, spun eu cu o voce stinsă.

— Am vrut să-ți spun. Îmi pare așa de rău.

Mikaela s-a culcat cu iubitul meu. M-a lucrat pe la spate, deși știa că sunt din nou fericită. A trebuit să-mi distrugă fericirea. A trebuit să mi-o ia și pe aceea.

Încă de când ne-am îndepărtat, în anii copilăriei, a început să facă asta. Mikaela mă ura, pe mine și tot ceea ce însemnam și și-a dorit mereu ce aveam eu.

— Tu ai fost, îi spun.

— Ce vrei să spui?

Înțeleg cum stau lucrurile, în cele din urmă. Sora mea a încercat să mă facă să recunosc, să-mi asum responsabilitatea și să suport ce am făcut. Acum știu de ce a refuzat să mă ajute să mă curăț de sânge. Reacția ei când am spus că-l suspectez pe Alex. Lacrimile, suspinele, rugămințile de iertare. În loc să recunoască, mi-a aruncat în față fericirea familiei ei. M-a făcut să cred că s-au consolat unul pe altul după proces, dar s-a întâmplat mult mai devreme.

— Tu ai fost cea care a sunat la 112, îi spun. Ai ales să nu depui mărturie în favoarea mea, deși ai fi putut face acest lucru. Tu și Alex ați stat în fața casei de vacanță. Ai refuzat să te uiți la mine când m-a luat mașina poliției.

Mikaela nu spune nimic.

— Dacă n-ai fi avut nimic de ascuns, nu ai fi fost nevoită să minți la interogatoriu.

Mikaela scutură încet din cap, dar eu continui.

— Ați făcut-o împreună? De aceea ai făcut scena aceea la ultima ta vizită? Să ascunzi că ai fost implicată în uciderea lui Simon?

— Ai început să dai vina pe Alex, așa că ți-am spus că suntem împreună ca să înțelegi, îmi răspunde. Am devenit atât de disperată după toate afirmațiile nebunești despre el, încât nu m-am putut abține. Dar am greșit.

Vocea Mikaelei este distrusă. Plânge și suspină. Exact ca la Biskopsberg. Nu va admite nimic.

Îi spun că este o actriță mai bună decât bunicul.

— Joci perfect. Și refuzi să schimbi ceva în scenariu, vrei să rămân în rolul Monstrului.

Surioara mea se uită la mine cu ochii înlăcrimați.

— Mi s-a spus că te-ai sinucis. Am crezut că este vina mea, că eu am fost cea care te-a condus la asta când ți-am spus despre mine și Alex. Ai habar cum au fost ultimele șase luni? De câte ori am jelit și am plâns pentru tine?

Țipă, dar nu mă las afectată de jocul ei.

— Nu de tine e păcat, îi spun. L-ai omorât pe Simon. Vreau să recunoști. Vreau să-mi explici de ce.

Se aude un zgomot metalic când Mikaela își lasă ranga pe podea. Se apropie de canapea și se cufundă în ea.

— Cum aș fi putut eu să fac una ca asta? mă întreabă ea uitându-se la mine, implorând din priviri. Eu am fost cea care a ținut cuțitul? Sau l-am împins pe Alex s-o facă? Și cum ai ajuns atunci *tu* îmbăiată în sânge?

— Întotdeauna m-ai urât.

— Nu-i adevărat, Linda.

— Nu mă mai numesc Linda.

— Atunci cum te cheamă?

— Nadia.

Reacția Mikaelei este imposibil de înțeles. Se ridică și mă privește fix. Ochii ei sclipesc și mă scrutează. Niciuna dintre noi nu spune nimic și singurul lucru care se aude este sunetul valurilor care se prăbușesc peste stâncile de afară.

Îmi spun că nu o voi lăsa pe Mikaela să scape de data asta. Cu voce joasă, îi amintesc că am dovezi despre cum era ea încă din copilărie.

— Îți voi arăta. Și atunci îmi vei spune adevărul.

La mansardă și la parter, caut filmele peste tot. În cele din urmă, găsesc cutia de depozitare într-un dulap din hol, la etaj, acoperită cu un cearșaf.

O car jos, mă așez pe podea și împing un disc în DVD player. O vedem pe mama prezentată cu urale înainte de a urca pe scenă pentru spectacolul de rămas-bun de la Cirkus, într-o rochie lungă cu paiete. A fost îngrozitor de grea și total nepractică, și a trebuit să se sprijine de mine înainte să facă ultimii pașii în lumina reflectoarelor. Când, la scurt timp după aceea, nu a mai putut ține microfonul, a făcut haz de propria-i slăbiciune și a râs la câteva rânduri de text uitate. Publicul a primit ceea ce și-a dorit cel mai mult, o Kathy sclipitoare și zâmbitoare. O stea. Ea a cântat și i-a distrat, ca și cum ar fi fost ultima oară. Derulez repede până mă văd intrând pe scenă.

Am urât fiecare secundă.

În momentul în care aud vocea, simt în tot corpul dezgustul și disprețul. Mama m-a obligat să cânt cu ea în fața întregului popor suedez. A fost mereu la fel și am urât asta de fiecare dată.

Nu, e complet greșit, nu este adevărat. Nu a fost cazul. Sigur că am făcut-o de dragul mamei, dar chiar îmi doream s-o fac. Îmi plăcea să cânt *Când soarele apune* cu Kathy. Mi-a plăcut lumina și am iubit-o pe mama.

Uram să fac asta. Și mereu te-am urât pe tine.

Mai auzisem vocea de multe ori, dar niciodată nu i-am mai simțit prezența atât de puternic. De parcă un străin s-ar fi strecurat lângă mine, fără să-mi dau seama. Dar, când mă uit în jur, suntem doar eu și Mikaela aici. Se uită la mine cu frică în ochi, dar eu o ignor.

Scot discul și aleg altul. Pe ecranul televizorului, Kathy deschide ușa de la intrare și își întâmpină managerul cu un cântec, face câțiva pași și deschide brațele. Apoi apar eu, privind în altă parte decât spre cameră.

— Zâmbește, micuță prietenă, îmi spune mama. Zâmbește așa cum poate doar Raza soarelui.

Camera de filmat era mereu cu noi. Totul trebuia documentat ca și cum nu s-ar fi întâmplat cu adevărat dacă nu ar fi fost pe film sau într-o fotografie. Ne găseam într-un spectacol constant cu mama în centrul lui și era clar cine era singura vedetă adevărată.

Era sufocant, nu puteam să respir.

— Nu, e greșit. Nu m-am simțit niciodată așa până acum, șoptesc.

— Cum te simți? întreabă Mikaela îngrijorată. Ce ai vrut să-mi arăți?

Scot DVD-ul și caut filmul de la petrecerea noastră de vară, cel cu poneiul și baloanele. Golesc cutia și pun totul pe jos, scotocind prin grămadă până îl găsesc.

— Aici, îi spun, fluturându-l în aer. Întotdeauna ai avut izbucniri nervoase și ai fost invidioasă pe mine. Privește cu atenție.

Dau drumul filmului.

Camera filmează prin grădină: baloane, poneiul care rumegă iarbă și Kathy într-o rochie roz cu mâneci bufante și o coafură oribilă. Permanent cu breton, fericiții ani optzeci. Mikaela și cu mine avem rochii identice cu mama și arătăm ca două produse de patiserie roz, cu părul tapat în cinstea zilei. Suntem mai mici decât îmi aminteam.

Derulez rapid, noi alergăm prin fața camerei și dispărem din imagine, dar Kathy este mai vizibilă decât oricine altcineva, iar gesturile ei par mai dramatice și mai exagerate decât îmi amintesc. Trupa cântă live pe verandă, basistul crește tare ritmul și poneiul rumegă mai multă iarbă. Kathy zâmbește și mai larg, dar zâmbetul ei este departe de a fi autentic.

Izbucnirea Mikaelei este episodul pe care-l aștept, știu că a înnebunit când și-a dat seama că era filmată.

Prima dată ratez momentul, nu reușim să vedem ce s-a întâmplat de la început. Opresc înregistrarea și derulez înapoi, apăs pe play și las filmul să meargă. Dar nu este deloc ceea ce credeam.

Nimic nu este așa cum credeam.

Fata *este* supărată, plânge și țipă și se lovește peste față. Nu vrea să cânte, nu vrea să apară în spectacol, nu vrea să zâmbească.

Oprește-te, oprește-te, nu mă mai forța.

Ea rostește cuvintele așa cum mi le amintesc, se întreabă de ce Raza soarelui trebuie să apară mereu și simt anxietatea și panica și furia crescândă.

Kathy refuză s-o asculte. Știe exact ce să spună pentru a o convinge pe fetiță să facă ce vrea ea.

— Nu vrei s-o superi pe mama, îi spune cu vocea blândă, dar în același timp nerăbdătoare.

De ea îi pare rău. *Ea* este cea care suferă dacă fata nu face voia mamei.

— Doar nu vrei să strici această zi pentru care mama a muncit atât de mult s-o organizeze, nu? Doar de dragul tău.

Sora ei stă împietrită lângă ea, încercând să ia mâna fetei, dar ea țipă în continuare. Camera se apropie și Kathy mârâie în fundal că ar trebui să filmeze doar momentele fericite. Atunci fata lovește în cameră atât de tare încât cade pe iarbă și arată pe toată lumea cu capul în jos. Apoi se oprește.

Dar nu Mikaela a fost cea care a avut ieșirea nervoasă. Eu eram aceea.

Kathy este dezamăgită și rănită. Kathy se întristează. Kathy vrea bucurie. Kathy vrea cântec.

Amintește-ți că toată lumea o iubește pe Raza soarelui!

E o prostie să refuzi. Dacă o faci, pedeapsa va veni sub forma mai multor zile de tăcere și răceală și ostracizare. Kathy va avea o migrenă și va sta în pat. Și, mai devreme sau mai târziu, trebuie să cânt și să dansez din nou. Dar ea nu-mi spune Linda când vorbește cu mine. Folosește un alt nume.

Orele de interogatoriu la Centrul de detenție Kronoberg. Întrebările pe care mi le-au pus, dovezile pe care nu le-am putut accepta, dar care au arătat constant spre mine. Am înțeles ce spuneau, dar nimic nu se potrivea.

Mikaela se uită la mine la fel cum o făcea poliția, așa cum a făcut-o când a stat în brațele lui Alex, la casa de vacanță. Așteptând ceva ce eu ar trebui să înțeleg. Cu mirare că *nu* înțeleg.

Mă uit la imaginea înghețată de pe ecranul televizorului. Fata care nu vrea să zâmbească și să-și facă numărul. Fata care nu vrea să cânte alături de Kathy. Fata căreia îi spun Nadia.

Afară se apropie furtuna. Vântul vâjâie și picăturile grele de apă lovesc acoperișul.

— Nu înțeleg nimic, îi spun cu voce stinsă. Mă chema Nadia când eram mică?

— Da. Tata ți-a spus așa de mai multe ori de când are demență și nu am înțeles de ce. Dar, când l-am întrebat pe managerul mamei, mi-a spus că este adevărat. La un moment dat ai cerut să ți se spună Linda și, deși tatei nu-i plăcea, te-au lăsat în cele din urmă să-ți schimbi numele. În vechile reportaje din ziare ești numită Nadia. Chiar nu-ți amintești nimic din toate astea?

— Nu. Tata mă cicălea că nu trebuie să fiu Raza soarelui, că ar trebui să fiu eu însămi. Nu voiam să spună asta. M-am înfuriat.

O uram pe Raza soarelui. Uram să fiu marioneta lui Kathy.

— Dar am iubit-o pe mama, protestez. Nu era deloc așa cum crezi.

Mikaela face ochii mari și-și pune mâna la gură.

— Auzi și tu vocea aia? o întreb. Sau doar eu?

— Tu ești cea care vorbește cu tine însăți, îmi răspunde Mikaela.

Râd, un sunet deznădăjduit și disperat. Am înnebunit?

Mikaela se așază lângă mine pe podea. Mă atinge ușor pe umăr și spune că-și amintește cum mama mă forța mereu să cânt și să zâmbesc. Chiar dacă plângeam, ea mă presa să-mi fac numărul și să fiu filmată. Nu mi s-a permis niciodată să fiu lăsată în pace.

— Nu a fost ușor să fii fiica unei vedete exigente, îmi spune. Mama a fost atât de manipulatoare; și eu uram asta.

— Dar eu iubeam viața pe care am trăit-o, obiectez.

— În copilărie cântai pentru că-ți plăcea și apoi ai fost obligată să continui. Cred că Linda a devenit Raza soarelui, cea care Nadia nu putea fi. Kathy te-a iubit ca pe Raza soarelui, dar numai atunci. Relația voastră a devenit nesănătoasă, a fost bolnavă.

Mă uit în jos la DVD-urile împrăștiate pe podea. Toate numerele pe care le-am făcut cu mama, toate momentele în care am cântat împreună. Nu sunt de acord cu Mikaela, știu că nu a fost deloc așa cum pretinde ea. Dar pe dinăuntru mă cuprinde un sentiment contradictoriu care-mi spune că are dreptate.

— Odată m-ai întrebat cine vreau să fiu dacă aș putea deveni oricine, îmi amintește Mikaela. Ții minte?

— Ai spus că vrei să fii Raza soarelui. Voiai să-mi trăiești viața.

— Am spus-o ca să te fac fericită, pentru că îmi părea rău pentru tine.

Mikaela îmi povestește despre petrecerea din Färingsö. Zâmbește puțin când spune că ea și Alex s-au îndrăgostit încă de la prima vedere. Un clișeu ridicol, nu s-au putut abține oricât ar fi încercat să se opună.

— Era iubitul meu, îi spun eu. Eram împreună.

— Chiar așa era? V-ați întâlnit doar de câteva ori în acea vară.

— Nici măcar nu v-am văzut vorbind la petrecere.

Mikaela îmi răspunde că am fost mai tot timpul cu Simon. I-am ignorat pe toți ceilalți până când i-am spus brusc lui Alex că vreau să mă culc. Dar apoi m-am sculat din nou și, la scurt timp după aceea, Alex a ieșit după Mikaela.

*

— Vino cu mine până la lac.

Îi întinde mâna și zâmbește, iar acesta este cel mai frumos zâmbet pe care l-a văzut vreodată. Poate că ea se pierde deja când mâna lui o strânge pe a ei.

E cât se poate de greșit.

— Nu pot, Alex, șoptește ea. Nu putem.

Nu întreabă unde este sora ei, nu vrea să știe.

— Vino cu mine.

Degetul lui arătător îi mângâie palma și ea se înfioară.

Au vorbit deja despre asta, că el și Linda nu sunt un cuplu, nu chiar. Mikaela știe că sora ei mai mare înfrumusețează mereu realitatea pentru a o face să i se potrivească. Uneori, este complet absorbită de propriile ei visuri. Că Alex este îndrăgostit până peste urechi, că Linda este marea lui dragoste, chiar dacă abia s-au cunoscut.

Alex a spus că primul lucru pe care îl va face dimineața va fi să discute cu Linda. Ea nu crede că este o idee bună. Știe cum face Linda când cineva i se împotrivește, va fi rost de melodramă, lacrimi amare și izbucniri dramatice. Furie expansivă.

A devenit înspăimântătoare ca mama lor.

Dar Mikaela îl însoțește. Stau aproape unul de altul, ea îi spune lucruri despre sine pe care nu le-a dezvăluit nimănui. El o ascultă cum nimeni altcineva nu a ascultat-o, o înțelege așa cum nimeni nu a înțeles-o. O întâlnire a două suflete pereche, îi place ei s-o numească, deși este o descriere mult prea emfatică a apropierii lor.

Ea șoptește că nu poate, face o încercare cu jumătate de inimă să-l oprească în timp ce el își cufundă mâna în părul ei și îi atinge sânii. Apoi buzele lui se întind moi peste ale ei, cu grijă, timid, iar ea simte gustul de șampanie pe limba lui în timp ce el o sărută. Ea protestează slab în timp ce el o trage mai aproape, în timp ce mâinile lui o mângâie sub maiou.

— E o greșeală.

În șoaptă, el este de acord că este o greșeală. Și, cu cât sunt mai de acord despre cât de greșit este, cu atât este mai greu să se împotrivească.

Căldura blândă a serii târzii de vară, muzica îndepărtată de la petrecere și zgomotul valurilor pe ponton. Sărutările care nu mai pot fi oprite, pofta care i-a adus deja dincolo de granițe. Alex își întinde cămașa pe pământ, ea își înfășoară picioarele în jurul lui și îl primește.

El îi șoptește că este frumoasă și părul ei lung se întinde pe pământ ca un evantai atunci când fac dragoste.

El îi culege frunzele din păr după aceea, tandru și răbdător. Iar ea și-ar fi dorit să se fi întâlnit în altă parte și totuși nu. El îi spune că totul va fi bine și rămân strâns îmbrățișați.

*

— Nu l-am omorât eu pe Simon, spune Mikaela. Nici Alex. Am făcut greșeli, te-am trădat, dar singurul nostru păcat a fost că ne-am îndrăgostit.

Ridic genunchii și îmi sprijin capul de ei.

— Am renunțat la tot pentru a fi alături de mama când s-a îmbolnăvit, spun eu. Dar și Simon avea nevoie de mine. Am încercat să fiu cu fiecare doar pentru a-i pierde pe amândoi într-o clipă. L-am întâlnit pe Alex și m-am gândit că aș putea fi din nou fericită. Am vrut doar s-o iau de la capăt.

— Întotdeauna ai fost îngrozită de moarte, să nu rămâi singură. Să nu fii dezamăgită.

Mikaela face un efort să-și păstreze vocea imperturbabilă.

Dar n-aș fi putut fi mai fericită cu Alex, susține ea. A înțeles că nu mă simțeam bine după tot ce se întâmplase cu Kathy și Simon, iar eu am luat prea în serios cele câteva întâlniri. A încercat să-mi vorbească despre asta de mai multe ori, spune ea, dar nu am vrut să ascult. Începeam să cânt una dintre melodiile mamei sau să schimb subiectul. În plus, atât Alex, cât și Mikaela au crezut că aveam de gând să mă împac cu Simon. Alex a spus că am vorbit despre el tot timpul.

Vreau să protestez, dar nu reușesc. Mă gândesc la mărturia lui Alex în instanță și mă simt atât de obosită.

— Când nu te-ai întors în dormitor, Alex a presupus că v-ați împăcat, îmi spune Mikaela. A spus că a crezut că ai petrecut noaptea cu Simon. Și așa a fost, când Tess te-a găsit în casa de oaspeți.

— De ce nu ați spus poliției că sunteți împreună? o întreb.

— Imaginează-ți titlurile din ziare, spune Mikaela. Raza soarelui îi taie gâtul soțului ei în timp ce sora mai mică face sex cu tipul cu care ieșea Linda. Nu sunt mândră că am mințit, dar am vrut să te protejăm. Așa am crezut noi că era mai bine, în orice caz. Am vrut să ne protejăm și pe noi înșine.

— Cum de ați rămas împreună în toți acești ani? o întreb.

— În primul an l-am părăsit pe Alex de mai multe ori, îmi răspunde Mikaela. Trădarea și minciunile, conștiința constant încărcată și începutul tragic al relației noastre m-au otrăvit.

Și după „sinuciderea mea" au avut conflicte constante, spune ea. A trăi cu gândul acesta a fost un iad. Deși ea și Alex se iubesc, simt că parcă este inevitabil să se îndepărteze din ce în ce mai mult unul de celălalt.

Aș putea să mă simt rănită, dar nu este așa. Simt doar confuzie. La fel ca în filmul de la muzeu, lumea s-a întors cu susul în jos și sunt pe cale să-mi pierd legătura cu propria realitate.

— Alex știe că ești aici? o întreb.

— Am lăsat un bilet pe masa din bucătărie. Și am spus la grădiniță să-l sune dacă nu o iau pe Elvira la ora patru.

— Un colac de salvare? îi zâmbesc. În caz că voi fi periculoasă? Asta și ranga.

Mikaela zâmbește și ea.

Într-un mod destul de ciudat, în acel moment simt cu adevărat că e sora mea. Așa cum a fost cândva.

— Ne-ai văzut pe mine și pe Alex atunci, noaptea? mă întreabă ea din nou. M-am gândit mult la asta în toți acești ani. Dacă noi am provocat ceea ce s-a întâmplat.

Nu voi ați provocat-o... Dar, da, v-am văzut sărutându-vă pe plajă când Linda îl căuta pe Simon. Ai spus că te-ai putea îndrăgosti de zâmbetul lui. Păreai atât de fericită.

Cuvintele mele mă surprind. O iau de mână pe Mikaela și îi spun că nu știu de unde vin vorbele.

Acestea sunt amintirile mele, nu ale tale.

Cuvintele se afundă în mine și încerc să înțeleg ce înseamnă.

— Ce înseamnă asta, Mikaela? Eu am fost cea care l-a omorât pe Simon?

Mă ridic și, cu brațele strâns încrucișate, mă mișc de colo-colo prin camera de zi.

— Vorbește-mi. Spune ceva.

— Dacă ai fost tu, nu erai tu însăți, îmi răspunde Mikaela.

Eu am fost, Nadia. Nu Raza soarelui.

— Ai bănuit tot timpul? spun eu, uitându-mă la sora mea.

— Nu eram sigură. Mikaela își caută cuvintele. Și de aceea nu am putut depune mărturie, nici pentru, nici împotriva ta. Știam că nu ai putea ucide niciodată, dar văzusem și o altă parte a ta. Eram atât de disperată.

O întreb pe Nadia de ce nu am nicio amintire despre asta, în cazul acesta, și ea îmi răspunde că nu crede că pot suporta să-mi amintesc. În schimb, îmi vine în minte imaginea felului în care mâinile mele apasă perna pe fața lui Kathy.

*

O veghez pe mama. A adormit după rugăciunile ei disperate pentru ajutor ca să-și pună capăt zilelor, iar eu profit de ocazie ca să mă odihnesc în fotoliu. Ațipesc ușor și sunt recunoscătoare că pot fi un sprijin pentru ea. Și mai recunoscătoare că e tăcută pentru o vreme.

Următoarea dată când ridic privirea, mama are o pernă pe față. Se luptă și se zbate, dar eu pot doar să privesc, sunt blocată în corpul meu și nu pot opri ce se întâmplă, oricât de mult aș încerca.

Mama scoate un sunet de sufocare, apoi prinde brațele care o forțează să stea lipită de saltea. Simt o ușoară presiune, și apoi e moartă.

Sunt brațele mele, mâinile mele cele care țin perna. Tocmai mi-am ucis mama bolnavă?

Acum nu va mai suferi. Am făcut ce mi-a cerut să fac.

*

O rog pe Nadia să se oprească, îi spun că nu mai vreau nici să văd, nici să aud. Mă uit în jos la mâinile mele și văd cicatricile de pe brațul stâng. Nu era nicio sticlă spartă care să fi cauzat rănile de acolo. Mărturiile din timpul procesului în care nu m-am recunoscut, când l-am lovit pe Simon în fața școlii și l-am amenințat. Ce a spus Daria despre mine, scrisorile pe care Mikaela credea că le-am trimis înapoi. Și atacul din penitenciar au spus că a fost autoapărare. Că încercasem s-o sugrum pe Anne. Ea nu a vorbit despre altceva decât despre Kathy și Raza soarelui. Femeia pe care am văzut-o în oglinda de la spital, cea pe care am văzut-o tot mai mult de când am ieșit. Era *ea*. Nadia a fost de fiecare dată. Degetele îmi ating cicatricea de la sprânceană. Ea l-a lovit și pe Robert?

— Oamenii au susținut că sunt periculoasă în Biskopsberg, dar *tu* ai fost aceea. Aproape că ne-ai luat viața.

Fără mine nu am fi reușit niciodată. Tu faci ceea ce nu pot eu, eu fac ceea ce tu ești incapabilă să faci. Dar acum nu mai am nevoie de tine.

Știe că mă întreb cum s-a îmbolnăvit atât de grav.

Ea spune că eu sunt cea care e bolnavă dintre noi.

Plutesc între două lumi, încătușată și fără posibilitatea de a mă elibera. Și, la fel ca în spital, aud voci care vorbesc despre mine de cealaltă parte a orizontului.

Când Nadia îi spune Mikaelei povestea despre cum am fost creată, pare că e un basm. Ea spune că sora mea mai mică avea dreptate, că totul a început cu faptul că Nadia a fost nevoită să-și dezvolte o altă personalitate pentru a supraviețui. O imagine în oglindă a lui Kathy, o fată dulce și fericită căreia îi plăcea să cânte, una care putea îndeplini în mod constant fiecare dorință a mamei sale. Linda *era* într-adevăr Raza soarelui. O frumoasă mască zâmbitoare în spatele căreia Nadia se putea ascunde.

Vorbește despre mine de parcă nu o pot auzi, de parcă nu mai sunt de față și nu aș putea pricepe cât de mult mă urăște. De parcă nu mai exist. Și nu pot spune nimic, oricât m-aș strădui, parcă am amuțit. Nu pot decât să ascult.

Linda iubea viața cu Kathy. Pe cât de mult o uram eu, pe atât de mult îi plăcea ei când o parte din lumina reflectoarelor cădea asupra ei. A trebuit să o suport pentru ca eu să nu pier.

— Ai avut nevoie de Linda la fel de mult precum avea și Kathy, spune Mikaela. Amândouă aveați nevoie de ea.

Da, era un zid de protecție care mă ținea încuiată înăuntru în același timp. Era un monstru chiar și atunci, un monstru iubitor care a preluat controlul.

— Cred că tata a înțeles că ceva nu era în regulă, spune Mikaela. A spus că și-ar fi dorit să fi făcut mai mult ca să te ajute. Atunci nu am înțeles despre ce vorbea.

Tata a făcut tot ce a putut ca să mă ademenească înapoi, să-și facă adevărata fiică să rămână. Dar nu a mers.

Mikaela întreabă de ce, de ce nu a putut Nadia să continue să fie cine era și o aud răspunzând că a ei creație a căpătat o viață proprie în acel moment. Kathy m-a încurajat tot timpul și a vrut să rămân. Acestea fiind spuse, eram dependente una de cealaltă. Nu mai era cale de întoarcere, spune ea.

— De aceea ne-ai vizitat atât de rar, spune Mikaela încet. Ai spus că cerințele tatei față de tine sunt imposibile.

Mă întreb câtor dezvăluiri mai pot face față. Nadia pare tristă când întreabă cum e tata. Mikaela îi răspunde că nu mai este cum a fost cândva.

Corpul meu se duce spre fereastră fără să-l controlez și văd că a încetat să plouă. Nadia propune să facă o plimbare și Mikaela o urmează în hol. Mâinile îmi leagă șireturile de la pantofi și văd mânerul ușii răsucit de mâna mea, dar nu am capacitatea de a-mi controla singură mișcările. Nadia o face acum. Simt aerul proaspăt pe pielea mea și cum merg pe iarba udă de ploaie cu o energie pe care nu o aveam cu puțin timp în urmă.

Mikaela își bagă mâinile în buzunare și Nadia continuă să-i povestească în timp ce intră în pădure.

Linda a dat impresia că era inofensivă și maleabilă, dar a început ea însăși să ceară confirmări constante, ceea ce o făcea obositor de capricioasă. Și apoi Kathy s-a îmbolnăvit grav.

Nu vreau să-mi aducă aminte cum mama a cerut să-și pună capăt vieții, dar Nadia este fără milă. Ea spune cum Kathy a implorat și a cerut ajutor pentru a muri, dar că nu am putut să o fac. Nici nu am putut s-o ascult.

— Mama nu a vrut să moară, nu a vorbit serios, spune Mikaela, întorcându-și fața spre cer. Inspiră adânc. Dar tu ai făcut-o, deci.

Ea doar aștepta moartea. Iar eu așteptam să fiu liberă.

Când Kathy a primit vestea bolii, a însemnat o condamnare la moarte și pentru Linda, o aud pe Nadia explicând cu răbdare. *Fără mama, nu mai era nevoie de mine.* Mai ales când și Simon a dezamăgit-o. Nici pentru el nu m-am putut întoarce să trăiesc. M-a speriat de moarte pentru că nu pot exista singură. Chiar atunci aș fi dispărut și, în sfârșit, Nadia ar fi fost liberă să fie ea însăși.

Asta era tot ce mi-am dorit.

— Dar de ce să-l omori pe Simon? o întreabă Mikaela. A trebuit să mergi atât de departe?

Nadia pufnește.

Linda este ca în cântecul lui Kathy, ea este luna care are nevoie de lumina soarelui ca să fie văzută, ca să existe din capul locului. Are nevoie de bărbați ca Simon. Ea trăiește prin fanteziile ei nerealiste, prin povești de dragoste colorate în roz, cu final fericit. Viața ei a fost o singură lungă telenovelă.

— Dar Alex nu te-a crezut, spune Mikaela.

Simt cum Nadia îi zâmbește.

Pur și simplu îi era milă de ea. Și, de îndată ce a înțeles, l-a vrut pe Simon înapoi. Era dispusă să-l ierte, pentru că Simon o adora.

Nadia se oprește și-și pune mâna pe brațul Mikaelei.

De aceea Linda îl căuta în noaptea aceea. Dar nu le-am putut permite să o ia de la capăt. Înțelegi? Atunci nu aș fi fost niciodată liberă. Am luptat pentru viața mea. Pentru existența mea.

Merg în tăcere una lângă alta și aud respirația Nadiei. Asta este respirația pe care am auzit-o în casa de oaspeți. Ea era prezența din cameră.

După o vreme ieșim din pădure; am stat aici de multe ori și m-am uitat spre mare înainte să cobor pe stânci. Este frumos, dar sunt îngrozită și nu mă bucur. Mă întreb ce plănuiește să facă Nadia. De ce nu pot să simt asta? De ce nu știu? Cum poate ea să știe totul despre mine când nu am idee la ce se gândește? E ca și cum ea alege ce vrea să împărtășească cu mine.

Coborâm pe mal și Mikaela ia o piatră și o aruncă în apă. O întreabă pe Nadia dacă mai poate arunca pietre așa cum ne învățase tata. Ele stau acolo o vreme și aruncă cu pietre. Numără salturile și chiar râd. Nu înțeleg deloc de ce.

— E ceva ce nu înțeleg deloc, spune Mikaela după un timp și se așază pe stâncă. De ce te-ai întins pe pat să te culci? Ai fi putut pur și simplu să pleci. La urma urmelor, ai fost arestată și condamnată la închisoare.

A fost mai rău pentru Linda decât pentru mine. Am fost închisă cea mai mare parte a vieții mele, oprimată și blocată în adâncul întunericului. Nu a fost nicio diferență majoră. Și eram destul de sigură că nu va găsi un alt bărbat în închisoare.

Nadia râde.

Linda a fost cu adevărat nevinovată, voia atât de mult s-o crezi. Și acum știi.

Mikaela se uită spre mare și Nadia se așază lângă ea.

— De aia te-ai întors? întreabă ea după un timp îndelungat.

Ai fost singura care m-a putut ajuta s-o fac să înțeleagă adevărul. S-o fac să se desprindă.

Am cerut un răspuns. Am bâjbâit după un motiv pentru a continua să exist. Am căutat adevărul.

Raza soarelui a fost decupată și ștearsă.

Linda Andersson este moartă, cenușa ei împrăștiată în vânt.

Nu pot fi Nadia, deși am încercat.

— De-a lungul anilor, am văzut licăriri din tine, adevărata Nadia, spune Mikaela. Când eram singure și puteam fi surori, ca atunci când eram copii.

Nadia răspunde că amintirile cu Mikaela au fost unele dintre puținele pe care le-a împărtășit cu mine. Momentele petrecute pe ponton și pe iarbă, când ne întindeam și priveam norii. Apoi spune că îi pare rău că am fost între ele.

Nu te-ai supărat când nu am vrut să fiu Raza soarelui. M-ai lăsat să fiu eu însămi pe deplin, nu ți-a fost niciodată frică de cine sunt. Lucrul acesta îl voi duce mereu cu mine.

Simt brațele Mikaelei în jurul meu și mirosul părului ei. Evocă amintirea tuturor momentelor în care am alinat-o când cădea și se lovea. Eu am fost? Sau Nadia? Știu doar că vreau să mă țin strâns pentru totdeauna de sora mea mai mică, dar Nadia refuză să mă lase.

Mikaela își șterge lacrimile și întreabă ce se întâmplă acum. Nadia răspunde că Mikaela va merge acasă la familia ei. Este bucuroasă că s-au întâlnit din nou și îi urează Mikaelei o viață bună. Ea speră că ea și Alex vor putea lăsa totul în urmă o dată pentru totdeauna, acum că sunt moartă și îngropată. Nu trebuie să le fie frică de ea, spune Nadia. Ea însăși va pleca departe de aici și cere să fie lăsată în pace.

— Ne luăm rămas bun, așadar? o întreabă Mikaela.

— Da, îi răspunde Nadia.

Cerul se deschide la orizont și soarele face ca apa să sclipească. Lumina este prea puternică, orbește. Aș prefera să alunec în întuneric și să dispar în el ca un val în mare.

Ar fi trebuit s-o fac la înmormântarea lui Kathy sau la spital, după atac. Întunericul mă atrăgea chiar și atunci. De data asta nu mă lupt, mă desprind și îmbrățișez sfârșitul. Sinele meu este pe cale să se dizolve și este separat de corpul care nu-mi mai aparține.

Nu a fost niciodată al meu.

O ultimă respirație.

Apoi dispar.

Piatra funerară uriașă este umedă și o coroană de flori e sprijinită de ea. Lângă una dintre lumânările de mai jos e un ursuleț de pluș care ține o inimă cu textul *Pentru totdeauna*. Kathy Andersson este încă apreciată și iubită.

Dau la o parte un buchet de trandafiri ofiliți și scot vaza din pământ.

— Salut, mamă, îi spun punând mâna pe piatră. Se simte rece și mută sub degetele mele. Sunt Nadia. Știu că ți-e dor de Linda, dar ea nu mai e.

Sunt atât de multe lucruri pe care le-aș putea spune și mi-aș fi dorit să fi fost totul altfel. Dar nici Kathy, nici Linda nu mă pot auzi, niciuna dintre ele nu mai există.

Zăbovesc o vreme până când frigul mă cuprinde.

La ieșirea din cimitir, arunc trandafirii pe grămada de compost și așez vaza într-un suport. Îmi pun ochelarii de soare și mă duc spre mașină. În ea se află tot ce am și nu este mult, dar este al meu. Și am libertate.

Mă urc în mașină, pornesc radioul și dau volumul tare, apoi ies din parcare. De data asta, las totul în urmă.

La prețul de vânzare al cărții
se adaugă 2%, reprezentând
contravaloarea timbrului literar.

Tipar: ARTPRINT
E-mail: office@artprint.ro
Tel.: 021 336 36 33